一頁 folio

始 于 一 页 ， 抵 达 世 界

最初的爱，
最后的故事

[英] 奥利弗·萨克斯 著

肖晓 周书 译

EVERYTHING IN ITS PLACE:
FIRST LOVES AND LAST TALES

OLIVER SACKS

GUANGXI NORMAL UNIVERSITY PRESS
广西师范大学出版社
·桂林·

图书在版编目(CIP)数据

最初的爱，最后的故事 / (英) 奥利弗·萨克斯著；肖晓, 周书译. —— 桂林：广西师范大学出版社, 2021.7

书名原文: Everything in Its Place: First Loves and Last Tales

ISBN 978-7-5598-3765-3

Ⅰ.①最… Ⅱ.①奥… ②肖… ③周… Ⅲ.①随笔 – 作品集 – 英国 – 现代 Ⅳ.①I561.65

中国版本图书馆CIP数据核字(2021)第075774号

著作权合同登记号桂图登字：20-2021-171 号

ZUICHU DE AI, ZUIHOU DE GUSHI

最初的爱，最后的故事

作　　者：（英）奥利弗·萨克斯

责任编辑：黄安然

特约编辑：苏　骏

装帧设计：山　川

内文制作：常　亭

广西师范大学出版社出版发行

广西桂林市五里店路9号　邮政编码：541004

网址：www.bbtpress.com

出版人：黄轩庄

全国新华书店经销

发行热线：010-64284815

北京华联印刷有限公司印刷

开本：787mm×1092mm　1/32

印张：9.875　字数：167千字

2021 年 7 月第 1 版　2021 年 7 月第 1 次印刷

定价：59.00 元

如发现印装质量问题，影响阅读，请与出版社发行部门联系调换。

目录 contents

Part One

最初的爱

水孩子 [1]

 我和我的三兄弟都曾是水孩子。我们的父亲是游泳冠军（他曾在怀特岛十五英里 [2] 游泳比赛中连续三年蝉联第一），他热爱游泳胜过一切，在我们几兄弟还不到一周大的时候，他就把我们带进水里游泳了。在这种年纪，游泳算是一种本能，所以无论结果如何，我们从来没有真正"学过"游泳。

 我回想起这件事的起因是：在我参访密克罗尼西亚的加罗林群岛时，我看到哪怕是正蹒跚学步的小孩子都无所畏惧地跳进潟湖中，用那种典型的狗刨式游起泳来。在那个岛上，岛民们不但都会游泳，每个人都有很高超的游泳技术。当麦哲伦和其他航海家在 16 世纪抵达密克罗尼西亚时，就深深震惊于这些岛民的游泳技艺。看着他们游泳、潜水、在浪尖上起舞，就忍不住将他们和海豚相比。

---

[1] 篇名取自英国作家查尔斯·金斯利（Charles Kingsley，1819—1875）的著名儿童文学作品《水孩子》（*The Water-Babies*）。——本书脚注均为译者注。

[2] 1 英里约合 1.61 千米。

特别是那些小孩子，在水里是那么的自在，他们的表现可以用一位探险家的话来总结："相比于人类，他们更像鱼儿。"（在 20 世纪早期，我们这些西方人从太平洋岛民那里学到了自由泳，那时人类主要使用蛙泳泳姿，而自由泳这种美妙而强大的海洋式泳姿能更完美地与人类的身体构造相契合。）

我自己并不记得有人教过我游泳。我想我是通过和父亲一起游泳来学会各种泳姿的——虽然他那种缓慢而沉着的、一招一式扎实前进的泳姿并不太适合一个小男孩。（我父亲是个体重将近十八英石[1]的强壮男人。）不过我可以清楚地看到，在陆地上，我爸是那样巨大而笨重，到了水中却变得如海豚一般轻盈、优雅；而我自己，一个害羞、拘谨，还带点笨拙的人，在水中同样感受到了这种美妙的转变，变成了一个全新的人，一种全新的存在形式。我对五岁生日后的那个夏天至今仍记忆犹新，那时我们在英格兰海边度假，我跑进我父母的房间，拉拽着体型如鲸鱼一样庞大的父亲："走，爸爸，我们去游泳吧。"他缓缓转过身，睁开一只眼说："有你这样早上六点就把四十三岁的老头子吵醒的吗？"如今，我父亲已经去世，而我也到了几乎是两倍于他那时的年纪，这份遥远的记忆仍能感

---

[1] 1 英石约合 6.35 公斤。

染我，让我笑中带泪。

青春期是一段难熬的时光，我得了一种罕见的皮肤病，一位专家诊断是离心性环状红斑，另一位说是持久性回状红斑——都是些高级、拗口、夸张的词汇，但没一个专家会治。我全身长满了流着脓的溃疡，看起来，或者至少感觉上像是个麻风病人，我根本不敢在海滩或游泳池脱衣服，只在很少的情况下，有幸能找到人迹罕至的山中小湖去游一游。

到牛津大学上学以后，我的皮肤突然全好了，解脱感是如此的强烈，以至于我想去裸泳，去感受水流没有任何阻碍地触碰我每一寸肌肤。有时候我会去帕森斯乐地游泳，它位于查韦尔河上的一个河湾，至少从 17 世纪 80 年代就开始作为天体浴场保护区了，让人觉得那个地方好像住满了斯温伯恩[1]和克拉夫[2]的鬼魂。在夏日午后，我会撑上平底船去查韦尔河，找个隐蔽的地方把船停好，然后懒洋洋地在河里游一下午。有时候，我会在晚上沿着"伊西斯"号的纤路长跑，跑过伊夫利船闸，远远把城市灯火抛在后面。然后我再跳入河里畅游，直到河水仿佛与我一同流动，融为一体。

---

[1] 指阿尔杰农·查尔斯·斯温伯恩（Algernon Charles Swinburne，1837—1909），英国诗人、文学评论家。

[2] 指阿瑟·休·克拉夫（Arthur Hugh Clough，1819—1861），英国诗人。

游泳成为我在牛津时的主要爱好，自此以后一发不可收拾。20世纪60年代中期，我去了纽约，开始在布朗克斯的奥查德海滩游泳，有时候还会绕着城市岛游一圈——通常游一次会花上几个小时。事实上，我就是这样找到我住了二十年的房子的：当我看到海边有一个迷人的露台，便在环岛游的中途停下，然后立即从海里上岸走到街上，我看到这栋红色小楼正在出售。我让满脸疑惑的房主带我看了一圈房子（我身上还在滴水），接着走到房产经纪人那里说服她我是真想买房（她面对穿着泳裤的顾客还有点手足无措），然后又在岛的另一侧跳进了水里，游回奥查德海滩。就这样，我在游泳的过程当中买了一套房子。

4月到11月我会选择去户外游泳——我那时候更壮实些，但在冬天我会去附近的基督教青年会[1]健身房游泳。1976至1977年间，我获得了韦斯特切斯特县弗农山青年会"最远距离游泳者"的称号，因为我在比赛里游了五百个来回——也就是六英里——之后还想继续游，但被裁判阻止道："够了，请回吧！"或许有人会觉得游五百个来回太单调或者太无聊了，但我从没觉得游泳单调或者无聊。游泳能给我带来一种欣快感，一种极致的幸福状态，以至于有时候它让我沉迷其中。在游泳的时候，每一

---

[1] 指YMCA，全称为Young Men's Christian Association，是一个社会服务组织，美国各地都有其连锁的健身中心。

次划水都会让我特别投入，同时头脑放空，感觉意乱情迷，进入一种恍惚的状态。我从不知道有任何一种兴奋剂能有如此强力而又健康的功效，我真的对游泳上瘾，在我不能游的时候甚至会感到烦躁。

在 13 世纪，邓斯·司各脱[1]曾说过"condelectarisibi"，意思是从运动本身来发掘快乐；而当代的米哈伊·契克森米哈伊[2]也提出过心流（flow）的概念。在游泳过程中，心流的感受是客观存在的，这种状态在欣赏音乐时也会达到。浮力也是一种神奇的存在，还有游泳时在水这种稠密、透明的介质中感受到的悬浮感，水支撑着我们，拥抱着我们。你能以一种在空气中无法比拟的方式，在水里自由移动、肆意嬉戏；能以不同的方式来探索水的波动、流涌；还能在水里像螺旋桨一样划动自己的双手，或者把手想象成方向舵那样去引导自己前进；甚至能让自己变成一架水上飞机或是潜水艇，尽情地用身体去探究流体的物理意义。

此外，游泳还有各种各样的象征意义——富有想象力的共鸣，以及神奇的潜力。

我父亲曾把游泳称为"长生不老药"，实际上对他来

---

[1] 邓斯·司各脱（Duns Scotus，1266—1308），苏格兰经院哲学家、神学家。

[2] 米哈伊·契克森米哈伊（Mihaly Csikszentmihalyi，1934— ），匈牙利裔美籍心理学家。

说确实如此：他每天都游泳，虽然泳速随着年纪渐长而逐渐变慢，但他一直游到了九十四岁。我希望自己能够像他一样，一直游，游到生命终结。

追忆南肯辛顿

　　从我记事起，我就很喜欢博物馆。它们在我的生活中占据着核心地位，不仅能激发我的想象力，还能以生动而具体、微缩又有序的方式向我展示这个世界的秩序。我喜欢植物园和动物园也是出于同样的原因：它们展现了一种自然的状态，但又是一种完成了归类的自然状态，是一种关于生活的分类学。在这个意义上，书籍并不真实，它们只是词汇的堆叠，而博物馆提供了经过整理的真实事物，以及自然界中的范例。

　　南肯辛顿的四大博物馆——全都建在同一地段，并且都是维多利亚式巴洛克风格的建筑——被认为是既独立又涵盖多个方面的统一体，以博物馆的形式把关于自然历史、科学以及人类文明的研究呈现给大众，让所有人都能接触到这些知识。

　　这些南肯辛顿博物馆（还包括大英皇家科学研究所，以及研究所内颇受欢迎的圣诞节讲座）都是维多利亚时代独特的教育机构。自我童年时期开始，对我来说它们就代表着博物馆的真谛。

这四大博物馆分别是自然历史博物馆、地质博物馆、科学博物馆、维多利亚和阿尔伯特博物馆（即文化历史博物馆）。我以前是个科学控，从来不去文化历史博物馆，但其他三个我都把它们当作统一的整体经常去参观，在空闲的午后、周末、节假日……只要一有空我就去。我讨厌被关在闭馆的博物馆外面，有天晚上，我千方百计地想留在自然历史博物馆里，在关门时我躲进了无脊椎动物化石馆（因为相较于恐龙馆或者鲸鱼馆，这个馆的防护措施更少些）。闭馆之后，我拿着手电筒从一个展厅逛到另一个展厅，独自度过了一个博物馆奇妙夜。在手电光照射下，熟悉的动物标本变得恐怖而神秘，它们和我一样潜行在夜色中，它们的脸要么从黑暗中突然显现，要么像幽灵一样在手电筒的光圈周围盘旋游走。黑暗中的博物馆是一个让人精神迷乱的地方，当清晨来临时，我并没有特别依依不舍。

在自然历史博物馆里，我有很多朋友：巨头螈和引螈，两个巨大的两栖动物化石，它们的头骨上都有一个孔，那是"第三只眼睛"——松果体；立方水母目的灯水母，这是拥有神经节和眼睛的最低等动物；还有漂亮的放射虫和太阳虫的玻璃模型……但我最深爱的、具有特殊感情的，是那些头足纲动物[1]，在这里有着数目可观的收藏。

我会花几小时去观察乌贼标本：1925年搁浅在约克郡海岸的鸢乌贼或是有异国情调的煤烟色吸血鬼乌贼（虽然这里只有一个蜡塑模型，唉），这是一种罕见的深海软体动物，在它的触手之间有着雨伞一样的蹼，蹼的褶皱中闪烁着明亮发光的"星星"。当然，还有大王鱿，它是巨型乌贼之王，可以通过致命的拥抱杀死一条鲸鱼。

但并不只是巨大的、怪异的东西能吸引我的注意。我特别喜欢打开陈列箱下面的展示柜，去看每一个物种的所有种类及其说明，去研究每一个种类偏好的栖息地，在参观昆虫馆和软体动物馆时尤其会这样。我没办法像达尔文那样，去加拉帕戈斯群岛[2]亲自比较每个岛上的鸟类，但我可以在博物馆里完成仅次于达尔文的事情。我可以成为一名间接体验的博物学家，一个想象中的旅行者，不用离开南肯辛顿，仅凭一张门票就能环游全世界。

在博物馆工作人员都认识我了以后，我有时候能够获准穿过上锁的大门，进入到新建成的斯皮里特大楼中的未开放区域，博物馆真正的工作都是在这里完成的：接收和

---

[1] 属于软体动物门，包括乌贼、章鱼、鹦鹉螺等。
[2] 隶属厄瓜多尔，达尔文曾于1835年登岛考察。

分类来自世界各地的标本，完成检查、解剖工作，识别新的物种，有时还要筹备专题展览。（其中有一次展览是关于腔棘鱼的，展览的是种新发现的"活化石"——矛尾鱼，这是一种自白垩纪以来就应该灭绝了的生物。）去牛津读书之前，我在斯皮里特大楼里待了几天，而我的朋友埃里克·科恩在那里待了一整年。在那些日子里我们都爱上了分类学——我们骨子里都是维多利亚时代的博物学家。

我曾深爱着博物馆里那种老式的玻璃和红木装饰。20世纪50年代我念大学时，博物馆换成了摩登又华而不实的装饰，而且还开始展出一些时髦肤浅的展览，我因此而感到愤怒不已。（最终变成了交互式博物馆。）我的另一个朋友乔纳森·米勒与我深有同感。我们对此都感到厌恶，都深深怀念着从前。他曾写信跟我说："我深深渴求着那个棕褐色的时代……我无休止地期待着整个地方突然重新变回1876年那种砂石色。"

自然历史博物馆外面是一个令人愉悦的园子，中心是封印木的树干，这是一棵早已绝种的化石树，周围被芦木交错环绕。这棵植物化石深深地吸引着我，甚至强烈到让我感受到了迷恋的痛苦。如果说乔纳森怀念着1876年的砂石色调，那我想要的就是纯绿色，类似于侏罗纪时期蕨类和苏铁纲丛林的色调。青春期的时候，我在晚上梦到过高大的石松科植物和木贼，甚至整个地球都被原始的巨型裸子植物包裹着——但一想到它们很久以前就已经绝迹，这个世界早已被色泽鲜艳、时髦华丽的现代开花类植物所占据，我就会被气醒过来。

从自然历史博物馆的侏罗纪化石园出来，走不到一百码 [1] 就是地质博物馆。在我看来，这个博物馆大部分时间都几乎空无一人。（可惜的是，地质博物馆已不复存在，它的藏品现在已被纳入自然历史博物馆。）地质馆里充满奇特的宝藏和隐秘的快乐，只留给那些有求知欲的耐心人。有个来自日本的巨型硫化锑晶体（辉锑矿），高达六英尺 [2]，仿佛一个水晶的阳物、一个图腾，它以一种奇特的方式吸引着我，让我近乎虔诚地着迷。还有一块来自怀俄明州魔鬼塔的响石，博物馆的管理员认识我以后，会让我用手掌敲击它，这种石头会发出沉闷但又像锣鼓一样响亮的隆隆声，就像有人撞到了钢琴的共鸣板。

我喜欢在这个无生命世界里的感觉——来自晶体之美，它们都以相同的原子晶格构成，是那么的完美。它们不仅仅是完美的，像数学的化身，而且还能以感性之美让我激动不已。我会花几小时去研究硫黄中的淡黄晶体和萤石中的紫红晶体，它们聚集着，像宝石一般，仿似由麦司

---

[1] 1 码约合 0.91 米。

[2] 1 英尺约合 30.48 厘米。

卡林[1]诱发的幻象。而另一个极端，有一种神奇的赤铁矿看起来非常像巨型动物的肾脏，会让我在某一瞬间疑惑自己究竟是置身于哪一个博物馆中。

但最后我总会回到科学博物馆，它也是我有生以来去的第一家博物馆。在战争[2]开始前，当我还是小孩子的时候，我妈妈会带我和哥哥们来这里。她会带我们穿过一个个充满魔力的展厅——陈列着早期的飞机、工业革命时期长得像恐龙一样的机器、旧的光学仪器——进入一个位于顶层的小展厅，那是一个模仿煤矿重建后的展厅，放置着原始的采矿设备。"快看！"她会说，"看那边！"她把我们的目光引向一盏老旧的矿灯。"我的父亲，也就是你们的外祖父发明了这个！"她一面说着，我们一面低下头读道："兰多灯，由马库斯·兰多（Marcus Landau）于1869年发明。它取代了早期的汉弗莱·戴维（Humphry Davy）灯。"每当我读到这个的时候，总让我产生一种奇异的兴奋感，让我觉得自己与这座博物馆、与我外祖父产生了某种切身的联系（我外祖父出生于1837年，很早就去世了），有种我外祖父和他的发明在某种程度上仍然是真实的、鲜活的感觉。

---

[1] 麦司卡林（mescaline），一种迷幻药。

[2] 此处应指第二次世界大战。

但科学博物馆给我带来的真正的顿悟，是在我十岁的时候，发现了位于五楼的元素周期表——这可不是你们那种粗制滥造、一尘不染、小巧现代的元素周期表，而是一个占满了整面墙的实体矩形箱。每个元素都放在单独的小盒子里，只要有可能，里面都装有真正的化学元素：绿黄色的氯、棕色的溴、黑色的碘晶体（但实际上是深紫罗兰色气态物）、非常重的铀金属体、浮在油里的锂颗粒。里面甚至还有惰性气体（或称为稀有气体，很难与其他元素形成化合物）：氦、氖、氩、氪、氙（但没有氡，我猜是因为太危险了）。这些惰性气体被装在密封的玻璃管里，都是透明的，但大家都清楚它们就在那里。

这些实际存在的元素强化了我们的信念：元素确实就是整个宇宙的基本组成单元，也让人感受到整个宇宙就在这里，以微观世界的方式，存在于南肯辛顿。当我看到那个元素周期表的时候，对于真与美的感受淹没了我，我感到它们不仅仅是某种随意的人造物，还是一种关于永恒宇宙秩序的真实意象，它们代表了未来的新发现和新进展，任何由它们带来的新发明，都会加强并重申整个宇宙秩序的真理。

当我作为一个十岁小男孩，站在南肯辛顿自然科学博物馆的元素周期表前面时，这种崇高的感觉冲击着我，它让我感到自然规律的永恒不变，而当我们有足够的能力去探索自然规律的时候，它们又是可以理解的。这种感觉从未离开过我，甚至在五十年后的今天，也毫不褪色。我的信仰和生活在那一刻已被确立，我在博物馆里找寻到了我的毗斯迦山 [1]，我的西奈山 [2]。

---

[1] 毗斯迦山（Pisgah），《圣经》中可以眺望迦南福地的一座山。

[2] 据《圣经》记载，西奈山（Sinai）是上帝向摩西显灵并赐予他十诫之地。

最初的爱

1946 年 1 月，那时我十二岁半，我从汉普斯特德的预科学校霍尔中学转到了哈默史密斯的一所更大的学校圣保罗中学。就是在那里的沃克图书馆，我第一次遇见了乔纳森·米勒。当时，我正躲在角落里读一本 19 世纪的关于静电的书。出于某种原因，我正在读关于"电蛋"（electric eggs）部分的时候，一个黑影投射到页面上。我抬起头，看到一个异常瘦高的男生，他生动的面庞上有着一双光芒四射又顽皮灵动的眼睛，顶着一蓬拖把似的红色头发。我们聊了起来，从此便成了亲密好友。

在那之前，我只有过一个真正的好朋友——埃里克·科恩，我们俩从一出生就认识。一年后，埃里克跟随我的脚步，也从霍尔中学转到了圣保罗中学。自此，他、乔纳森和我就成了亲密无间的三人组。我们不仅仅是出于个人原因才变得亲密，还因为我们家人的关系（三十年前我们的父亲就一起在医学院上过学，至今仍保持着密切联系）。乔纳森和埃里克并没有真正和我一样热爱化学——虽然有一两年他们也和我一起搞过酷炫的化学实验：把一大块金属钠扔进汉普斯特德的海格特池塘，兴奋地看它熊熊起火，被一大片黄色焰火包裹着，在水面上像一颗疯狂的流星那样不停旋转。他们俩对生物更感兴趣，不过我们不可避免地选了同一门生物课，又都爱上了我们的生物老师希德·帕斯克。

帕斯克是一位优秀的老师，但也是一个狭隘、顽固、喋喋不休又有着可怕口吃的人（我们曾无休无止地模仿他的口吃），而且他也没有特别聪明。他经常无所不用其极地使用劝阻、讽刺、嘲笑或强迫的手段来让我们远离一切其他活动，从体育、性，到宗教、家庭，甚至是学校里的所有其他科目。他要求我们和他一样一心一意地热爱生物学。

大部分学生发现他是这样一位严苛的老师后，都会尽可能地摆脱这个书呆子的暴政，至少他们是这么认为的。这场抗争延续了一段时间，然后突然间戛然而止，所有的阻力都消失了——他们自由了。帕斯克不再对他们吹毛求疵，也不再提出占用他们所有时间和精力的荒谬要求。

然而每一年，我们中都有一部分学生会回应帕斯克的挑战。作为回报，帕斯克也会把他的一切都给我们——他所有的时间，以及对生物学的全身心投入。我们会和他一起在自然历史博物馆里待到很晚，也会牺牲每个周末的时间组成探险队外出采集植物标本，还会在寒冬的早晨，天没亮就起床参加他1月的淡水生物课。我至今仍记忆犹新的是，我们每年都会和他一起去米尔波特参加为期三周的海洋生物课，那真是近乎无法忍受的甜蜜回忆。

位于苏格兰西海岸的米尔波特有一座装备完善的海洋生物工作站，研究人员们总是热情地欢迎我们，并让我们参与所有正在进行的实验。[当时的基础实验是观测海胆的发育，罗斯柴尔德勋爵（Lord Rothschild）即将以他的海胆受精实验而成名，他总是对热情的学生们极其耐心，准许大家围着他，观察培养皿里的那些透明的长腕幼虫。]我和乔纳森、埃里克一起沿着岩石海岸定了几个观测带，观测区域从被苔藓（这种苔藓有个动听的名字叫"黄鳞"）覆盖的岩石顶端一直到海岸线和潮汐池下面，我们会在观测带中以连续的平方英尺为单位来统计其中所有的动物和海草。埃里克非常聪明且具有独创性，有一次我们需要让铅锤完全垂直以保证测量数据精准，但我们都不知道该怎么悬挂；他撬开了一颗岩石底部的帽贝，把铅锤的顶端固定在下面以后，再把帽贝的壳合上，让它形成一个天然的图钉。

我们每个人都有一种自己特别偏爱的动物：埃里克迷恋海参，乔纳森喜欢荧光色的毛毛虫，我最爱鱿鱼、乌贼和章鱼，所有的头足纲动物——在我看来，它们是最聪明、最漂亮的无脊椎动物。有一次我们一起去了肯特郡海斯镇的海边，乔纳森的父母在那里租了一栋避暑别墅。我们跟着一条拖网渔船出海打了一天鱼。渔夫们通常会把被渔网捕上来的乌贼再扔回海里去（英国人不太爱吃它们），但我狂热地坚持要求把它们留下来，所以到最后返航的时候，起码有几十只乌贼被留在了甲板上。我们用桶和盆把它们全都带回了家，放进地下室的大罐子里，并且加了一些酒精来储存它们。乔纳森的父母不在，所以我们毫不犹豫地实施了这件事。我们期待着把所有的乌贼都带回学校，送给帕斯克——我们甚至想象了当我们拿出乌贼时，他脸上吃惊的笑容——到时候班上的每个同学都能有一只乌贼进行解剖，头足纲爱好者则可以分到两至三只。我本人还会在菲尔德俱乐部上做一个小报告，让大家都了解它们的智商、巨大的脑子、带有直立视网膜的眼睛，以及它们变幻莫测的颜色。

几天以后，就在乔纳森的父母要回来的那天，我们听到地下室传来一阵闷响，下楼去查看时发现一个奇特的场景：那些乌贼由于储存不当，已经腐烂发酵，它们产生的气体把罐子撑炸了，大片的乌贼碎块炸得墙上、地板上到处都是，还有些甚至黏在了天花板上。强烈的腐烂气味难闻得超乎想象，我们尽力清除了黏在墙上的那些乌贼尸体的碎片，用水冲刷了地下室，并把地下室封死，但臭味还是难以去除。最后我们不得不把所有门窗都打开，让腐气从地下室散到屋子外面去，那些臭气在五十米开外都能闻到。

埃里克总是很有办法，他提议我们用更浓烈的香味把臭味掩盖起来。我们都觉得这是个好主意，然后凑钱买了一大瓶椰子香氛，用它把地下室又冲洗了一遍，然后把房子里的其他地方都洒了个遍。

乔纳森的父母在一小时后到家，在走向屋子的时候，他们闻到一股浓郁的椰子味，但再往里走一些，就进入到被腐烂的乌贼气味充盈的区域——这两种气味，以某种神奇的方式飘浮在空气中，混合交织在大概五六英尺宽的区域里。当他们抵达案发地、我们的犯罪现场——地下室的时候，气味强烈得让人几秒钟都没法待。我们三个都觉得这场事故特别丢脸，尤其是我，我为自己最初的贪婪感到羞愧（难道一条乌贼还不够？），而且我还蠢到完全不清楚储存这么多标本需要多少酒精。乔纳森的父母不得不中断假期，离开了屋子（据说那间屋子在几个月内都不适宜居住）。尽管如此，我对乌贼的爱还是毫发未损。

乌贼（与其他软体动物和甲壳类动物一样）有蓝色血液，而不是红色血液，究其原因，可能有化学因素，也有生物因素。它们进化出了一套和我们脊椎动物完全不同的氧气运输系统。我们携带红色呼吸色素，富含铁离子的血红蛋白；而它们携带的是青绿色素，含有铜的血蓝蛋白。铁和铜都有两种"氧化状态"，这就意味着它们都能很容易地在肺中结合氧气，变成富含氧的高阶氧化状态，然后在其他组织中，再根据需要把氧气释放出来。但为什么只有铁和铜可以被利用？明明还有另外一种金属有至少四种氧化状态，也就是钒，在元素周期表里面它与铁和铜是邻居。我很好奇是否钒化合物也曾经作为呼吸色素被利用过，所以当我听说一些被囊动物（比如海鞘）不仅富含钒元素，还有一些特化的钒细胞专门用于储存钒的时候，我非常激动。但为什么这些动物会有这类细胞仍是个谜，它们似乎并不属于氧气运输系统。

当年的我曾荒谬而狂妄地觉得，自己可以在年度米尔波特之旅中解开这个谜。我没干其他的事，只收集了一蒲式耳 [1] 的海鞘（正是同样的贪婪与毫无节制，让我收集了过多的乌贼）。我筹划着把这些海鞘烧掉，然后去测量灰烬中的钒含量（我曾经读到过，在某些物种中钒含量能超过百分之四十）。这还让我有了迄今为止唯一一个商业创想：开一家钒农场——养几英亩 [2] 的海草，专门用于繁育海鞘。我可以让它们从海水中提取出珍贵的钒，在过去三

---

[1] 蒲式耳（bushel）是英制计量单位，用于测量固体物质的体积。1 蒲式耳约 36 升。

[2] 1 英亩约合 40.47 公亩。

亿年中它们都极其高效地完成着这一步骤，然后我再把钒以每吨五百英镑的价格卖掉。不过我最终意识到这个商业计划有个大漏洞，那就是要对海鞘进行不折不扣的大屠杀，我对自己的种族灭绝思想感到震惊。

化学诗人汉弗莱·戴维

  对我以及我这一代上过化学课或做过化学实验的绝大多数男孩来说，汉弗莱·戴维既是一位深受爱戴的英雄，也是一个整个少年时期都在玩化学的男孩，还是一位极其有吸引力的人物，他就像一个我们认识的人，在去世一百多年后仍以他自己的方式形象鲜活地存在着。我们都知道他青年时期的实验——从探索一氧化二氮[1]（这是由他发现、描述特性，并且让他在十几岁时还有些上瘾的物质），到那些他用碱性金属、电池、电鱼、炸药做的不计后果的实验。在我们想象中，他是一个拜伦式的青年，长着一双满含梦想又求知若渴的眼睛。

  当我留意到戴维·奈特（David Knight）写的传记《汉弗莱·戴维：科学与权力》（*Humphry Davy: Science and Power*）于 1992 年出版时，我刚好想到汉弗莱·戴维，于是立刻订了一本来读。我带着一种怀旧的心情，回忆起我

---

[1]　又被称为笑气。

自己的童年：十二岁的时候，我不可救药地深深陷入了对钠、钾、氯和溴的爱——或许比以往任何时候都更深情。我还爱上了一家神奇的商店，在它昏暗的内室里，我可以为自己的实验室购买化学试剂；也爱上了梅勒（Mellor）那厚重的百科全书式的著作［我可以用格梅林（Gmelin）的无机化学手册去破译它们］；还爱上了位于南肯辛顿的伦敦科学博物馆，里面展示了化学的发展史，尤其是 18 世纪末和 19 世纪初的现代化学起源；或许我最爱的是大英皇家科学研究所，其中大部分看上去、闻起来还和年轻的汉弗莱·戴维工作时一样，我们可以一边浏览他的笔记本、手稿、实验记录和信件的真迹，一边沉思。

正如奈特所言，对传记作家来说，戴维是一个极好的素材。在过去一个半世纪中，出版了很多关于他的传记。但是奈特具备化学家的专业背景，又是杜伦大学的科学史与哲学系教授，还是《英国科学史杂志》的前编辑，所以他写的传记不仅视野宏大、专业性强，还充满了人性的洞察力与同情心。

1778 年戴维出生于彭赞斯 [1]，是五个孩子中的老大，他父亲是一名雕刻家。他上的是当地的文法学校，充分享受了学校自由的氛围。（他曾说过："我认为自己很幸运，

---

[1] 位于英格兰西南部的康沃尔郡。

童年时代有很多自由时间，没有什么特别的学习计划。"）他十六岁离开学校，作为学徒跟着当地一位药剂师兼外科医生学习，但他对此感到厌倦，渴望有些更大的成就。最重要的是，他开始对化学产生兴趣：他阅读并掌握了拉瓦锡（Lavoisier）出版于 1789 年的《化学基础论》（*Elements of Chemistry*），这对一个没有受过多少正规教育的十八岁孩子来说，算是一项杰出成就了。一些宏伟的愿景开始在他脑海中浮现：他能成为新的拉瓦锡吗？或是新的牛顿？他在当时的一本笔记本上标注了"牛顿和戴维"的标签。

然而，从某种程度上来说，戴维与牛顿的相似程度还不如他与罗伯特·波义耳（Robert Boyle）。波义耳是和牛顿同时期的科学家，也是牛顿的朋友。牛顿创立了现代物理学，而波义耳创立了现代化学科学，把化学从它的前身炼金术中分离出来。波义耳在其 1661 年的论著《怀疑派化学家》（*The Sceptical Chymist*）中抛弃了前人使用的形而上的四大元素，重新把"元素"定义为简单、纯粹、由一种特定种类的"微粒"所组成的不可分解的主体。波义耳还认为分析是化学的主业（也正是他把"分析"一词引入到化学描述中），把复杂的物质分解为特定成分的元素，并观察它们的结合方式。波义耳的理论在 17 世纪末和 18 世纪初持续发挥作用，很快就有十几种新元素被相继分离出来。

但这些元素的分离引起了不寻常的混乱。1774年，瑞典化学家卡尔·威廉·谢勒（Carl Wilhelm Scheele）从盐酸中得到一种比重很重的绿色蒸气，但他没有意识到这是一种元素。相反，他认为那是"缺乏燃素的盐酸"[1]。约瑟夫·普里斯特利（Joseph Priestley）在同一年分离氧气时，称这种气体为"缺乏燃素的空气"。这些误解源于一种半神秘学理论，这种理论在整个18世纪一直主导着化学，并在许多方面阻碍了化学的发展。当时认为，"燃素"是燃烧的物体释放出来的一种无形的物质，是构成热的主体。

拉瓦锡在戴维十一岁时发表了《化学基础论》，推翻了燃素学说，并表明燃烧过程并不涉及神秘"燃素"的损耗，而是燃烧的物质与空气中的氧气相结合的结果（也被称为氧化过程）。

拉瓦锡的工作激励戴维在他十八岁时完成了第一个开创性实验：他通过摩擦融化了冰，从而表明热是一种能量，而不是一种物质。"已确证热没有实体，也不是流体。"他欢欣鼓舞地说。戴维把实验的结果写成一篇题为《论热、光，以及光的构成》（"An Essay on Heat, Light, and the Combinations of Light"）的文章，其中包括了对

---

[1] 燃素（phlogiston）学说是18世纪欧洲化学领域的流行学说，认为火是由无数细小微粒构成的物质实体，后被认为有误。

拉瓦锡的批判，以及对自波义耳以来的化学进行了批判，同时他还希望建立一种新的化学体系，可以破除原先那种形而上学的、只存在于概念中的体系。

时任牛津大学化学系教授的托马斯·贝多斯（Thomas Beddoes）看到了关于这个青年人的报道，也了解了他关于物质和能量的革命性新思想。贝多斯邀请戴维到他位于布里斯托尔的实验室，就是在那里，戴维完成了他的第一项主要工作：分离出一氧化二氮，并检测了其生理效应。[1]

戴维在布里斯托尔的求学时期是他与柯勒律治以及其他浪漫主义诗人之间亲密友谊的开始。当时，他自己写了大量诗歌，他的笔记中混杂了化学实验、诗歌和哲学思考。写过《柯勒律治与骚塞[1]》（*Coleridge and Southey*）的约瑟夫·科特尔（Joseph Cottle）认为，戴维不仅是天生的哲学家，还是一名诗人，这两个角色的任何一个或同时都代表了他独特的感知能力："毫无疑问，如果不是他哲学家的光芒太耀眼，他将成为一位引人注目的诗人。"实际上，在 1800 年，华兹华斯就邀请过戴维为其再版的《抒情歌谣集》（*Lyrical Ballads*）做审阅工作。

在这一时期，文学和科学文化之间仍保持着密不可分的联系，感性与理性的分离还没有这么快到来。确实，在

---

[1] 指罗伯特·骚塞（Robert Southey，1774—1843），英国浪漫主义诗人，与柯勒律治、华兹华斯等同属湖畔派。

柯勒律治与戴维之间，存在一种亲密的友谊，这是类似神秘吸引力一般的融洽感觉。柯勒律治的核心思想认为：化学转化的类似物会引导全新化合物的出现。他一度计划与戴维共同建立一个化学实验室。诗人和化学家是意识与自然的关联性法则的挑战者、分析者和探索者。[2]

柯勒律治和戴维似乎把彼此看作双胞胎：语言的化学家柯勒律治，化学诗人戴维。

在戴维的时代，化学不仅包括相应的化学反应，还包括对热、光、磁和电的研究——后来这部分中很多被分离出去，作为"物理学"的研究范畴。（甚至在 19 世纪末，居里夫妇首次发现放射性后，也将其视为某些元素的"化学"性质。）尽管静电在 18 世纪就已为人所知，但直到亚历山德罗·伏特（Alessandro Volta）发明了一种金属三明治——用两种不同的金属夹着盐水浸泡过的纸板，才产生了稳定的电流，也就是第一块电池。戴维后来写道，伏特发表于 1800 年的论文在欧洲的实验者中起到了警钟的作用。对戴维来说，正是这篇论文让现在被认为是他毕生致力的工作得以成形。

他说服贝多斯模仿伏特的电池建造了一个大型电池，并在 1800 年开始了他的第一次实验。很快他就怀疑电池的电流是由金属板上的化学变化所产生的，并想知道反向操作能否成立：是否能通过电流的流通引起化学变化？他对电池进行了巧妙而彻底的改造，他是第一个利用大型新能源设备设计出碳弧灯这种新照明形式的人。

这些杰出成就引起了首都科学家们的注意。同年，戴维被邀请到伦敦新成立不久的皇家科学研究所工作。他一向口才很好，天生就很会讲故事，很快他就成了英国最有名、也最有影响力的讲师，每次讲课都会引来大批人围观，把街道堵得水泄不通。他的演讲从实验的细枝末节——这些细节可以生动地描绘出他正在进行的工作，为听众展现出他非凡的思想——到对宇宙和生命的思考，用一种无与伦比的丰富语言和自我风格阐述出来。

戴维的就职演说吸引了许多人，其中包括玛丽·雪莱。数年后，在《弗兰肯斯坦》（*Frankenstein*）中，她创作的瓦尔德曼教授上化学课的情景，就参考了戴维的一些语句。（具体来讲，当谈到电流时，戴维曾说："已经发现了一种新的影响力，能够让人有能力去整合无机物来进行生产，这些作用从前只能在动物的器官中完成。"）而作为那个时代最健谈的人，柯勒律治总会去听戴维的演讲，不仅是为了填满他的化学笔记本，正如他所说，也是"为了更新我的隐喻库存"。[3]

在繁盛的工业革命初期，人们对科学，特别是化学，有着非比寻常的兴趣。作为一种新型且强效的（而非傲慢不逊的）方法，化学不仅让人们更了解世界，还让世界进入一个更好的状态。这种科学的双重观点在戴维身上体现得淋漓尽致。

在进入皇家科学研究所的头几年，戴维把那些更宏观的猜想放在一边，专注于具体的实际问题：鞣制问题、单宁分解问题（他是第一个在茶叶中发现单宁的人），以及一系列农业问题——也是他首先认识到氮在肥料中的关键作用以及氨的重要性。〔他的《农业化学中的元素》（*Elements of Agricultural Chemistry*）出版于 1813 年。〕

然而，到了 1806 年，戴维作为英国最杰出的讲师和实用型化学家——此时他仅有二十七岁——感到他需要放弃在皇家科学研究所的强制性研究任务，回到他在布里斯托尔时代就感兴趣的基本问题上来。他一直想弄清楚电流是否能提供分离化学元素的新方法，于是他开始试验电解水，用电流将水分解成氢和氧两种成分，并证明它们是以精确的比例存在于水中的。

第二年，他进行了著名的实验：用电流提取金属钾和钠。当电流流动时，戴维写道："负极导线上出现了一道强光，一簇火焰……从接触点上腾起。"这个实验产生了金光闪闪的金属液滴，在外观上和汞一样——这些金属液滴由两种新元素钾和钠组成。"这些液滴通常在燃烧过程中形成，"他观察到，"有时剧烈地爆炸并分裂成更小的液滴，它们一边猛烈燃烧一边在空气中高速飞行，持续地喷射火焰，看起来非常漂亮。"据戴维的堂弟埃德蒙记录：看到这个情景时，戴维在实验室里欢快地跳起了舞。[4]

我还是个孩子的时候，最大的乐趣就是重复戴维电解产生钠和钾的实验，看到这些金光闪闪的液滴在空气中起火，燃烧出鲜艳的黄色或淡紫色火焰，然后得到金属铷（它燃烧时会产生迷人的红宝石色火焰）——这是一种戴维还不知道但他一定会非常喜欢的元素。我十分认同戴维最初的这些实验，我总会想象是我自己正在发现这些元素。

戴维继而转向碱性土的研究，他在几周内分离出了碱性土中的金属元素——钙、镁、锶和钡。这些都是高活性金属，特别是锶和钡，和碱金属一样能燃烧出鲜艳的火焰。一年内分离出六种新元素对戴维来说还不够，第二年他又分离出了另一种元素——硼。

钠和钾元素在自然界中不存在，因为它们太活泼，会立即与其他元素结合，一般都是作为盐被发现——例如氯化钠（普通盐）——这些化合物都具有化学惰性和电中性。但如果像戴维所做的那样，把盐放在用两个电极传导的强力电流中，电中性的盐就会被分解，因为它的带电粒子会被吸附到极性相反的电极上。（比如在氯化钠中，钠粒子是正性的，氯粒子是负性的，法拉第后来将这些粒子命名为"离子"。）

对戴维来说，电解是"一条新的发现之路"，这促使他要求使用更大更强的电池；电解还给戴维带来了一个启示：物质本身并不像牛顿和其他人所想的那样是惰性的，而是带电的，它们被电场力束缚在一起。

戴维当时就意识到：化学亲和力与电动力相互决定，在物质构成上是一模一样的。波义耳和他的后继研究者拉瓦锡等人，对化学键的基本性质并没有明确的认识，但他们猜想存在引力作用。戴维当时设想存在着另一种宇宙力，其本质是带电的，能把物质中的分子结合在一起。此外，他还有一个模糊而强烈的想法，即整个宇宙都弥漫着电力和引力。

1810年，戴维重新检测了谢勒发现的重性绿色气体，之前谢勒和拉瓦锡都认为它是自然界中的化合物，而戴维证明了它是一种元素。根据气体的颜色，他将其命名为氯（来自希腊语词根"chloros"，意为绿黄色）。他还发现氯不仅是一种新的元素，还是一个全新的化学元素家族的代表——这些元素与碱金属类似，由于太活泼而无法独自存在于自然界中。戴维确信一定有一些更重和更轻的氯的类似物，跟氯是同一个家族的成员。

1806 年到 1810 年，是戴维一生中最具创造力的几年，无论是实验发现，还是在实验基础上总结的深刻概念，都成果颇丰。他发现了八种新元素，清除了燃素理论的最后痕迹，推翻了拉瓦锡认为原子仅仅是种形而上的存在的观点。戴维还展示了化学反应的电学基础。在这高强度的五年中，他让化学的基础更坚实，并让化学有了实质性的改变。

他赢得了同行们的高度尊重，也获得了许多科学荣誉；他让受过教育的大众接受到科普，并因此享受到巨大的公众声望。他热爱在公共场合演示实验，他著名的演示实验都设计得既刺激又有说服力，展示过程不仅颇具戏剧性，有时甚至还有爆炸性的效果。戴维正像冲浪者一样处于新的科技浪潮的巅峰，这种科技力量作为预示也好，威胁也罢，都将改变世界。国家又能授予这样一个人什么样的荣誉呢？似乎只有一个，尽管几乎没有先例。1812 年 4 月 8 日，戴维被摄政王封为爵士，他是自 1705 年牛顿之后又一位被封为爵士的科学家。[5]

奈特介绍说，戴维"以一种无可救药的浪漫态度进行着自己的实验"，"在一段酝酿期之后，他以极快的速度开展实验"。他独自工作，只有一名实验助理协助。第一位助理是他的堂弟埃德蒙·戴维，第二位是迈克尔·法拉第。法拉第和戴维的关系逐渐变得紧张而复杂，一开始是一种积极的关系，但后来蒙上了一些阴影。正如法国化学家贝托莱（Berthollet）在谈到自己的"儿子"盖伊-吕萨克（Gay-Lussac）时所描述的那样，法拉第几乎也可以算作是汉弗莱·戴维的儿子——"在科学上的儿子"。当时法拉第才二十出头，对戴维的演讲如痴如醉，为了赢得戴维的欢心，他甚至还向戴维展示过一本带有自己精妙注释的演讲笔记。

戴维在把法拉第用作助手之前也有过犹豫。因为法拉第还是个无名小卒，他害羞、不谙世故、不擅交际，而且受教育程度不高。但他对科学怀有强烈而懵懂的热爱，并且有着极其聪明的头脑。他在很多方面都很像曾经去接近贝多斯时的戴维。戴维最初是一位慷慨地给予支持的"父亲"，但后来，随着法拉第的思想越来越独立，他变成了让人难以忍受、或许还带点嫉妒的父亲。

法拉第起初对戴维是完全钦佩的，但后来就变得越来越愤慨，从道德上蔑视戴维的世故。他是个原教旨主义信徒，不赞成所有头衔、荣誉和职位，并在自己晚年也坚决拒绝接受这些虚名。但在更深的层次上，两人之间也有着一种从未丧失过的情感和智力层面的亲近。他们都很害羞，说话方式也比较拘谨，关于两人关系的内情，现在也只能靠猜测了。但是，在这段持久而激烈的关系中，他们两人以最高水准的思想创造性地相遇，这对他们自己、对整个科学史来说都是极其重要的。

戴维对社会地位、威望和权力有着强烈的野心。在他被封为爵士三天后，他迎娶了简·阿普里斯，对方是一位有着强大人脉的继承人，还是一位知识女性，同时也是沃尔特·司各特爵士的表妹。戴维夫人（汉弗莱爵士经常提到她）口才极好，曾在爱丁堡开过一家沙龙，但和戴维一样，她过惯了独立生活，也习惯了社交场上的曲意逢迎；他们两人都不适应家庭生活。这段婚姻不仅不幸福，而且干扰了戴维对科学全心全意的投入。他的精力越来越多地放到与贵族交往以及效仿贵族上面（"他深深地爱慕着贵族。"奈特评论道），并试图也成为一名贵族——这在摄政时期的英国是不可能达成的任务，一个人的阶级不可避免地由他的出身决定，无论是杰出的成就、头衔还是婚姻都无法改变这一点。

戴维夫妇并没有马上去度蜜月，而是计划在汉弗莱完成手头的研究后，一起去欧洲大陆旅居一年。他一直在研究火药和其他炸药，1812 年 10 月，他试验了第一种有"强"爆炸性的三氯化氮，自此以后这种物质使许多人失去了手指和眼睛。他发现了几种让氮和氯结合的新方法，但在一次拜访朋友时引起了剧烈的爆炸。戴维把所有的实验细节都写给对他敬佩有加的弟弟约翰："必须非常谨慎地使用它们，一旦使用比针头大一些的试剂量就会非常不安全。我就是因为用了大一些的剂量而受了重伤。"

戴维部分失明，直到四个月后才完全康复，而他去探访的那位朋友家受到了怎样程度的破坏就不得而知了。

蜜月既怪异又滑稽，戴维携带了大量的化学仪器和各种化学材料："一个气泵、一台电机、一个蓄电池……一个通气装置、一台锻造风箱、一个水银和水煤气的装置、一些用铂金和玻璃制作的杯子和盆，以及常用的化学试剂"，当然还有一些做实验用的烈性炸药。他还带着年轻的研究助理法拉第（他被戴维夫人当作仆从使唤，所以很快就开始讨厌她）。

在巴黎，戴维去拜访了安培（Ampere）和盖伊－吕萨克。他们给他了一种闪亮的黑色物质作为样本，这种物质的一个显著特性是：加热后不会融化，而是会立刻变成深紫色的蒸气。戴维意识到这可能是氯的一种类似物，随后很快就证实了它是一种新元素（他在写给皇家学会的报告中称这是"一种新的物质"），他给它起了另一个用颜色命名的名字——碘，来自希腊语的"ioeides"，意为紫罗兰色。

婚礼分阶段从法国到了意大利，戴维一路进行实验：在佛罗伦萨，他们在控制条件的情况下用一把巨大的放大镜烧钻石；[6] 在维苏威火山口边缘采集晶体；分析来自山体天然出气口的气体——戴维发现，这些气体与沼气或甲烷的成分完全相同；而且，戴维还首次分析了从古老的画作中提取的颜料样本（戴维宣称它们"只不过是原子"）。

在这段奇特的化学蜜月期，戴维似乎又变回那个富有激情、好奇心强烈而又淘气的男孩，他脑子里充满想法和恶作剧。尽管戴维夫人似乎在很多时候都令法拉第不快，但这段时间对他来说是很好的科研生涯的入门课。假期虽然不断被延长，但终有尽头，这对爵士夫妇回到伦敦后，戴维接受了一生中最重大的实践挑战。

正在升温的工业革命消耗着大量的煤，煤矿被挖掘得越来越深，直到触及了深层的可燃且有毒的"易燃沼气"（甲烷）和"窒息沼气"（二氧化碳）等气体。使用关在笼子里的金丝雀可以预测是否有窒息沼气泄露，但一旦发现易燃沼气就会引起致命的爆炸。因此设计矿灯的工作刻不容缓，所需的矿灯需要能够被带进黑暗的深层矿井中，同时不会有引爆易燃沼气的危险。

戴维为设计矿灯了做了许多不同的实验，在实验中发现了一些新的原理。他发现，在密闭的灯笼中使用窄金属管可以防止爆炸的蔓延。然后，他又用金属丝网做了实验，发现火焰无法通过金属网。[7] 1816 年，由金属管和金属丝网组成的戴维灯被发明出来，经测试不仅性能安全，还能以火焰的外观作为指标，监测是否存在易燃沼气。[8]

戴维从未要求过经济补偿，也没有申请安全灯的专利，而是将它免费送给了全世界。[在这一点上，他与他的朋友威廉·海德·沃拉斯顿（William Hyde Wollaston）形成了鲜明的对比，沃拉斯顿凭着对钯和铂的商业开发获得了巨额财富。]

电化学研究一直是戴维科学研究的重点，而安全灯的发明让戴维的公众影响达到顶峰。当戴维把安全灯作为礼物送给国家时，他的公众知名度和认可度达到了新的高度。

戴维有着梦幻、神秘的一面，也许除柯勒律治和法拉第之外，与他同时代的人们并没有看出这一点，这隐藏在他那些令人眼花缭乱的成就背后。（柯勒律治和法拉第太了解他了，而且这两人也有各自的伟大与怪异之处。）

为了成为一名经验主义者，戴维下了不少苦功，但浪漫主义运动和自然哲学也是他思想体系的一部分，并贯穿其一生。哲学中的神秘主义或先验主义与经过严格实验观察的经验主义之间不一定存在矛盾；它们可以同时存在，就像在牛顿身上体现的那样。得益于柯勒律治为弗里德里希·谢林（Friedrich Schelling）[1]论著的精彩翻译，戴维年

---

[1] 德国唯心主义哲学家，主要研究自然哲学和先验哲学等。

轻时就对唯心主义哲学着迷，而他自己的工作也验证了谢林的一些观点：宇宙是一个动态的整体，被具有相反化学价的能量束缚在一起，在这个整体中，能量虽然能够改变形态，但总是守恒的。

对牛顿来说，空间仅仅是一种介质，而不是一种结构，在空间中有运动发生，而重力之类的一些力却很神秘，似乎验证着"来自远处的作用"。只有法拉第提出了明确的概念：力是有结构的，磁铁或载流导线会产生电场。但在我看来，戴维提出的概念与"场"也很接近——这个先验主义的、在某种意义上非常浪漫主义的概念也是我们欠法拉第的。更让人好奇的是，在受到汉斯·奥斯特（Hans Ørsted）、安培以及其他人的工作启发时，法拉第和戴维这两位富有远见的天才是怎样相互影响的？他们当时不约而同地思考着新近发现的电磁现象。我们不禁将戴维看作是一个中继点，他把莱布尼兹、谢林的唯心主义宇宙与法拉第、克拉克·麦克斯韦（Clerk Maxwell）、爱因斯坦的现代宇宙连接了起来。

1820年，戴维被授予英国科学界的最高荣誉：皇家学会主席。牛顿曾作为主席任职二十四年，而戴维的前任，约瑟夫·班克斯（Joseph Banks）爵士也任职了四十二年。这一职位拥有最大的权力和最高的威望，但也承担着沉重的对外事务与行政负担。据估计，在班克斯就任期间，他写过五万多封信，也可能多达十万封。现在，这一沉重的负担落到了戴维身上。

戴维努力对皇家学会进行改革，产生了更为严峻的影响。到19世纪20年代，皇家学会的会员都是一些出身良好、有一定才华但实际并没有什么科学成就的人。戴维直接呼吁：皇家学会正在逐渐失去声誉，会员们必须证明自身的价值。他持续大幅度地削减非生产性资助，并把一些业余研究者和士绅塑造成专业人士，这引起了许多会员的抗议和愤怒。戴维越来越被人嘲笑和敌视，他曾经被描述为"迷人"的处世方式，也逐渐变得愤怒、傲慢、不妥协，从挂在皇家科学研究所里的他那幅脸部发红、浮肿、带着怒气的画像中就可见一斑。他曾是英国最受欢迎的科学家，用戴维·奈特的话说，后来他成了"有史以来最令人讨厌的科学家之一"。

对戴维来说，这是段不幸的时期。他不断为皇家学会的琐事烦恼、与大多数会员为敌，并和柯勒律治以及其他一些早年认识的、为他带来过率真和快乐的朋友都断绝了联系。他还陷入了一段没有爱情，也没有孩子的婚姻。在他四十多岁的时候，他越来越隐约意识到自己身体出了状况，这些症状或许与他父亲英年早逝时的毛病一样。戴维有理由为自己的状况哀叹，也有理由怀念他早期的权力。

他太心烦意乱，以至于无法完成任何有开创性的研究，而这些研究一直是他生活的主要内容，也是他内心平静和稳定的唯一源泉。更糟糕的是，他不再认为自己在引领行业前沿，也意识到自己被同时代的人视为过时并被边缘化。瑞典化学家贝采利乌斯（Berzelius）开始将无机化学全部置于自己的掌控之下，他认为戴维毕生的研究不过是"辉煌的碎片"。

戴维的失落感，以及无望的怀旧感，每年都在加深。他于1828年写道：

> 我若是能恢复二十五岁时那种清晰的思维……有什么是我不能放弃的！……我仍然清楚地记得那个让人愉快的时期，我充满力量，也从别人身上寻求力量；而力量就是同情，同情就是力量；想象的力量，以及来自我的同伴与朋友们的力量，既能够成就亡者和无名者，也能创造跨越时空的伟人。

1826年，戴维的母亲去世了。他对她特别依恋，就像牛顿对他母亲一样，她的去世深深影响着戴维。四十八岁那年年末，就在与父亲同样的年纪，戴维患上了中风，导致手掌和手臂暂时麻木，一条腿无力。尽管他很快得以恢复，但这件事的后果，以及其无法否认的严重性，改变了戴维的想法。他突然对皇家学会无休无止的斗争感到厌倦，也厌倦了俗世生活中无休无止的义务："我失去了健康，我志得意满，追求卓越不再让我感到兴奋。我最温柔的问候来自坟墓。"

戴维的一个消遣，或许是他成年后唯一的消遣，就是钓鱼。平时的他心烦气躁、自高自大、无法接近，但在他钓鱼的时候，就会恢复原先的友善和真正的自我。在这种时刻，他的头脑会恢复青春和活力，他可以像过去一样，在纯粹的思想游戏中快乐起来。经年累月，作为一个专业的钓鱼者，戴维对蝇类和鱼类的知识也都很精通。他晚年的一本著作《论钓鱼》（Salmonia）就是一部关于自然史、寓言、对话和诗歌的书，奈特把它誉为"一部全篇都在阐述自然神学的钓鱼书"。

写完这本书后，戴维在他的教子约翰·托宾的陪同下启航前往斯洛文尼亚，托宾是他最后一位"科学之子"。戴维远离了英国和那里的气候，他觉得这种气候让"神经系统处于一种持续紊乱的状态"，或许他希望去感受、欣赏，并传达他最后的想法："我寻求安慰，并最终得到了抚慰。在一场危重的疾病后，我的健康得到了部分恢复……我找回了自己早期思考的精髓……大自然从不欺骗我们，岩石、山脉、溪流总说着同一种语言。"

1829 年 2 月，在最后一次致命的中风之后，戴维口授了这封信，也就是他的诀别信：

> 我将死于严重的瘫痪，除大脑以外的全身瘫痪……我向上帝祈福，我已经完成了我的智力劳动。

我曾说过，汉弗莱·戴维是我这一代对化学或科学感兴趣的少年心目中的英雄。我们都了解并重复着他的著名实验，甚至把自己幻想成他。戴维在他自己年轻的时候，也有过这样的科学偶像，他尤其崇拜牛顿和拉瓦锡。对他来说，牛顿是神一样的人物；而拉瓦锡与他更接近，更像一位可以与之交谈、与之辩驳的父亲。贝多斯帮他发表的第一篇论文，虽然对拉瓦锡的研究提出了质疑，但实际上是在与拉瓦锡对话。我们所有人都需要这样一些偶像，作为自我理想的投射，并让他们贯穿于自己的一生。[9]

现在让我感到沮丧的是，当我和年轻的搞研究的朋友们谈起戴维时，没人听说过他。当我告诉他们我对他很感兴趣时，他们中有不少人感到疑惑。他们很难想象这种"旧"科学与他们的研究会有什么关联。人们常说，科学是客观的，是由"信息"和"概念"组成的。科学的发展是不断被修正和替换的，因此旧的信息和旧的概念变得过时。在这种观点之下，过去的科学与现在无关，只有历史学家或心理学家会对它们感兴趣。

但我认为事实并非如此：1967年，当我开始写第一本书《偏头痛》(*Migraine*)时，对疾病病理机制的探究以及与病人的接触都给我带来了灵感，但同样起到关键作用的是一本关于这个主题的"旧书"——爱德华·利文 (Edward Liveing) 写于19世纪70年代的《偏头痛》(*Megrim*)。在医学院图书馆中，我从自己很少涉猎的历史书籍区发现了这本书，我把它读了一遍又一遍，简直欣喜若狂。六个月中我把这本书重读了很多次，终于对利文有了深厚的了解。他的理念和思维方式一直影响着我。利文给我带来的持续影响对我自己思想的形成以及著作的完成都至关重要。也正是在我十二岁的时候，与汉弗莱·戴维的一次邂逅，让我最终决定走上科学之路。所以我怎么能相信科学的历史和过去是无关紧要的？

我认为我的经历并非独一无二。与诗人或艺术家一样，许多科学家和过去的科学也有着真切的联系，这不仅仅是对历史和传统的抽象认知，更像是面对伙伴和前辈，享受着与先辈们的某种隐秘的对话。科学有时自认为是客观的，是一种"纯粹的思想"，独立于历史和人类起源之外。我们也常常这样去理解科学。但科学实际上是一项贯穿始终的人类事业，它是有机的、不断发展的，它会伴随着人类的成长而成长，也会突然地爆发与停滞，有时候还有着奇怪的偏差。科学来源于过去的科学中，但它从未脱离过去，正如我们也是从自己的童年成长而来一样。

图书馆

　　还是个孩子的时候，我们家里我最喜欢的房间是图书室，那是个很大的房间，铺着橡木地板，四面墙上都装有书架，房间正中央还有一张结实的桌子，用来写作和学习。在这个房间里，我父亲作为一个犹太研究者，收藏了不少希伯来语的专业资料；也是在这里，收藏着所有易卜生的剧本（我父母最初就是在医学生易卜生协会里结识的）。在其中一个书架上，存有我父亲那个年代的年轻诗人的诗集，他们中许多人在"一战"中丧生。同样是在这间房里，在书架的下面几层，我三个哥哥的历险书和历史书触手可得；正是在这里，我找到了吉卜林的《丛林之书》（*Jungle Book*），并与毛格利感同身受，把他的冒险作为我自己幻想的起点。

　　我母亲把她最喜欢的书放在休息室中一个单独的书柜里——狄更斯、特罗洛普、萨克雷的作品，以及一套浅绿色装帧的萧伯纳剧本、一套红色摩洛哥软皮装的吉卜林全集。母亲的书柜中还有一套三卷本的莎士比亚作品集、一本刷金边的弥尔顿诗集，以及一些其他的书，大部分都是诗集，是我母亲在学校得到的奖品。

医学书籍被放在我父母的诊室中一个专门上了锁的柜子里（但钥匙插在门上，所以很容易打开）。

在我看来，镶有橡木地板的图书室是家里最安静、最漂亮的房间，它和我的小化学实验室并列成为我最喜欢待的地方。我常常窝在椅子里全神贯注地读书，以至于完全忘了时间。只要我没有赶上吃午餐或晚餐，准能在图书室里找到我，我肯定是完全被某本书迷住了。我在三四岁的时候就会自己看书了，书籍和家里的图书室都是我最初的记忆。

但对我来说，我最早去过的图书馆是我们当地的公共图书馆——威尔斯登图书馆。在那里，我度过了成长中最快乐的时光——从我家走到图书馆只需要五分钟——我在那里接受了真正的教育。

总的来说，我不喜欢上学，不喜欢坐在教室里受教育，老师讲的课对我来说总是左耳朵进右耳朵出。我不能被动学习，我必须主动学习，为我自己学习，以最适合自己的方式去学习想学的知识。我不是个好学生，但我是个好的学习者，在威尔斯登图书馆和后来的所有图书馆里，我会在书架和书堆里漫游，自由地去选择想看的书，沿着那些让我着迷的小道，成为我自己。在图书馆里，我感到了一种自由——自由地浏览成千上万的书，自由地徜徉在书海中，享受着特殊的氛围，与其他读者安静地相伴，他们和我一样，都有自己来这里的任务。

随着年龄增长，我阅读的内容越来越偏向科学，特别是天文学和化学。我十二岁时转入的圣保罗中学有一个很优秀的综合图书馆——沃克图书馆，馆内有大量历史和政治方面的藏书，却没法提供所有的科学书籍，特别是我想看的化学书籍。还好在一位老师的特别引荐下，我得到了科学博物馆的图书馆入场券。在那里，我狼吞虎咽地阅读了很多卷梅勒编写的《无机和理论化学总论》(*Comprehensive Treatise on Inorganic and Theoretical Chemistry*) 以及篇幅更长的《格梅林无机化学手册》(*Gmelin Handbook of Inorganic Chemistry*)。

在我上大学以后，我有权进入牛津大学的两座伟大的图书馆——拉德克利夫科学图书馆和博德莱恩图书馆。博德莱恩图书馆是一座历史可以追溯到 1602 年的优秀综合图书馆。正是在博德莱恩图书馆，我偶然发现了西奥多·胡克（Theodore Hook）一些鲜为人知的作品。胡克在 19 世纪早期便因其才智而闻名，也因为他的戏剧天赋和音乐剧的即兴创作能力而备受尊重与喜爱。我对胡克非常着迷，于是决定为他写一些传记或是"小传"。除了博德莱恩图书馆外，我只在大英博物馆的图书馆里找到了一部分我所需的资料，而博德莱恩图书馆宁静的氛围也提供了完美的写作环境。

但在牛津大学时，我最喜欢的还是我们女王学院自己的图书馆。这座宏伟的图书馆是克里斯托弗·雷恩（Christopher Wren）设计的，在这座建筑下面，是由暖气管道和书架构成的地下迷宫，书架上存放着浩瀚的图书馆地下藏书。把各种古籍和珍本拿在手里，对我来说是种新奇的体验——我特别喜欢格斯纳（Gesner）出版于1551年的《动物史》（*Historiae Animalium*），这本书里有许多精美的版画，包括丢勒（Dürer）画的犀牛；也很喜欢阿加西斯（Agassiz）关于鱼类化石的四卷本。我还在地下藏书室看到了达尔文的所有原版作品，在书堆里发现了托马斯·布朗爵士的所有作品，并爱上了它们——《宗教医生》（*Religio Medici*）、《氢化物》（*Hydriotaphia*）和《居鲁士的花园》（*The Garden of Cyrus*）[又名《梅花菱形》（*The Quincunciall Lozenge*）]。其中一些书非常荒诞不经，但语言都非常华丽！如果说你发现布朗爵士经典的夸夸其谈出现得太频繁，还可以转而去欣赏斯威夫特如宝石切割般精确的修辞和文法——当然，所有这些著作都是原版。我父母喜爱的19世纪作品陪伴我长大，而女王学院图书馆的地下藏书室却向我引荐了17世纪和18世纪的文献著作——约翰逊、休谟、蒲柏和德莱顿的作品。所有这些书籍都可以免费借阅，不像某些图书馆还设有特殊区域，把珍稀图书都锁起来，而这些书都好好地待在书架上，（在我想象中）仿佛自它们出版以来就这样了。正是在女王学院的地下藏书室中，我真正对历史、对我自己的语言有了切身的感受。

1965年我第一次来到纽约市，那时我有一间既糟糕又狭窄的小公寓，里面几乎没有地方可以用来阅读或写作。我只能笨拙地抬着我的胳膊，在冰箱顶上写完了《偏头痛》的一部分。我非常渴望有个宽敞些的空间。幸运的是，我工作的阿尔伯特·爱因斯坦医学院的图书馆里空间很富余。我会坐在一张大桌子前读读写写，然后在书架和书堆里走来走去。我不知道我会瞥见些什么，但有时会发现意想不到的宝藏，我会把它们都带回自己的座位。

尽管图书馆里很安静，但小声的对话可能会从书堆间开始——也许你们俩正在寻找同一本旧书，1890年的同一卷《大脑》杂志——对话可能会发展成友谊。图书馆里所有人都在读着自己的书，沉浸在自己的世界里，却有一种集体感，甚至是亲密感。书籍所带来的实体感受——连同它们所处的位置以及它们在同一个书架上的邻居们——都是这种友情的一部分：翻阅书籍、分享书籍、互相传递书籍，甚至看到以前的借阅者的名字以及他们的借阅日期都能感受到。

但到了 20 世纪 90 年代，情况发生了变化。我继续频繁地去图书馆，坐在书籍堆积如山的书桌前。但学生们越来越忽视书架，他们只用电脑搜索和下载自己所需的东西。只有极少数人会去书架前找书。对他们而言，这些书籍是没有必要的。也因为大多数用户不再看书，学院最终决定将它们处理掉。

我从没想过这种事会发生 —— 不仅是在爱因斯坦医学院的图书馆，在全国所有大学的图书馆和公共图书馆里都在发生。我最近去图书馆时，感到很震惊，我发现曾经满满当当的书架，现在却空空如也。在过去的几年里，大部分的书似乎都被扔掉了，几乎没有人提出反对意见。我觉得这是一场谋杀，一次犯罪：几个世纪以来的知识就这么被摧毁了。一位图书管理员看我这么苦恼，向我保证说，所有"有价值的"东西都已经被数字化了。但我不使用计算机，我对失去这些书籍，甚至对失去期刊的合订本而深感悲痛，因为实体书的外观、气味和重量不可替代。我回想起图书馆曾经那么珍视这些"旧书"，甚至为这些古籍和珍本设置了专门的房间来存放；而就在 1967 年，我通过在书堆里翻找，发现了一本 1873 年的书 —— 爱德华·利文的《偏头痛》，正是它激励我写出了自己的第一本书。

脑中之旅

我第一次读到弗里杰什·考林蒂（Frigyes Karinthy）的《头骨环游记》（*A Journey Round My Skull*），是在我十三四岁的时候——我想它在我后来开始写作自己的那些有关神经疾病病例史的书籍时，深深影响着我——时至今日，当我在六十年后重读这本书，我仍然觉得它立意非常好。它不仅是一部详尽的病例史，还描绘出了一个具有非凡情感和天赋的人，在他生命的全盛时期近乎天才，却被一种疾病所威胁，对他的见解、思维，甚至人生，都产生了复杂的影响。这本书作为一次洞察事实的旅程，具有象征意义。

这本书也有它的缺点：在需要严肃叙述的地方，谈了很多关于哲学和文学的题外话，而且还描写了不少虚构的情节和夸张的想象——但是考林蒂越来越意识到这一点，随着他的写书往前推进，逐渐在经历中清醒，也开始将小说般的想象与现实乃至临床事件相结合。尽管有这些缺点，在我看来，考林蒂的书仍然算是一部杰作。如今我们身边充斥着各种医学回忆录，有传记性的，也有自传性的——这种类型的著作在过去二十年里已经多到爆炸。然而，或许医疗技术日新月异，人类的经历却亘古不变，因此《头骨环游记》作为第一部关于大脑内部旅程的自传体著作，仍是最好的之一。

出生于 1887 年的弗里杰什·考林蒂是匈牙利著名的诗人、剧作家、小说家和幽默作家，四十八岁时，他的身体出现了一些状况，后来他才意识到那是脑肿瘤的最初症状。

一天晚上，当他在布达佩斯自己最喜欢的咖啡馆喝茶时，听到"一阵清晰的隆隆声，紧接着是一些缓慢但越来越响的回声……轰鸣声越来越大……然后才逐渐消失恢复到无声"。他抬起头，惊讶地发现什么事也没有发生。既没有火车，他也不在火车站附近。考林蒂感到疑惑："究竟是怎么回事？外面有火车驶过吗？……或者是某种新型交通工具？"当第四列"火车"驶过后，他才意识到自己产生了幻觉。

考林蒂在回忆录中思考了他是如何偶尔听到自己的名字被轻声呼唤的——我们都有过类似的经历，但这完全不同：

火车的轰鸣声很响，持续不断。那声音大到足以淹没掉真实的声音……过了一会儿，我惊奇地发现这个响声和外面的世界无关……这种噪声是从我脑子里传出来的。

许多病人向我描述过他们第一次出现幻听时的经历——那声音通常不是讲话声或噪声，而是音乐。他们所有人都和考林蒂一样，会四处寻找这个声音的来源，只有当他们发现找不到时，才会不情愿地，有时甚至是恐惧地断定自己产生了幻觉。很多人在这种情况下害怕自己会发疯，因为"听到一些东西"不就是典型的疯症吗？

考林蒂并不担心这一点：

我……并不觉得这件事非常令人震惊，只是觉得很古怪，也很不寻常……我应该不是疯了，如果是那样的话，我就不可能诊断出自己得病了。一定是出了其他的问题。

他回忆录的第一章《隐形火车》就像侦探小说或悬疑小说一样展开，一个令人费解的奇异事件反映出他大脑中开始发生的缓慢而隐秘的变化。在他随后进入的这场越来越复杂的"戏剧"中，考林蒂自己既是研究人员，又是被研究的对象。

考林蒂是个早熟的天才（他十五岁时就写出了第一部小说），在 1912 年他二十五岁时就已成名，当时他已出版了至少五本书。尽管他受过数学训练，并且对各个方面的科学都很有兴趣，但他最擅长写的是讽刺作品，并以其政治激情和超现实的幽默感而闻名。考林蒂还写过哲学著作、戏剧、诗歌、小说，在他第一次出现症状时，他正开始写一部庞大的百科全书，他希望这部书会和狄德罗那本不朽的《百科全书》（Encyclopedia）一样优秀，成为 20 世纪的《百科全书》。这些前期工作都有相应的计划和完整的写作框架，但是现在，考林蒂不得不关注自己大脑中所发生的事情，他只能一边记录，一边做笔记，一边反思，他并不知道未来会发生什么，也不知道新的旅程会带他去向何方。

火车噪声一般的幻觉很快就成了考林蒂生活中的固定项目。每天晚上七点，无论是在他最喜欢的咖啡馆还是别的地方，他开始有规律地听到这些声音。在短短几天内，开始发生一些奇怪的事情：

> 我对面的镜子似乎在动，动了不到一两英寸，然后又静止不动了……但是现在发生了什么？……我

不头痛，也没感觉到任何疼痛，我没有听到有火车，心脏也完全正常……然而这一切，包括我自己，似乎都失控了。桌子还放在平常的地方，两个男人正穿过咖啡馆，我还看到熟悉的水壶和火柴盒就放在我面前。然而，在某种诡异、让人惊恐的方式作用下，它们都仿佛恰好存在于某个偶然的地方，又或许是在其他任何地方……现在整个魔术盒都开始运作了，似乎下面的地板已经裂开，我想抓住一些东西……却找不到能抓的把手……除非，或许，我能在自己脑子里找到个把手。要是我能抓住某个图像、记忆或联想，让我能认清自己就好了。哪怕抓住一句话也行。

这是一段了不起的描述，不仅写出了被损坏的感知基础，还写到了被损坏的意识与自我的基础——考林蒂跌入了普鲁斯特所谓的"非存在的深渊"（也许只是几分钟，但看起来仿佛是永恒），他极其渴求有一些图像、记忆或言语能让自己振作起来。

到这时，考林蒂开始意识到，事情可能很严重、很不寻常，他想知道自己是癫痫发作还是中风。在随后几周里，他开始出现进一步的症状：恶心、干呕，很难保持平衡，也无法正常走路。他尽最大努力不去理会这些，但最后，由于担心自己的视力越来越模糊，他去咨询了一位眼科医生，开始了一段令人沮丧的医学之旅：

> 我打电话去预约了一位医生进行咨询，见面后他甚至没有给我做检查。我才描述了一半的症状，他就举起手打断我："我亲爱的朋友，你既不是耳炎，也不是中风……你的问题是尼古丁中毒。"

1936 年时，布达佩斯的医生会不会比七十年后纽约或伦敦的医生更糟糕？不倾听、不检查、固执己见、仓促下结论——所有这些都普遍存在，也很危险，现在的情况和过去没有两样［正如杰尔姆·格罗普曼（Jerome Groopman）在《医生如何思考》（*How Doctors Think*）中描述的那样］。完全可治疗的疾病也许会因为被忽视和误诊，最后为时已晚。如果考林蒂的第一位医生给他做了检查，他就会发现考林蒂患有小脑紊乱导致的协调障碍；如果他仔细观察考林蒂的眼睛，就会看到视乳头水肿——他的视神经乳头（也叫视盘）肿胀着——这是颅内压力过高的典型症状；如果他留意倾听病人的主诉，就不会这么漫不经心了：有这样严重的幻听和突然的意识损害必然是大脑皮层受损了。

但考林蒂是布达佩斯丰富多彩的咖啡馆文化的一部

分，他的社交圈不仅包括作家和艺术家，还包括科学家和医生。这也许让他很难从自己的医生那里得到直言不讳的医学意见，因为他的医生也是他的朋友或同事。又过了几周，虽然考林蒂尽量不把那些症状放在心上，却开始被两段记忆所困扰：一段是关于一个死于脑瘤的年轻朋友，另一段是他曾经看过的一部电影，影片展示了伟大的神经外科先驱哈维·库欣（Harvey Cushing）医生为一名清醒的病人进行大脑手术的过程。

这时，考林蒂开始怀疑自己可能患有脑瘤，他坚持让之前那位眼科医生（同时也是他的朋友）仔细检查了他的视网膜。他对这一幕的生动叙述既令人震惊又富有讽刺意味，充分展示了他敏锐的观察力和绝佳的喜剧天赋。考林蒂的坚持让这位眼科医生有些吃惊，几个月前刚安慰过考林蒂的他现在拿出眼底镜开始做检查：

当他弯下腰靠近我时，我感觉有个精密的小仪器在擦我的鼻子，还能听到他稍有些用力的呼吸声，他努力地贴近我进行检查。我等着他像往常那样安慰我："没什么问题！你只要换一副新眼镜就好——这次要买结实一点的哦……"而实际上完全不是这么回事。我听到 H 医生突然吹了一声口哨……

他把眼底镜放在桌子上，把头歪向一边。我发现他庄重而惊愕地看着我，仿佛对他来说我突然变成了一个陌生人。

考林蒂突然就不再是他自己了，他不再是医生的熟人，也不再是一个平等的、有着恐惧和情感的人类，而是变成了一具标本。H 医生"像昆虫学家无意中发现了梦寐以求的标本一样欣喜激动"。他跑出房间去召集同事们：

> 房间很快就被挤满了。助手、内科医生、医学生蜂拥而至，贪婪地抢夺着眼底镜。

教授也亲自到场，他面对着 H 医生说："祝贺你！这是个非常令人钦佩的诊断！"

在医务人员互相祝贺的时候，考林蒂试图打断他们：

> "先生们……！"我谨慎地说道。
> 每个人都转过身来，仿佛他们刚刚意识到我也是他们中的一员，值得关注的不仅仅是我的视神经乳头，这个让我成为他们兴趣焦点的东西。

这一幕很有可能发生，也确实正发生在世界各地的医院里——医务人员突然聚焦在一种有趣的病理表现上，完全忘记了那位（或许已经吓坏了的）碰巧患有这种病的人。所有的医生都对此感到内疚，这就是为什么我们仍然需要一些以病人为主视角来描写的书。也正因如此，需要一位像考林蒂这样诙谐机智、观察力强、描述清晰的病人来提醒我们，在医生出现类似"研究动物标本"的狂喜时，患者是个人这一点是多么容易被遗忘。

但我们也要记住，在七十年前，诊断和定位脑肿瘤还是一门相当困难和精妙的艺术。20世纪30年代还没有核磁共振或CT扫描，只有一些精细，有时又很危险的操作，比如向脑室内注入空气或从脑血管注射染料。

因此，考林蒂在几个月内从一个专家转诊到另一个专家，他的视力也越来越差。当他差不多快失明时，他进入了一个陌生世界，再也无法确定自己是否真的能看到东西：

　　我已经学会了通过光影的不断变化去揣测它们所对应的含义，并且调用自己的记忆去完善大致的效果。我渐渐习惯了自己所处的这种半昏暗的奇异世界，我几乎要开始喜欢上它了。我仍然能大致看清人的轮廓，我的想象力为它们提供了细节，就像画家去填满一个空画框一样。我试着通过观察一个人的声音和动作来描绘在我面前的那个人的脸……一想到自己可能已经瞎了，我就会被吓一跳。那些我以为自己看到的影像，或许只是我编造出来的梦里的东西。我可能只是在用人们的语言和声音来重建失去了的现实世界……我站在现实和想象的交界处，开始怀疑到底哪一个是真的。我的肉体之眼与心灵之眼渐渐融为了一体。

就在考林蒂处在即将永久失明的边缘时，维也纳著名神经学家奥托·普策（Otto Pötzl）终于对肿瘤做出了准确诊断，他建议立即手术。考林蒂在妻子的陪同下，乘坐火车前往瑞典，哈维·库欣的学生、全球顶尖神经外科医生之一的赫伯特·乌利韦克罗纳（Herbert Olivecrona）对他进行了面诊。

考林蒂对乌利韦克罗纳做了充满洞察力和反讽的描述，这是一种全新的、没有过多修饰性语言的描绘，完全不同于他以往那种绚丽生动的风格。一位冷静的斯堪的纳维亚神经外科医生的礼貌与矜持被巧妙地展现出来，与他这个典型的情绪化的中欧病人形成鲜明的对比。考林蒂终于可以放弃自己的矛盾、否认与疑虑，找到了一位他可以去信任，甚至可以去爱的医生。

乌利韦克罗纳告诉考林蒂，手术将持续好几个小时，但在手术过程中只会用到局部麻醉剂，因为大脑本身没有感觉神经，不会感到疼痛——而全身麻醉对于这种耗时漫长的手术来说风险太大。他补充说道，虽然大脑的某些部分对疼痛不敏感，但在受到刺激时，可能会唤起生动的视觉或听觉记忆。

考林蒂是这么描述最初钻颅骨的过程的：

> 钢铁扎进我的头骨时发出一声地狱般的尖叫。它越来越快地从骨头里沉了下去，尖叫声每一秒都越来越大，越来越刺耳……突然，猛的一抽，声音停止了。

考林蒂听到有液体从头上涌出，他很想知道是血液还是脑脊液。然后，他被推进一间 X 光室，在那里医生把空气注入他的脑室，从而展现脑室的轮廓，以此来检测它们是怎样被肿瘤压迫的。

回到手术室后，考林蒂被固定住，面朝下趴在手术台上，手术有条不紊地开始了。他的一大块颅骨暴露在外，然后大部分被逐块移除。

> [考林蒂感到] 一阵紧张、一种压迫感，听到一些噼啪的爆裂声，以及可怕的扳裂声……像是某个东西坏了，发出沉闷的声音……这个过程重复了很多次……就像在一块一块地拆开一个木箱。

颅骨一旦被打开，所有疼痛都消失了——这本身就很矛盾地让人感到不安：

> 不，我的大脑不会感到疼。也许这样更让人恼火。我宁愿它会感到疼。比任何真正的疼痛更让人害怕的是，我目前的处境看起来非常不真实。不真实之处在于：一个人躺在这里，头盖骨被打开，大脑暴露在外——他活生生地躺在这里，整件事情就很不真实……不真实、不可思议、不得体，一切都只为了能让他活下去——不仅仅是活着，还要有意识、头脑正常。

每隔一段时间，乌利韦克罗纳冷静而又和蔼的声音就会打断考林蒂的思路，为他进行解释，安慰他。考林蒂的恐惧渐渐消除了，随之而来的是平静与好奇。乌利韦克罗纳此时更像是维吉尔，引导着集诗人和病人于一身的考林蒂，在大脑的沟回和起伏间游走。[1]

手术进行了六七个小时后，考林蒂有了一段非凡的经历。这不是一场梦，因为他的意识完全清醒——尽管是在一种或许被改变了的意识状态下。他似乎正从手术室的天花板上方俯视着自己的身体，他走来走去，视野随之拉

---

[1] 此处指涉《神曲》中维吉尔带领但丁游历地狱和炼狱的经历。

近推远：

> 我的脑海里出现了幻觉，我似乎在房间里自由地走动。只有一束光均匀地打在桌子上。乌利韦克罗纳……似乎正身体前倾……他前额上的头灯把一束光照进了我被打开的颅骨内部。他已经把淡黄色液体吸走了。小脑的脑叶似乎垂了下来，摇摇欲坠，我猜想我看到了被打开的肿瘤内部。为了止血，他用一根炽热的电针烧灼被切断的静脉。已经可以看到血管瘤（由血管组成的肿瘤），位于肿瘤的包囊里，略微偏向一侧。肿瘤本身看起来就像一个巨大的红色球体。在我看来，它跟一朵小型的花椰菜一样大。肿瘤表面的一些纹路构成了某种图案，就像雕刻成的浮雕。乌利韦克罗纳就要把它给毁了，真是个遗憾。

考林蒂的视觉或幻觉继续呈现出详尽的细节。他"看到"乌利韦克罗纳熟练地切除了肿瘤，医生咬着下唇专心致志，然后对手术关键部分的完成表示满意。

我不知道该怎么称呼这种强烈的视觉意象，考林蒂对实际发生的事情尽在掌握，并且能详细地将其描述出来。考林蒂自己使用了"幻觉"这个词，并且以空中视角俯视着自己的身体，这是非常典型的通常被称为"灵魂出窍"（OBEs）的经历。[这种灵魂出窍通常都和濒死体验（NDEs）有关，比如在心脏骤停或者在感知到即将来临的灾难时就会发生——并且它们与颞叶癫痫发作，以及脑部手术期间对颞叶的刺激有关。]

无论怎样，考林蒂似乎知道手术是成功的，肿瘤已经被切除，同时他的大脑没有受到任何损伤。或许乌利韦克罗纳跟他描述过这些场景，而考林蒂把他的话转为了幻觉。在这段耗费精力但又令人安心的经历之后，考林蒂沉沉地睡着了，直到回到自己的病床上才醒来。

技艺精湛的乌利韦克罗纳顺利地完成了手术——肿瘤被移除了，经检测确定是良性的，考林蒂也完全康复了，甚至连视力也得以恢复，医生们原以为他会永久失明。他可以继续阅读和写作了，怀着一种如释重负的感激之情，他迅速完成了《头骨环游记》，并把德语版的第一本书寄给救了他一命的外科医生。他继而又写完了另一本写作风格与方法都不尽相同的《天堂的报告》（The Heavenly Report），然后又开始写另一本《瓶中信》（Message in the Bottle）。1938 年 8 月，在他身体显然还很健康，也极富创造力的时候，考林蒂突然去世了，享年五十一岁。据说死因是他弯腰系鞋带时突然中风。

Part Two

临床故事

冰 封

　　1957 年，当时我还是理查德·阿舍（Richard Asher）指导下的医学生，碰到了他的一名被称为"托比叔叔"的病人，我被这个病人奇怪的病情和传奇故事迷住了。阿舍医生有时候把这种症状叫作"瑞普·凡·温克尔[1] 式病例"。当我自己的脑炎后病人在 1969 年"苏醒"的时候，我经常回想起这个病例，当时的场景还历历在目，多年来不知不觉地在我脑中挥之不去。

　　阿舍医生被请去看一个生病的孩子。当他与孩子的家属讨论治疗方案时，他注意到角落里有个安静的、静止不动的人影。

　　"他是谁？"阿舍医生问。

　　"托比叔叔——他七年来都几乎一动不动。"

　　托比叔叔已经成为家里一个默默无闻的摆设。他的迟

---

[1]　瑞普·凡·温克尔（Rip Van Winkle）为美国作家华盛顿·欧文（Washington Irving, 1783—1859）创作的同名短篇小说中的人物。主人公在喝了仙酒后，睡了一觉。醒后下山回家，才发现时间已过了整整二十年。

缓是慢慢发生的，一开始家人都没有发现，但是后来随着症状变得越来越重，家人居然也都习惯了。他每天被投食喂水、翻身，偶尔排便。他真的一点都不给人添麻烦，就像是家具的一部分。大多数人从没注意过他，他就安静地待在角落。大家也不觉得他是生病了，他只不过是停住了而已。

阿舍医生对着蜡像一样的托比叔叔说话，没有应答，毫无反应。医生用手摸了摸他的脉搏，发现体温很低，几乎像死尸一样冰凉。但还是可以感受到一点微弱而缓慢的脉搏：托比叔叔还活着，只是被暂停了，他明显处于一种奇怪而冰冷的木僵状态。

与家属的沟通有些古怪又令人不安。他们明显表现得对托比叔叔漠不关心，但又把他照顾得整洁得体。显然，由于有时患者所发生的变化都是潜在的，不易被察觉，所以家属们就逐渐适应了这些变化。不过当阿舍医生建议他们把托比叔叔送去住院时，他们同意了。

然后托比叔叔就办理入院了，入住了配有特殊设备的代谢监护室，我就是在这里碰见了他。他的体温用普通体温计测不出来，所以专门使用了一个备用的低体温温度计；记录显示为 20 摄氏度，比正常情况低了 16 摄氏度。医生的推测很快就被检测结果证实了：托比叔叔几乎没有甲状腺功能，他的代谢率几乎为零。在基本没有甲状腺功能，也没有任何代谢刺激或者"情绪火苗"的情况下，他沉睡在甲状腺功能低下（或黏液性水肿）引起的昏迷中：虽然活着，但毫无生机；生理功能停滞，陷入冰封。

处理的方法很明确，这是一个简单的医学问题：我们只需要给他注射一种甲状腺激素——甲状腺素，他就会活过来。但这一回温和重燃代谢的过程需要实施得非常小心、缓慢。他的各项生理功能及器官都适应了低代谢状态。如果太快刺激其代谢，他可能会出现心脏病或其他并发症。所以慢慢地，非常缓慢地，我们开始给他用甲状腺素，他也开始非常缓慢地逐渐回暖……

一周过去了，没有什么特殊情况发生，托比叔叔的体温达到了 22.2 摄氏度。到了第三周，他的体温恢复到 26.7 摄氏度，他开始动了……并开口说话了。他的语调非常低沉、缓慢和嘶哑，就像唱片机每分钟转一圈那样嘎吱作响。（这种嘶哑部分是由声带的黏液性水肿引起的。）他的肢体也因为水肿而僵硬且肿胀，但随着理疗和日常使用而逐渐变得柔软。一个月后，尽管托比叔叔还是身体冰凉，说话和移动也都还很缓慢，但他已经完全"醒过来"了，他开始有了活力，也有了意识，并对情况表现出关心。

"发生了什么？"他问道，"我为什么会在医院？我生病了吗？"我们反问他是否感觉到了什么。"我就觉得有点冷，懒洋洋的，逐渐慢了下来，就这样。"

"但是欧金斯先生，"我们说——我们只在自己人之间叫他托比叔叔——"从感觉冷、行动变慢，到发现你自己在这里，这段时间里发生了什么？"

"没什么特别的，"他回答，"至少我不知道有什么特别的。我猜想我可能是病得很厉害，晕过去了，然后家人把我送到这里来。"

"那你晕过去多长时间呢？"我们用一种中性的语调问道。

"多长？一两天吧——不可能更长了——我的家人肯定会送我来的。"

他觉得有点奇怪，聚精会神地观察着我们的表情。

"没别的了吗？没什么不同寻常的？"

"没有了。"我们给了他肯定的答复，然后快速离开了。

欧金斯先生看起来——除非是我们误解他了——似乎完全没有感觉到时间的流逝，更没有时间长短的概念。他曾感到奇怪，现在又稍好一些——就这么简单。难道他真的相信事情仅此而已吗？

在同一天的晚些时候，我们确定了这一点，我们的护士同事激动地跑来跟我们汇报情况。"他现在很活跃，"她描述道，"他真的很想聊天，一直在讲他的同伴和工作。还谈到了艾德礼[1]、国王的病，以及'新的'医疗服务，等等。他不知道现在发生了什么。他似乎以为现在是 1950 年。"

托比叔叔，作为一个人，一个有意识的个体，逐渐慢下来、停滞了，就好像他昏迷过去了一样。他之前"离开"并"缺席"了不知道多长时间。他并没有在睡觉，也不是在恍惚愣神，而是深深地沉下去了。现在他又回来了，而过去的那些年却是一片空白。这不是失忆，也不是"定向障碍"；他的高级脑功能和他的思维被"关停"了七年之久。

如果他意识到自己丢失了七年，也不可避免地错过了那些令人兴奋的、重要的、对他而言弥足珍贵的事情，他会对此作何反应？如果他发现自己不属于当下，而是活在过去的碎片中，时代错乱，而自己就像一块被意外保留下来的化石，他又会作何感想？

对也好错也罢，我们决定采取回避策略（不仅仅是回避，而是真诚地欺骗）。这当然是计划好的临时方案，我们准备这样做直到他的身体和精神状态都稳定协调，以避免对他造成巨大的冲击。

我们医务人员不费吹灰之力就让他相信现在是 1950

---

[1] 指克莱门特·艾德礼（Clement Attlee，1883—1967），英国政治家，曾任英国首相、工党领袖。

年。同事之间相互监督以防穿帮，避免讲出任何纰漏，并让他生活在 1950 年的报纸和期刊的环境中。他如饥似渴地读着这些读物，尽管我们对"新闻"毫不知晓，以及这些刊物不整洁、泛黄和破损的状态有时会令他感到惊讶。

现在，六周过去了，他的体温基本正常了。他看起来健康状况不错，明显比他的实际年龄还年轻一些。

这时候，最后的讽刺来了。他开始咳嗽，接着痰中带血，最后发展为大咯血。胸部 X 光片显示他胸腔内有一个肿块，支气管镜活检证实那是一个高度恶性并且快速增殖的燕麦细胞癌。

我们找到了他自 1950 年起的所有胸片和 X 光片，发现他当时就有这个小到让人忽视的肿瘤。这种肿瘤恶性程度极高，会爆发性浸润，并快速生长，数月内即可置人于死地。然而他却带着这个肿瘤活了七年。事实似乎是这样的：他的肿瘤，与他的身体一样，也被暂停了，冰封起来。现在他复苏了，他的肿瘤也随之肆无忌惮地疯狂爆发出来。几天后欧金斯先生在突发一阵咳嗽之后就故去了。

他的家人让他沉入冰封，救了他的命；而我们让他回暖，却要了他的命。

神经疾病中的梦

梦，尚待诠释——埃及人将梦看作是预言和先兆；弗洛伊德将梦看作是带有幻觉的需求满足；弗朗西斯·克里克（Francis Crick）和格雷姆·米奇森（Graeme Mitchison）认为梦是"逆向学习"，是为了清理大脑里过多的"神经垃圾"。[1]可以明确的是，梦可能直接或扭曲地反映身体和思维的当下状况。

因此，神经系统疾病——由于大脑自身或是传入大脑的感觉或自主神经出现问题——会以某种突兀而特殊的形式影响到睡梦，也就不足为奇了。每一位神经科的临床医生肯定都意识到了这一点，但我们很少询问病人的梦境。这个主题在医学典籍里几乎是空白，但我觉得这样的问诊应该是神经系统检查中的一个重要部分，可以帮助诊断。梦境就像一只敏感的晴雨表，能指示出神经系统的健康状况。

---

[1]　1983 年，这两位学者在《自然》杂志上提出了"逆向学习"神经生物学理论。

当我在一个偏头痛门诊工作时，我第一次意识到这个问题。很显然，强烈的梦境或梦魇与视觉性先兆偏头痛总体相关；同时，尽管相对少见，偏头痛的先兆症状也出现在了梦境里。病人可能会梦到闪光或折线、扩大的暗点或变换的颜色，先晕染开然后消退。他们的梦境里可能有视野缺损或者偏盲的情况，或者更少见的，会出现"马赛克"现象或者"电影样"的场景。

在这些病例中，神经系统症状可能会以直接、未经修饰的方式，插入到正常的梦境之中。但它们也可能会与梦境相结合，与梦境中的图像或符号相互融合、修饰。因此，偏头痛患者出现光幻视时常常会梦见放烟花，我的一个病人有时候会把自己夜间的偏头痛先兆梦成核爆炸。他首先会看到炫目的火球，带有典型偏头痛特征的彩色折线边缘，一边闪光一边变大，直到被梦中视野周边的盲区（或盲点）所取代。这时候他常常会醒过来，看到的暗点逐渐变小、消失，然后开始剧烈地呕吐并伴有头痛发作。

如果枕叶或视觉皮层受损，患者可能会在梦中出现特殊的视觉障碍。I 先生是一位色盲画家，我在《火星上的人类学家》（*An Anthropologist on Mars*）一书中写到过，他患有中央全色盲，并且发现自己在梦里看不到颜色。纹前皮层损伤的患者则可能在梦里无法识别面孔，我们称之为面孔失认症。我的另一个病人患有枕叶动脉瘤，他很清楚一旦梦境突然变成红色，自己就会发作癫痫。如果枕叶皮层的损伤是弥漫性的，所有的视觉成像可能会完全从梦境中消失。我曾偶然碰到过在阿尔茨海默病患者身上出现了这样的情况。

另一位局灶性感觉运动性癫痫的患者，梦见他在法庭上，正在被弗洛伊德起诉，弗洛伊德拿着法槌不停敲着他的脑袋，与此同时有人在宣读控告书。但很神奇的是，他感到左侧手臂一直被敲击，醒来以后就发现左手臂麻木，并且正在痉挛，是典型的局灶性癫痫发作的症状。

最常见的与神经疾病相关的梦或者"生理性的"梦，是在梦中出现疼痛、不适、饥饿或口渴，这些都会即刻在梦里表现出来，甚至伪装成梦中的场景。因此，有一个刚做了大腿手术的患者在上了石膏以后，就梦到一个很重的人在踩他的左脚，让他痛苦难耐。一开始，他只是礼貌地请求那人挪开，后来就越来越急迫，但那个人并不理睬他，他就设法去搬动对方的身体。他用尽力气仍然毫无作用，这时候，他在梦里意识到了原因：这个人是由聚集的中子所组成，整个人呈现中子态，重达六万亿吨，就跟地球一样重。他做出最后一次歇斯底里的尝试去挪动这个不可能移动的物体，然后就醒来了，感到持续的左足剧痛，原来是由新打的石膏压迫造成的下肢缺血。

患者有时候会在还没有躯体表现前就梦到发病。我在《苏醒》（Awakenings）中写到过一位女士，她在1926年不幸罹患急性流行性脑炎，因此经历了一夜奇幻和恐怖的梦境，这个梦只有一个主题：她梦到自己被关在无法逃脱的城堡中，而这个城堡就是她自己的形体。在她的梦中有魔法、蛊惑术、迷幻术；她还梦到自己变成了一尊有知觉的石像；她梦见世界静止了，她坠入了深深的睡眠中，什么也无法将她唤醒；她甚至梦到了与死亡不同的死亡。她的家人第二天很难把她叫醒，等她醒来又会感到非常惊恐：一夜之间，她变成了帕金森病和紧张性神经症患者。

还有一个我在《错把妻子当帽子》（The Man Who Mistook His Wife for a Hat）中写到过的病人，名叫克里斯蒂娜，她因准备做胆囊摘除术而入院。为了预防细菌感染，她接受了抗感染治疗，由于她年轻、健康，我们并没有预料到她会有什么不良反应。在手术前夜，她经历了一个程度异常强烈的令人困扰的梦境。她在梦中失控地摇晃，完全站不稳，几乎感觉不到脚下的地板，双手也毫无知觉并且来来回回地乱晃，无论她捡起什么东西都会掉落。

她被这个梦吓到了（"我从来没有这样过，"她说，"这个梦在我脑海中挥之不去"），她非常紧张，于是我们请了精神科医生会诊。精神科医生认为："她是术前焦虑，这很正常，我们经常碰到。"但几个小时后这个梦境就变成了现实，这个病人因急性感觉神经病变而无法正常活动，她丧失了本体感觉，不借助视觉去看就不知道自己的肢体在什么地方。在这样一个病例中，我们就必须考虑到疾病已经影响了她的神经功能，而潜意识和梦境意识比清醒时的意识对神经功能损伤的感知更敏感。这样的先兆或有预示的梦境有时候也会有快乐的内容或带来好的结局。在疾病缓解之前几个小时，多发性硬化的患者可能就会梦到症状缓解，而恢复期的脑卒中病人或神经损伤的病人可能会在症状有客观改善前就突然梦到症状改善。这也再次说明，在评价神经功能的指标方面，梦境意识或许比常规的用叩诊锤或刺激针检查更为敏感。

有的梦似乎不仅仅是预兆。我一直记得一个与我自己有关的惊人的例子［我在《单腿站立》(A Leg to Stand On）中详细写过］。在腿伤恢复过程中，医生告诉我是时候把双拐换为单拐了。我试了两次，都摔得很惨。我的大脑无法有意识地发出指令。后来我睡着了，梦见我伸出了右手，拿下挂在头上的拐杖，把它折好放在右臂下面，就这样信心满满地迈出第一步，并很轻松地穿过走廊。梦醒后，我伸出我的右手，拿起挂在床头的拐杖，信心满满地迈出了第一步，并很轻松地穿过了走廊。

这个梦对我来说并不仅仅是预兆，而是带来了实质性的效果。通过从精神上下达指令、进行排练或试验，这个梦境解决了大脑碰到的具体运动-神经问题。简而言之，它就是一种学习活动。

肢体或脊髓损伤导致的躯体成像障碍几乎总能进入人们的梦境，至少在急性期，大脑还没有完全"适应"这个状态之前是这样。我自己在腿受伤后，当外周神经无法向高级中枢传入信号时，我曾反复梦到坏死或缺失的肢体。几周后，这样的梦似乎停止了，因为大脑皮层出现了修正或者"治愈"躯体的图像。［迈克尔·默策尼希（Michael Merzenich）曾使用猴子进行实验，他观测到的皮层定位成像证实了这样的改变。］相反地，幻肢或许是由于来自残肢中的持续性神经兴奋，这种神经兴奋会闯入梦境（同样也会进入清醒意识），这个状态会持续很久，几年之后程度才会逐渐变弱，最终慢慢消失。

帕金森病的症状[1]也可能进入梦境。艾德·W具有快速体察自身感受的能力，他第一次觉察到自己的帕金森样症状，就是因为梦境发生了变化。他梦见自己只能缓慢移动，或者说他出现了"冻结步态"，还出现走路前冲的状况，并且难以停下来。在他的梦中，时间和空间都改变了，不停地"转换尺度"，梦里的时空变得乱七八糟、问题重

---

[1] 帕金森病的典型症状为运动迟缓，并伴随静止性震颤、肌肉强直以及姿势步态障碍。

重。逐渐地，在几个月后，这些梦境像镜子成像一样成真了，他的行动迟缓和慌张步态越来越明显，甚至到了连别人也能看出的地步。但这些症状的首次出现，是在梦中。[10]

原发性帕金森病患者的梦境变化，通常也是对左旋多巴治疗有所响应的第一个信号，在治疗由脑炎引起的帕金森病时也是一样。梦境通常会更加生动，并且饱含情绪（许多病人发现他们的梦突然变得五彩缤纷了）。有时候这些梦境是如此美妙，以至于他们醒来都无法或不愿忘记。

这种过度的梦境，带有过度鲜活的感官刺激或过度的无意识精神活动——在某种程度上类似于幻觉——常见于由药物反应导致的发热或谵妄状态下，这种药物反应（比如鸦片类、可卡因、安非他命等药物）通常出现于药物戒断时，也可见于快速眼动睡眠波动期。在某些精神病症即将开始时，病人可能会出现类似的肆意梦幻症，例如开始做疯癫或躁狂的梦，就好比火山即将喷发时，常常能听到的火山轰鸣就是最初的预兆。

对弗洛伊德而言，梦境是通向潜意识的"皇家大道"。对医生而言，梦境可能不是皇家大道，而是一条旁门小道，但能通向预料之外的诊断和发现，可以在不经意间洞察到患者目前正在发生的情况。这条小道风景独好，不容忽视。

虚 无

　　自然痛恨真空，我们也一样。我们想回避空荡、虚无、无空间、无位置，所有这些"无"既让人憎恶又不可思议，却以一种最奇怪、最矛盾的方式吸引着我们。就像贝克特所说的："没什么比虚无更真实。"[1]

　　对笛卡尔来说，不存在空白的空间；对爱因斯坦来说，不存在没有场的空间；对康德来说，我们对空间及其外延的认识，是"理性"通过对普遍的"先天综合判断"进行加工而形成的。完好并活跃的神经系统被康德看作一种转换器，能把真实转化为理念，把理念转化为真实。这种概念的好处是——在形而上的形式中很罕见——在实践中可以被立即检验，尤其是在神经学和神经生理学的实践中。

　　例如，如果某人接受椎管内麻醉，阻断下半侧身体的神经传导，他不只会感受到下肢瘫痪和感觉缺失，还会有完全的、不可思议的"不存在感"。他会觉得身体被切成

---

[1]　语出萨缪尔·贝克特（Samuel Beckett，1906—1989）的长篇小说《马龙之死》（*Malone Dies*）。

两半，下半部分完全缺失了——不是通常感知到的在某处或在别处，而是离奇地没了，或者不见了。接受椎管内麻醉的病人可能会说他们的一部分"丢失了"或"消失了"，就像死尸、沙子或面团，毫无生气，毫无意志。一个这样的病人曾尝试去明确地表述这种无法表述的感觉，最后说他丢失的肢体"不知道放哪去了"，又或者"好像什么都不是"。听到这些句子，不禁让人想到霍布斯曾写过的："倘若那不是躯体，也不会是宇宙的一部分；因为宇宙就是一切，不是其中一部分的东西，就是虚无；因此也在无处。"[1]

椎管内麻醉为我们提供了一个令人震惊和戏剧化的示例——瞬时性"湮灭"，但在日常生活中也有很多这种湮灭的简单例子。我们都经历过，有时候趴在一条手臂上睡觉，压迫了神经，就会短暂地阻断神经信号的通行。尽管这种感觉非常短暂，却还是会觉得很诡异，因为我们的手臂似乎不再是"自己的"了，而是一种不属于我们自己的迟缓、无感的虚无。维特根斯坦把"确实性"建立在躯体的确实性上："如果你说，这是一只手，我们就能承认你身上其他的一切。"[2] 但当你醒来时，你手臂的神经被压

---

[1] 语出托马斯·霍布斯（Thomas Hobbes，1588—1679）的著作《利维坦》（*Leviathan*）。

[2] 语出路德维希·维特根斯坦（Ludwig Wittgenstein，1889—1951）的著作《论确实性》（*On Certainty*）。

迫到，你就不能说"这是我的手"，甚至不能说"这是一只手"，除非是从纯粹形式的意义上看。那些一直被视为理所当然、不证自明的东西，结果却被发现是极其不确定的、依情况而定的。是否拥有一副躯体，是否拥有任何东西，都取决于我们的神经。

在无数其他情况下——生理性的或病理性的，常见的或少见的——也存在或短暂、或持久、或永久的湮灭。卒中、肿瘤、外伤，尤其是右半侧大脑受损，常常会导致左边偏侧身体部分或完全湮灭——这种情况被不同地称作"知觉缺乏""注意缺失""忽视""失认""病觉缺失"等。所有这些都是一种虚无的体验（或者更准确地说，是体验事物能力的丧失）。

即使大脑运转正常，阻断脊髓或较大的肢体神经丛也可以产生类似的情况，因为大脑会缺乏形成图像的信息来源（康德学派称之为"直觉"）。通过椎管内麻醉或局部麻醉来阻滞神经时，检测大脑中的电位，就会发现在脑中形成"躯体图像"所对应的这部分电活动消失了，而"躯体图像"正是康德式理念的实证基础。类似的缺失感还可能源自肢体外周神经或肌肉的损伤，或者仅仅是在肢体被石膏铸型制动和包裹的时候，就能短暂地停滞神经传导和神经冲动发放，从而产生这种缺失感。

从根本矛盾的意义上来说，虚无和湮灭，是一种真实。

与上帝在第三个千禧年相见

医学文献中详细记载过许多关于癫痫发作期间强烈的、颠覆人生的宗教经历。尤其是在颞叶癫痫引起的所谓"狂喜发作"中，会出现压倒一切的强烈幻觉，有时伴随着一种极乐感和强烈的神圣感。[11]尽管这种发作是短暂的，但可能使人重新找寻人生方向或是改变生活方式，颠覆性地改变人的一生。费奥多尔·陀思妥耶夫斯基就容易发作这类癫痫，他描述了很多次类似的发作，包括如下这次：

> 空气中充斥着巨大的噪声，我试着移动身体。我感到天堂正在降临人间，将要把我吞没。我真的接触到上帝了。他走进了我的内心，是的，上帝是存在的，我痛哭流涕，别的我什么都不记得了。你们这些健康的人……想象不到我们癫痫患者在发作前一秒的那种快乐……我不知道这种幸福会持续几秒、几个小时或几个月，但是相信我，哪怕用生活中所有的快乐与之交换，我也不会愿意。

一个世纪后，肯尼思·杜赫斯特（Kenneth Dewhurst）和 A.W. 比尔德（A.W. Beard）在《英国精神病学杂志》中详细报道了一名公交车售票员在检票时突然感到幸福感高涨的病例。他们写道：

> 他突然被一阵幸福感击中了，觉得自己简直就在天堂。他准确地进行着检票工作，同时告诉乘客们他多么高兴能够身处天堂……他听着神和天使的声音，一直保持这种幸福感高涨的状态整整两天。随后，他仍然能回忆起这段经历，并对其确定性深信不疑。[三年后，]在连续三天内发作了三次癫痫之后，他再次经历了幸福感高涨的情况。他说自己的头脑变得"清晰"了……在这次事件中，他失去了自己的信仰。

如今，他不再相信天堂、地狱、来世，也不相信基督的神性。他的第二次转变——变成无神论者——与最初那次开始笃信宗教的转变同样令他兴奋，并具有启示意义。

最近，奥林·德文斯基（Orrin Devinsky）及其同事已经能够对这样的癫痫病人做视频脑电图的记录，他们发现这种癫痫与颞叶（尤其是右侧颞叶）的痫性电活动激增有着精确的同步性。

狂喜发作很少见——只出现于百分之一到百分之二的颞叶癫痫患者之中。但在过去半个世纪里，其他国家的发病率急剧上升，有时表现为宗教性的喜悦和敬畏，有时是"神圣的"幻象和幻听，以及更少见的宗教皈依或心灵转化。这些体验包括灵魂出窍——更常见于从严重心脏骤停之类的状态下抢救回来的病人——以及更复杂的超自然体验，即濒死体验。

灵魂出窍和濒死体验多发于清醒时，但通常发作时病人的意识状态已经改变。这两种体验都会产生栩栩如生的幻觉，经历过的人甚至都否认这是幻觉，坚信它的真实性。不同个体对这种状态的描述都非常类似，有人据此认为这就是客观存在的"真实"。

但是幻觉——无论其原因或形式如何——看起来如此真实的根本原因是，它们在大脑中使用了与产生真实感官体验完全相同的一套系统。幻听时，与听觉相关的大脑通路会被激活；当幻视看到面孔时，通常用于感知和识别环境中面孔的脑区梭状回就会被激活。

在灵魂出窍时，体验者会感到他们脱离了自己的身体——通常飘浮在半空中或者缩在房间的角落，从远处俯视着他们肉体的空壳。这种体验可能会让人感到幸福、恐惧或不悲不喜。但这种体验非同寻常的性质，也就是明显的"精神"与躯体分离，会让人在心灵上留下不可磨灭的印记，因此一些人认为这是灵魂不依赖于物质的证据——以此证明意识、人格和个体特质是独立于躯体的，甚至可以在躯体死亡后继续存在。

从神经学上来讲，灵魂出窍是一种躯体错觉，是由视觉和本体感觉短暂分离而产生的，通常情况下二者是协调的。因此一个人去观察世界，包括看自己的身体，都是通过自己的眼睛和大脑来实现的。正如斯德哥尔摩的亨里克·埃尔松（Henrik Ehrsson）及其同事通过精妙的实验所发现的：灵魂出窍可以通过实验来模拟，借助一些简单的设备——观影眼镜、人体模型、橡胶手臂等——来混淆个体的视觉和本体感觉的输入，就能产生不可思议的无实体感。

许多疾病都会引发灵魂出窍的感觉——心脏骤停、心律失常、血压或血糖骤降，通常还与焦虑状态或躯体疾病有关。我知道有的病人在难产时经历过灵魂出窍，还有人的灵魂出窍体验与嗜睡症或睡眠麻痹有关。战斗机飞行员在高重力加速度作用下飞行时（或离心力训练时）反映说有过灵魂出窍的体验，以及可以归类为濒死体验的更为复杂的意识状态。

濒死体验通常会经历一系列特征性阶段。体验者似乎可以毫不费力地，同时又感到很幸福地穿过一条黑暗的走廊或隧道，走向一束神奇的"生命之光"——通常被解释为天堂或者生死的界限。体验者可能会看到亲友在另一边欢迎自己，也有可能看到自己一生的记忆以极快的速度闪过，但细节又很详实，就像一本发光的自传。然后可能会突然回到自己的躯体，比如说，在骤停的心脏再次恢复跳动的时刻。如果是从昏迷中苏醒，返回躯体的过程则可能是渐进的。

灵魂出窍转变为濒死体验也并不少见——就像外科医生托尼·奇科里亚（Tony Cicoria）跟我讲的他被闪电击中时的经历。他向我生动地描述了事情的经过，正如我在《音乐癖》（*Musicophilia*）中所写的：

> "我在向前飞，感到非常迷惑。我环顾四周，看到自己的身体躺在地上。我对自己说：'啊，糟糕，我死了。'我看到人们围着我的尸体，有一个女人——她本来一直站在那里等着用我身后的电话——这会儿在给我做心肺复苏。我飘上楼梯，我的意识也跟着飘了上来。我看到我的孩子们，我意识到他们会没事的。然后我就被一束微微发蓝的白光笼罩了……我感到巨大的幸福与平和。我一生中的至高点和最低谷从眼前飞驰而过……纯粹的思考，纯粹的喜悦。我感到自己在加速，被拉了起来……速

度很快，并且方向明确。我对自己说：'这是我从未体验过的最美妙的感觉。'——砰！我回来了！"

　　在这之后大约一个月左右，奇科里亚医生出现了一些记忆问题，但他仍然可以胜任自己整形外科医生的工作。如他自己所说，他已经是一个"被改变了的人"。从前，他对音乐不感兴趣，但现在他有强烈的想要听古典音乐的欲望，尤其是肖邦的作品。他买了一架钢琴，开始沉迷于演奏和作曲。他确信整件事情——被闪电击中，有过超凡的体验，然后被复活，并被赠予这个天赋来为世界创造音乐——是冥冥之中的安排。

　　奇科里亚医生拥有神经科学博士学位，他认为自己对灵性和音乐突如其来的追求一定与大脑的改变有关——我们或许能通过神经影像学研究来搞清楚这些变化。他认为宗教和神经学并没有矛盾——奇科里亚医生觉得，如果上帝要改变一个人，或者改变其内在，都得通过神经系统、通过大脑中某个特殊的或者有特殊潜能的部分，来控制精神的感知和信仰。奇科里亚合理且（可以说是）科学的态度与另一位外科医生埃本·亚历山大（Eben Alexander）形成了鲜明反差。后者在他的《天堂的证据：神经外科医生往生后的旅程》（*Proof of Heaven: A Neurosurgeon's Journey into the Afterlife*）一书中写过一次详尽而又复杂的濒死体验，发生于他因患脑膜炎而导致的七天昏迷过程中。他写道，在他的濒死体验中，他穿过明晃晃的光——那是生与死的界限——发现自己来到一片田园诗般的美丽草地（他意识到这是天堂），在那里他遇见一位素未谋面的美丽女子，她用心灵感应的方式向他传达了各种各样的信息。进入往生的更深处，他感受到了上帝的存在。这次经历以后，亚历山大开始成为某种意义上的福音传道者，意图传播天堂确实存在这一好消息。

亚历山大非常强调自己作为神经外科医生以及大脑专家这一背景。他在自己著作的附录中以"我认为可以解释我个人体验的神经科学假说"为题进行了详细阐述。但他对神经科学的理论避而不谈，认为与自己的情况不相干，因为他坚信，他的大脑皮层功能在昏迷中是完全关闭的，排除了任何意识体验的可能性。

然而，他的濒死体验与很多这类幻觉一样，含有丰富的视觉和听觉细节。他自己对此有些困惑，因为这些感知细节通常是由大脑皮层产生的。尽管如此，他的意识还是进入了往生的幸福和不可言喻的境界，他觉得这段旅程在他昏迷期间一直持续着。因此，他认为他的本我，他的"灵魂"，并不需要大脑皮层或任何物质基础。

然而，把神经活动过程抛之不顾并非易事。亚历山大医生是这样描述自己从昏迷中突然苏醒过来的："我睁开了眼……我的大脑……也刚刚起死回生。"但通常来说，从昏迷到苏醒是渐变的过程，几乎都有一些意识朦胧的中间阶段。正是在这个转化阶段，某种意识已经回归，但还没有完全清醒，这正是濒死体验可能出现的时候。

亚历山大坚持认为他的这段旅程持续了数天，只有在他处于深度昏迷时才可能出现。但我们从托尼·奇科里亚及其他很多人的经历知道，这段通往光明的幻觉或幻觉以外的旅程，这场全面的濒死体验，也就能持续二三十秒，尽管似乎它给人的感觉要长很多。主观上，在这种危险情况下，时间可能是另一个概念，或根本没有意义了。针对亚历山大医生的经历，最可能的解释是他的濒死体验并没有出现在他昏迷期间，而是在他从昏迷中苏醒过来、大脑皮层恢复正常功能时发生的。奇怪的是他并不同意这样一个显而易见且顺理成章的解释，而是坚持那一套超自然的说辞。

亚历山大医生否认存在任何自然解释能揭开濒死体验现象，这不但不科学，甚至是反科学的，它排除了对这些状态进行科学研究的可能。

肯塔基大学的神经学家凯文·纳尔逊（Kevin Nelson）花费数十年，对濒死体验及其他形式的"深度"幻觉的神经基础进行了研究。2011年，他基于这些研究结果出版了一本睿智而严谨的书——《大脑中的精神之门：一位神经学家对神之体验的探索》（*The Spiritual Doorway in the Brain: A Neurologist's Search for the God Experience*）。

纳尔逊认为大多数濒死体验案例中描述的"黑暗的隧道"是由眼睛血压过高引起视野缩窄导致的，而"亮光"是来自脑干的视觉兴奋冲动，通过视觉传递中继站，到达视觉皮层（也就是专业上所称的脑桥－膝状体－枕叶通路）。

更简单的感知幻觉——图案、动物、人、风景、音乐，等等——就像一个人在各种状况下（例如失明、失聪、癫痫、偏头痛或感觉剥夺）可能获得的感知体验一样，并不总是涉及意识层面的改变，然而惊人的是，这些感受几乎总是被认为是幻觉。这与狂喜发作或濒死体验中的复杂幻觉不一样，后者通常被认为是真实的，而且往往是与精神世界有关、对精神命运或使命具有颠覆性的启示。

对精神情感和宗教信仰的追求深植于人类的天性中，这似乎还具有其神经科学基础，尽管在有的人身上十分强烈，而另一些人则相对较轻。对于那些笃信宗教的人来说，濒死体验可能提供了"天堂存在的证据"，就如同埃本·亚历山大所宣称的那样。

一些信仰宗教的人会通过另一条路来体验天堂存在的证据——祈祷，人类学家 T. M. 鲁尔曼（T. M. Luhrmann）

在她的书《当上帝有应》（*When God Talks Back*）中对此进行了探讨。神性和上帝的本质，是非物质的。上帝不能以普通的方式被看到、被感知或者被听到。鲁尔曼想知道，在缺乏证据的情况下，上帝是如何在那么多福音派教徒和其他信仰者的生活中成为一个真实的、如同知己至交一样的存在。

她加入了一个福音团体，作为参与者和观察者全身心地参与到他们的祈祷和可视化训练中——用更丰富、更具体的细节来想象《圣经》中的人物和事件。她写道：

> [参会教徒] 在他们的脑海中练习着去看、去听、去嗅、去触摸。他们将这些想象中的体验赋予生动的感受，并与真实事件的记忆相关联。通过这种方法，他们想象的东西对他们来说会变得更加真实。

对于一些参会教徒来说，通过这种高强度的演练，他们的意念迟早会从想象跳跃到幻觉，他们会听到上帝，看到上帝，感知到上帝从他们身边走过。这些他们渴望的声音和幻象在感知上是真实的，就像幻觉一样。这些幻象、声音，以及感知到的"存在"伴随着强烈的情感——快乐、平和、敬畏和启示等。一些福音派教徒可能有很多这样的体验，另一些可能只有一次——但哪怕只有一次通灵上帝的经历，也可能富含真实感知的力量，足以支撑他们终生的信仰。（对于那些没有宗教倾向的人来说，在他们进行冥想或精力高度集中于艺术、智力或情感载体上时，这些体验也可能会出现。这种经历可能发生于坠入爱河时，也可能是在去聆听巴赫的音乐时，或是观察错综复杂的蕨类植物时，又或是破解一道科学难题时。）

在过去的一二十年里，"精神神经科学"领域的研究越来越活跃。这些研究有特定的困难，因为宗教体验不能随意呼之即来；一旦出现，也是以它们自己的时间和方式出现——有宗教信仰的人会认为这是上帝的时间和方式。尽管如此，研究者们仍然得以阐明一些相关的生理变化，不仅在病理状态下（例如癫痫样发作、灵魂出窍、濒死体验等），也在一些主观状态下（例如在祈祷或冥想时）发现了一些神经生理活动的变化。通常这些变化非常广泛，不仅涉及初级感知脑区，还可以激活大脑的边缘（情绪）系统、海马（记忆）系统，以及负责控制意图和评判的前额叶皮层。

幻觉，无论是启示性的还是平庸的，都不是源于超自然的；它们属于人类意识和经验的正常范畴。这并不代表它们无法在精神生活中占有一席之地，也不能否认它们对个人产生的重大影响。有的人通过幻觉来形成价值观、建立信仰或构建叙事，这是可以理解的，但幻觉不能被用来证明形而上学的存在。它们仅仅证明了大脑具备创造出幻觉的力量。

呃逆及其他奇怪行为

在《说故事的人》（*On the Move*）一书中，我讲述了我在 1960 年遇到的一个男人的故事，那时我在旧金山，为格兰特·莱文（Grant Levin）和伯特伦·范斯坦（Bertram Feinstein）两位专长于帕金森病手术的神经外科医生做研究助理。

B 先生是他们的病人，曾是一位咖啡商，他在 20 世纪 20 年代的大萧条期间患昏睡性脑炎后幸存下来，但后来因脑炎导致的帕金森病而致残。B 先生有点虚弱，患有肺气肿，但除此以外，他似乎非常适合接受低温毁损手术治疗，该手术是为了减少帕金森震颤和僵硬而开发的。

然而，手术一结束，他就开始呃逆，也就是打嗝，起初我们认为这是种不值一提的一过性症状。但他的呃逆并没有停止，反而变得越来越严重，牵连到他背部和腹部的肌肉，连同他的整个躯干都跟着抖动。他的打嗝动作太剧烈，以至于妨碍到进食并让他几乎无法入睡。我们尝试了常用的治疗方法——对着纸袋呼吸，等等——但都不管用。

在连续打了六天六夜的嗝之后，B 先生精疲力竭又担惊受怕——自从他听说打嗝及其副作用有可能致命，就更加害怕了。

呃逆是源自膈肌的突然痉挛，有时，作为治疗顽固性呃逆的最后手段，外科医生可能会阻断支配膈肌的膈神经。但这就意味着横膈膜不再具备呼吸功能——病人只能用胸壁的肋间肌进行浅呼吸。这不能作为 B 先生的选择，因为他患有肺气肿，如果无法利用横膈膜，他是无法存活的。

我略带犹豫地建议使用催眠疗法，莱文和范斯坦虽然持怀疑态度，但都认为我们也没有其他选择了。于是我们找到了一位催眠师，当他设法使 B 先生进入催眠状态时，我们都惊呆了——催眠让持续的打嗝停止了，这简直就是奇迹。催眠师植入了催眠后的暗示："当我打响指时，你就会醒过来，不再打嗝了。"他让这个精疲力竭的人又睡了十分钟，然后啪的一声打了个响指。B 先生醒了过来，看上去有点迷糊，但没有打嗝了，也没有再复发。B 先生在低温毁损手术的帮助下，又多活了好几年。

在世界范围内流行的"嗜睡病"（1917 年至 1927 年间肆虐的昏睡性脑炎）中，有数十万人幸存下来，有时数年后，幸存者会罹患各种各样的脑炎后综合征，B 先生就是其中之一。昏睡性脑炎会造成广泛性的损伤，危及下丘脑、基底神经节、中脑和脑干，却在很大程度上保留了大脑皮层。因此，它尤其会影响皮质下系统的控制机制——也就是调节睡眠、性欲和食欲，以及姿势、平衡和运动的系统。在脑干水平，还会影响自主神经功能，如呼吸调控等。从发育的角度来说，这些控制系统非常古老——出现于大多数脊椎动物身上。[12]

许多感染脑炎的患者后续会发展成一种极端形式的帕金森病，他们还容易出现各种奇怪的呼吸行为。这些症状在昏睡性脑炎开始流行之后变得尤其严重，尽管随着时间的推移，患病数量趋于减少，但在一些地方甚至出现了脑炎后呃逆的"流行病"。

这些嗜睡病的患者还可能会自发地打喷嚏、咳嗽或打哈欠，同时还会间歇性地大笑或哭泣。正如罗伯特·普罗文（Robert Provine）在他的著作《奇怪的行为》（*Curious Bebavior*）中强调的那样，打哈欠、大笑、打嗝等都属于正常的行为（可能就有点奇怪而已）。但是，一旦它们达到一定的严重程度，或是长期持续，又或是在没有任何可明确的病因的情况下发生，可能就属于异常了——这些患者的食管、膈膜、咽喉或鼻孔并没有受到任何刺激，他们也没有什么值得笑或哭的事。然而，他们却被打嗝、咳嗽、打喷嚏、打哈欠、大笑或哭泣所困扰，这可能是由于大脑受损而产生了刺激，从而引发了这些行为，导致患者不自主地在不恰当的场合做出这些行为。[13]

到 1935 年，大多数这些脑炎后患者出现了广泛的紧张症或重度帕金森病症状，不过他们奇怪的呼吸行为几乎都消失了。

三十年后，当我在布朗克斯的贝丝·亚伯拉罕医院工作时，我接管过八十多名脑炎后患者；虽然他们大多数人都有帕金森病症状和睡眠障碍，但都没有出现早期文献中描述的明显的呼吸障碍。但在 1969 年，我给他们注射左旋多巴后情况发生了变化，许多人出现了呼吸困难和发声困难的症状，包括突然深呼吸、打哈欠、咳嗽、叹息、咕哝和吸气。

我问这些患者在过去是否出现过这样的呼吸系统症状，大多数人都没能给我一个明确的答案。除了弗朗西丝·D，她是一位表达清晰的知识女性，她说自己从 1919 年起（她患上昏睡性脑炎时）到 1924 年间，确实有过呼吸困难的症状，但此后就没再发生。就她的个案而言，左旋多巴可能激发或释放了一种预先存在的对呼吸障碍的敏感性或倾向性，我也不得不考虑这可能就是其他患者出现呼吸症状的原因。

我又想起了 B 先生，那位脑炎后呃逆的咖啡商人。他呼吸系统的调控机制也受到了损伤，以至于变得过度敏感，而他是在基底神经节损伤手术后开始呃逆的，那么是不是脑部手术释放了这一机制呢？

随着左旋多巴的持续使用，这些呼吸或发声行为似乎变得越来越复杂——不仅是咕哝和咳嗽，还包括喊叫声、呼噜声、嘶嘶声、吹哨声、犬吠声、咩咩声、低吼声、哞哞声、低吟声和嗡嗡声。正如我在《苏醒》中所写的那样，罗兰多·O会发出一种"伴随着每一次呼气的咕噜呼噜声，听起来相当悦耳，就像远方锯木厂的声音，或蜜蜂的嗡嗡声，或是狮子在美餐了一顿后心满意足的呼噜声"。[史密斯·埃利·杰利夫（Smith Ely Jelliffe）在19世纪20年代昏睡性脑炎流行最严重的时候写道，这些脑病患者会发出"兽群般的噪声"。贝丝·亚伯拉罕医院的整个病房现在都被左旋多巴激活了，来医院的访客有时会感到震惊，怀疑我的病人所住的五楼是不是真的有一个动物园在那里。]

几个病人出现了更加严重的症状——对弗兰克·G而言，嗡嗡声变成了不断重复的"保持冷静，保持冷静"这句话，他每天都会发出几百遍这个声音。另一些患者出现了诵经样抽搐，这种抽搐富有节奏感和旋律性，间或有一个词或句子嵌入其中。[14]

有一次，我在夜间查房巡视我的脑炎后患者时，听到一种奇怪的声音从一间四人病房中传出，像是在合唱。当我往里看时，我发现四位病人都睡着了，但她们还在睡梦中"唱歌"——一种相当沉闷、重复的旋律，但四种声音是同步、协调的。梦游、说梦话和梦中歌唱在这些嗜睡病患者中并不少见，但令我惊讶的是四位睡眠中的歌者竟然在相互伴唱，形成协奏。我想知道是不是罗萨莉·B先开始的——她是一位很有音乐细胞的女士——然后感染了其他在酣睡的病人。

左旋多巴激发或释放出了大量的其他非随意行为，几乎每一种皮层下功能都有自己的生命，它们自动且自发地发生，但又仿佛是由于病人们能够看到和听到彼此，从而不自觉地相互效仿和模仿，并最终放大了这些行为。

弗朗西丝·D在开始进行左旋多巴治疗的十天内，出现了正常的自发呼吸控制运动的衰变。她的呼吸变得急促、浅短且不规则，会被突如其来的强烈吸气所打断。几天后，这些不同的呼吸系统症状演变成明显的呼吸困难——开始时没有任何征兆，突然吸气，然后会被迫屏气十到十五秒，接着是剧烈的呼气。这样的发作越来越剧烈，持续将近一分钟，在这段时间里，弗朗西丝会努力从闭合的声门中排出空气，然而这种挣扎全是徒劳，只会让她憋得全身发紫并充血；最后，呼出的气会产生巨大的力量，发出子弹出膛一般的声音。

我观察到弗朗西丝的室友玛莎也有类似倾向，她会呼吸急促、喘不上气，进而发展为全面的呼吸困难。这些女性的症状如此相似，以至于我不得不怀疑她们是不是在相互"效仿"。当她们那个四人间里的第三个病人米丽娅姆也开始出现越来越严重的呼吸系统异常时，我更加确信了自己的这种想法：

> [我注意到的]第一个现象是呃逆，她们会在每天早上六点半持续打嗝一小时。然后"紧张的"咳嗽和清嗓子开始了，并伴有复发的痉挛感，就好像有什么东西堵住了或在抓挠她们的喉咙……[然后]又想要喘气和屏气，这又"代替了"清嗓子和咳嗽……最后，与 D 小姐相似的全面呼吸困难就开始发作了。

还有一个病人叫莉莲·W，她至少有一百种明显不同的发作症状：打嗝、喘不过气、眼动危象、鼻塞、出汗、牙齿打战、左肩发热、阵发性抽搐。她会像举行仪式一般反复发作，还会把一只脚放在三个不同的位置，或者把额头靠在四个固定的位置；数数、刻板言语（反复说一定次数的某些句子）、感到恐惧、强笑，等等。只要一提到莉莲的某种症状，她就一定会开始。她很容易受暗示影响，尤其是在她眼动危象的时候。

所有这些奇怪的行为都很常见，它们不仅会持续存在，而且会越来越严重并散播开来，就好像大脑在学习，变得敏感而条件化，就像是被这些反常的行为攻占了一样。这些行为有它们自己的生命，一旦开始就一定会遵循自己的程式，很难被主观意志所阻止。这些行为将我们与脊椎动物行为的起源，以及脊椎动物大脑的古老核心密切联系起来，这个纽带就是脑干。

同洛厄尔一起旅行

　　1986 年，我遇到了一位年轻的摄影记者洛厄尔·汉德勒，他告诉我，自己患有图雷特综合征（Tourette's syndrome），他一直在用频闪摄影技术为其他图雷特综合征患者拍照。他说，他经常能抓拍到拍摄对象抽动发作的时刻。我非常喜欢他的照片，于是我们决定一起旅行，去拜会他在世界各地的图雷特综合征病友，记录他们的生活，以及观察他们是如何适应这种奇怪的神经疾病的。

　　"抽动"（tic）这个词在图雷特综合征的语境中，涵盖了大量古怪、重复、刻板、难以抑制的行为。最简单的抽动可能包括扭动、抽搐、眨眼、做鬼脸、耸肩或吸气。其他抽动可能更加复杂。例如，洛厄尔迷上了我的老式怀表，产生了一种不可抗拒的、想在表盖玻璃上轻敲三下的冲动。（有一次我逗他，在他伸手去拿怀表时，我把怀表挪开，然后把它藏在了一个口袋里。他由于冲动受到阻碍而变得十分暴躁，于是我不得不拿出怀表来满足他的渴求。）

尽管有些抽动可能在后续会被详细阐述或赋予某些意义，大多数抽动没有任何启动发作的"用意"，而更类似于不随意肌的抽搐（所谓的肌阵挛）。尽管如此，许多图雷特综合征的抽动症状和强迫行为似乎是一种试探，旨在确认可以被社会接受的行为边界或单纯生理上的边界。

对于非自主的或强迫行为，图雷特综合征患者具有一定程度的自主控制能力，因此，在比如拳击样抽动发作时，他的拳头可以在离别人的脸几毫米处停下。但是图雷特综合征患者可能对自己就没那么小心了——我知道有两个患者会有脸朝下倒地的强迫行为，还有一些患者会猛烈击打自己的胸部或头部而导致骨折或脑震荡。

言语抽动的发作，尤其是脱口而出的猥亵或咒骂，在图雷特综合征患者中相对少见，但这种行为会严重冒犯他人——这时患者可能会有自主意识的介入，以消除冒犯性的话语。例如，当史蒂文·B很想喊出口"黑鬼"（Nigger）的时候，会在最后一刻把这个词改成"五分和一角硬币"（Nickels and dimes）。

患图雷特综合征后的行为通常与患者"真实的"自己完全不一样，会很怪异。当我第一次遇见安迪·J时，他正在难以抑制地抽动；他从我手中夺过写字板，指着他的妻子喊道："她是个妓女，我是个拉皮条的。"但平时他是个性情温和的年轻人，对妻子无比温柔。

有时，人们还会觉得图雷特综合征能够激发特殊的创造力。塞缪尔·约翰逊，18世纪伟大的文学家，几乎可以肯定是图雷特综合征患者。他有许多强迫行为或仪式，尤其是进屋时，他会在门口转圈或做手势，然后突然一跳，接着大步跨过门槛。他还会发出奇怪的声音、兴奋地喃喃自语，以及无意识地模仿他人。人们不禁会想，他那夸张的、自发的、滑稽的动作和如闪电般敏捷的机智，与他那剧烈而冲动的行为状态是不是有机联系在一起的。

我和洛厄尔一起去多伦多看望艺术家肖恩·F，尽管肖恩的抽搐和强迫行为非常严重，让他的日常生活充满了挑战和变数，但他仍然创作了许多美丽、引人注目的绘画和雕塑作品。

乍一看，肖恩的症状和洛厄尔的明显不同。他一直在行动，持续在探索。他会去观察、触摸、翻看、戳碰、注视和嗅闻周围的每件东西和每一个人——这是一种强迫行为，但同时也是他对自己周围世界的一种有趣的探索。他的感官似乎异常敏锐；他洞悉一切，甚至能听到五十码开外的低语。他会先跑三四十码远，然后再折返跑回来——在路上，他可能会以惊人的敏捷从别人的两腿间钻过去再跑。他还有一种不受拘束的幽默感，经常想出多层次的、即时的双关语和笑话。

肖恩患的是一种特别严重的图雷特综合征亚型，但他拒绝使用药物来抑制他的抽动和发声。他觉得对他来说，药物在治疗症状的同时，也会抑制他的创造力，这样付出的代价就太大了。

有一天，我们三个人在多伦多的一条林荫大道上散步，肖恩突然狂奔起来，打断了我们的漫步，他反常地跪在地上闻了闻或尝了尝柏油路上的沥青。那是个阳光明媚的好天气，我们经过一家露天咖啡馆，在路边的一张桌子旁，我们看见一位年轻女士正把一个看起来很美味的汉堡送到嘴边。洛厄尔和我都流口水了，肖恩则立即付诸行动，闪电般向前一扑，在汉堡被送到女士嘴里之前咬了一大口。

那位女士和她的同伴们都惊呆了，但随后她大笑起来。她觉得肖恩古怪的行为挺有趣，所幸如此，本来会被认为是挑衅的一幕被及时化解了。但肖恩的突然行动并不总是有这样圆满的结局，毕竟它们常常超出了人们的正常社交所能承受的范围。他不寻常的行为经常引人侧目，有好几次还引来了警察或路人的攻击。他那持续的抽动和强迫行为不仅让他自己，也让他周围的人精疲力竭。

洛厄尔和我前往阿姆斯特丹，我们在那里一起受邀出席了一档收视率很高的电视节目。我十几岁的时候就爱上了荷兰——不仅是这个地方，同样重要的是，这里从伦勃朗和斯宾诺莎的时代起，就拥有一种智慧的、精神上的、充满创意的自由。（我第一次去荷兰时，那里的纸币就已经同时印有数字和盲文的面额了，让我非常震惊。）

我在想，荷兰人会怎样看待图雷特综合征呢？他们思想上的自由和独立会减少图雷特综合征患者带给他们的震惊、恐惧和愤怒吗？

在电视采访的前一天，我们在阿姆斯特丹四处闲逛，我跟在洛厄尔后面几英尺，这样我就能观察他那些奇怪而突发的动作和声响。当人们从我们身边走过时，他们的反应在脸上表露无遗——有些人感到有趣，有些人感到不安，有些人感到愤怒。

显然，许多人都看了我们那天的电视直播，因为直播后第二天早上我们再次出去时，情况完全不同。人们脸上露出微笑，表现出好奇的神色，还有些人向我们友好地打招呼，仿佛他们现在重新认识了洛厄尔，了解了图雷特综合征的一些情况。这件事让我们充分认识到，向公众宣传并改变人们的观念至关重要，而一档电视节目就能够在一夜之间做到这一点。

那天晚上，我们去了一家酒吧放松一下，在那里有人给了我们一些烟，我们在外面抽了起来。我们在城里转了好几个小时——看看教堂，看看运河里的倒影，看看商店的橱窗，看看行人。洛厄尔拿着相机，觉得自己拍到了一生中最好的照片。那天夜里晚些时候，我们回到旅馆时，老教堂的钟声开始敲响，让我突然萌生出一种极度的幸福感。世间万物都恰到好处。世界上最美好的情境也不过如此了。

第二天早餐时，洛厄尔就没那么陶醉了，他发现自己开心得稀里糊涂的时候，忘了把胶卷装进相机。他以为自己拍到了一生中绝无仅有的照片，其实只是黄粱美梦而已。

在鹿特丹，我们认识了本·范德维特林（Ben van de Wetering），一位杰出的荷兰精神病学家，他开设了一家治疗图雷特综合征的诊所，在当时还很罕见。他给我们介绍了他的两个病人。其中之一是一位来自德国的年轻人，他衣冠楚楚、彬彬有礼，说自己非常讨厌他所患的图雷特综合征，并描述了这种病如何给他造成了困扰。"这个病一无是处！"他补充说道。他的发作表现为污言秽语，在出现这个症状时，他需要尽可能地去抑制或改变词汇。因此，每当"操"（Fuck）这个词要从他嘴里蹦出来的时候，他会努力把它改成"吓死我了"（Frightful）。（事实上，这比"操"还要引人侧目。）作为白天被压抑和被迫纠错的反应，到了晚上，他的图雷特综合征就会像报复他似的，等他睡着之后，口中常常会冒出一连串的污言秽语。

另一个病人是位年轻的女士，她因为太害羞和害怕而不敢在公共场合犯病。但是，一旦她被洛厄尔热情洋溢的图雷特综合征所"解放"时（她是这么说的），她就会放任自己和他一起任病症发作，做出令人惊讶的冲动行为、发出声响。她告诉我："在图雷特综合征中有一种原始感——自己感知、思考或感受到的任何东西，都会立即转化为动作和声音。"她为这样行云流水般的反应感到高兴，她觉得这"就像生命本身"，但也承认它会在社交场合造成很多麻烦。

图雷特综合征造成的影响，并不在于它约束了患者，而在于它波及到其他人并影响了他人的感受；而这些作用反过来又会对图雷特综合征患者产生压力——这种压力常常是负面的，有时甚至是巨大的。将图雷特综合征独立出来研究或理解是不行的，不能仅将其看作一种局限于患者身上的"综合征"。这个病症不可避免地会对社会造成影响，也会涉及社会的接纳和病人的融入。因此，人们看到的，是患者个人和他周围世界之间的一种复杂的相互适应，这种适应的形式有时是幽默的、良好的，有时又带有冲突、痛苦、焦虑和狂怒。

第二年，洛厄尔和我进行了一次横跨美国的公路旅行，拜访了十几位同意与我们见面的图雷特综合征患者。

与洛厄尔驾车穿过菲尼克斯郊区是一段难忘的经历，因为他会突然踩刹车或油门，猛拉方向盘向两边转向。但一旦我们开上了宽阔的大道，他的抽动、冲动行为，以及近乎疯狂的状态就变成了镇定和专注。现在他冷静地坐着，眼睛直视着前方不断延伸的道路，这条路像支箭一样穿过亚利桑那州中部的沙漠。他将我们的速度控制在每小时六十五英里不变，毫无偏差。

有一次，我们开了三个小时的车，需要伸伸腿休息一下。我问洛厄尔："如果你从车里出去，走在仙人掌中间，你的图雷特综合征还会发作得很厉害吗？"

"不会，"他说，"那有什么意义呢？"

洛厄尔有强烈的触摸抽动发作或强迫行为；他不可能做到被周围的人包围而不触碰他们。通常他会用手或脚轻轻地做这个动作。这几乎是一种动物的本能，就像马用头顶一顶、用鼻子蹭一蹭人一样。人们只要对被触摸做出反应——无论是正面的、负面的还是中性的——就会补全整个回路。但是植物不可能产生这样的反应。

这让我想起了一个年轻的越南图雷特综合征患者。他在越南时也出现过一些污言秽语发作，但现在他住在旧金山，那里很少有人能懂越南语，所以他也就不用越南语咒骂了。就像洛厄尔一样，他说："那有什么意义呢？"

有时图雷特综合征患者会被一些突然出现的触觉或视觉刺激所吸引，如褶皱、歪斜、奇怪的不对称物体或形状。（一位患图雷特综合征的木雕艺术家喜欢在他的作品中引入突兀而痉挛的不对称形态，例如制造一把"形状像是在抽动或尖叫"的椅子。）洛厄尔经常沉迷于强迫性的重复，以及对奇怪的单词和音调的排列，而这些会通过刺激听觉使他获得满足。有一天早上在吃早餐时，燕麦片（oatmeal）激起了他的兴趣，他管它叫"oakmeal"，并一直重复说着"oakmeal，oakmeal"，过了一会儿，他突然发出"kkkmmm"这个音节。在另一顿饭上，他抓住了"龙虾"（lobster）这个词，一直重复说着"lobbsster，lobbsster"，然后是"Mobbsster""Slobbsster"，最后他总结道："我喜欢'bbsstt'的音调和样子。"

"我很喜欢一遍又一遍地重复单词，"他说，"这和强迫性触摸给我带来的满足感是一样的——就像必须触摸你怀表上的玻璃，感觉指甲在玻璃上的敲击声，陶醉于不同的感官感受。"

饥饿会加重图雷特综合征患者的病情。我们从菲尼克斯一路开到图森[1]，一路上没有吃过东西，洛厄尔饱受剧烈抽动发作的折磨。我们走进一家餐馆，所有人的目光都

---

[1]　美国亚利桑那州东南部城市。

被他吸引了。我们坐上桌，洛厄尔说："我要试着做点什么，十五分钟内别打扰我。"他闭上眼睛，开始有节奏地做深呼吸，不到三十秒，他的抽动就减轻了；过了一分钟，抽动都消失了。这时候一个侍者走过来——我们进来时，他已经看到了洛厄尔的大幅度动作——我把一根手指放在嘴唇上，挥手让他走开。刚好十五分钟后，洛厄尔睁开眼睛，看上去非常放松，几乎没有任何抽动发作了。我简直不敢相信——我本以为这种变化在生理上是不可能实现的。

"发生了什么？你做了什么？"我问洛厄尔。他说他已经学会了超验冥想，这是一种应对在公共场所不受控制的抽动发作的方法。"这只是自我催眠，"他解释道，"只要你有一个默念词，让这个小单词或短语在你的脑海中慢慢重复，你很快就会进入一种恍惚状态，如入无人之境。这样就能让我平静下来。"那天晚上剩下的时间里，他几乎没有再出现任何发作。[15]

洛厄尔在亚利桑那州找到了一对患有图雷特综合征的同卵双生兄弟。两个孩子同时出现了图雷特综合征的症状——两人会突然尖叫着模仿他们的宠物鹦鹉。随后，他们都出现了耸肩、皱鼻、发出咔哒声等行为，接着是四肢和躯干的复杂抽动和扭动。他们俩的表现很相似，但并不完全一样——一个人是眨着眼睛抽动，另一个是喘着粗气抽动。但除非有人仔细分析，否则他们俩的外貌和行为看起来几乎相差无异。我在想，这其中有多大比例是由于遗传因素，又有多大比例是他们在互相模仿呢？

我们在新奥尔良遇到一个年轻人，他有严重的抽动、强迫思维和强迫行为——这种组合症状并不少见。他曾经在南达科他州的一个导弹发射井工作，这份工作让他感到恐惧，因为他有一种想要拨弄开关的强迫冲动，他一直在担心自己会不小心发射一枚导弹，引发一场核战争。这份工作的薪酬不错，他的同事们也都很友善，但危机感——尽管让人感到兴奋——还是让他无法承受，于是他放弃了这份工作，另寻了一份不那么紧张的工作。

在亚特兰大，我们遇到了卡拉和克劳迪娅，她们是另一对同卵双胞胎，和肖恩一样，患有那种过度幻想的图雷特综合征，我有时认为是这一种"超级"图雷特综合征。她们都是二十岁出头的年轻女子，漂亮、有趣、聪明，她们的声音因为不停喊叫而沙哑。她们也有许多运动抽动和扭转动作，不过她们的怪异冲动和幻想主要是从嘴里爆发出来的。

同卡拉和克劳迪娅一起开车出行会非常费劲——在每个拐弯处，她们一个人会喊"往右！"，而另一个人会喊"往左！"。她们告诉我们，两人曾在电影院一起大喊"着火了！"，把影院观众吓得纷纷离场；还有一次在海滩上叫着"有鲨鱼!",游人听到后都跑光了。她们会从卧室的窗户向外用震耳欲聋的声音叫喊——有一次喊道"黑人和白人女同性恋!",还有一次更让人生气,她们喊道"我父亲正在强奸我!"。虽然她们的邻居都知道姐妹俩有图雷特综合征,并且会有污言秽语发作,她们的父亲却难以适应,且对女孩子们叫喊"强奸!"感到非常痛苦。

短暂而零碎的美国之旅以这样一个极端的病例结束,也许是不幸的,但这个病例一直留在我脑海里,而且回忆经常闪现。

洛厄尔和我穿越美国,去拜访了十几个图雷特综合征患者及他们的家人,我们看到了更多样的图雷特综合征,远远超过在一家医院所能见到的此类患者的总和,也比一名普通神经科医生会遇到的这类患者多得多。如果说有极端形式的图雷特综合征,那么也会有轻微到让临床观察都难以注意到的形式,就像自闭症一样,这种病呈现出来的是一个谱系。有的患者可能是症状很复杂但程度很轻微的类型,也有的患者可能是症状非常简单但程度很严重的类型。在一个患者身上,图雷特综合征的症状可能在强度和类型方面都会有波动,可能会有数月乃至数年的相对缓和时期,也可能有数月或数年的加剧恶化阶段。

洛厄尔听说过一个堪称神秘的地方,在遥远的加拿大北部，那里有一整个图雷特综合征患者的社区，住着一个信奉门诺教的大家族，其中至少有六代人患有图雷特综合征（他开始称那里为图雷特村）。在这个大家族里，抽动和喊叫是很正常的，几乎是家庭传统的一部分，作为这个大家族的一员意味着什么呢？在这样一个与世隔绝的宗教社区，图雷特综合征会如何影响道德和宗教信仰，又会如何被影响呢？我们决定到那里去看一看。

在离拉克雷特最近的机场——那只不过是树林里的一条降落跑道——我们租了一辆破旧不堪、溅满泥水的汽车，这车的挡风玻璃都被路上的粗砂砾打裂了。当我们驱车七十英里前往拉克雷特时，我感到城市给人带来的紧张感正在从我身上排出，洛厄尔的症状也在逐渐减轻，偏僻乡村的美丽和宁静使他平静下来。到了拉克雷特的村庄，我们经过一对在路边卖西瓜的门诺派夫妇。我们停下来买了一个瓜，聊了几句：他们来自不列颠哥伦比亚省，在一个个小社区之间穿梭；他们是宁静的、半宗教半商业化的西北地区门诺派社区网络的一部分。

门诺派教徒是来自德国和低地国家[1]的一个大群体的后裔，他们一开始到乌克兰寻求宗教自由，随后来到了加拿大。他们仍然坚守传统的农耕生活，面朝黄土背朝天，

---

[1] 指现在的荷兰、比利时和卢森堡一带。

以家庭为重，与世无争、朴素简单，与外面的世界部分隔绝。

在拉克雷特的一个七百人的村庄，五个主要的门诺派分支都有自己的一座教堂，教会内部有相当多的宗教活动和广泛的宗教信仰。最严格的是老殖民地门诺派，他们对世俗的教育和日常生活持怀疑态度。（但即便是他们也不像阿米什人那样与世隔绝，后者是 16 世纪时分裂出来的一个分支。）这些保守的村民们穿着朴素的深色衣服，妇女们戴着头饰——但镇上其他人则穿着牛仔裤和衬衫。这个地方朴实无华，给人一种宁静的感觉。

当我们到达戴维·詹森的家时，这种宁静被打破了。戴维是这里最有名的图雷特综合征患者，洛厄尔安排我们去见他。现在戴维跑出来迎接我们，还一边尖叫抽动着。那震耳欲聋的声音似乎扰乱了他的整个身心，也破坏了整个拉克雷特的平静。他那兴高采烈的图雷特综合征抽动感染了洛厄尔。他们相互拥抱着，抖动着，叫喊着——这画面既感人又荒诞，让我想起两只狗相遇时兴奋的场景。

戴维现在四十出头，八岁时开始出现多种抽动症状。但家人们并不惊讶，因为他的母亲、两个姐姐，以及几十个表亲和远亲也有同样的情况。这些症状被他们称为"躁动"，据说詹森当时表现为"一刻不宁"或"坐立不安"。

"祖母总是眨着眼睛、咂嘴，"戴维的一个表兄说，

"或者咯咯叫、大喊、做鬼脸——不管做什么，都没什么大不了。每个人都这样。"

戴维真正觉得受到困扰是在他十五岁的时候，那时他开始大声地喊出"操！"。在拉克雷特，这样的叫喊或脏话并不是图雷特综合征的常见表现。与躁动不同的是，这种咒骂带有野蛮的自我或来自魔鬼的邪恶怂恿的意味。戴维的强迫行为开始增多，有时他会有伤害自己或弄坏东西的冲动。"魔鬼！"他会对自己说，"你为什么不从我身上消失，让我安静一会儿呢？"

这个男孩开始变得内向。他说："我中了诅咒后，几乎都待在家里。""我大概有一年时间都不和别人交流。那个时候，我常常回到自己的房间，一直哭到睡着。"

戴维的父母试图去理解他，但他们也感到困惑。他们认为他的这种怪病一半是精神的问题，一半是身体的问题；他们觉得戴维是受到了某种外力的影响，但他自己也"纵容了"这种诅咒。在这样的影响下，戴维也开始觉得自己意志薄弱。拉克雷特的一些人有更简单的看法：戴维是神发泄愤怒、施行惩罚的对象。据一位村民说，当时有种感觉，"詹森一家很奇怪，尤其是戴维。神灵一定是因为某些缘由在惩罚这个家庭"。

戴维在二十岁出头的时候结了婚，组建了家庭，尽管他的困扰还在继续。他常常感到不得不大口喘气或屏住呼吸；这种呼吸痉挛使人筋疲力尽，在图雷特综合征中并不少见。他回忆说："我很累，因为我得很努力地与它抗争，尤其是我要开车的话。"他曾经开着卡车从海莱夫尔到海伊河，很努力地控制着想要突然刹车、加速或转向的强迫行为。戴维有时候会因为一些难以控制的抽动动作伤害到自己。"有一次我正在操作一把链条锯，结果割伤了自己的腿——我知道那个动作是图雷特综合征发作引起的。"他边说边给我看左膝上一条白色的长长的伤疤。

戴维喜欢在农场辛勤劳作，喜欢放牛养马，但他突然的动作会吓到动物们，使它们受惊。他不得不在三十岁时放弃工作，靠福利补贴生活，但他的情绪越来越低落。终于，在三十八岁的时候，他遇到了危机："我觉得我必须要有一个答案，关于病的答案，否则我无法继续活下去。"

一位当地医生告诉他，他可能患有一种可怕的致命疾病——亨廷顿舞蹈病（Huntington's disease）。在埃德蒙顿，他被告知可能是肌阵挛导致的肌肉突然收缩。最后，戴维被送到了纽约州罗切斯特大学专门研究运动障碍的罗杰·库尔兰（Roger Kurlan）医生那里。

库尔兰医生一看到戴维就诊断说："你得了图雷特综合征。"戴维从未听说过这种病。正如库尔兰医生所描述的，这种病会出现抽动、强迫行为，戴维感到了巨大的解脱。"这让我高兴得想跳起来，"他说，"它消除了被下了诅咒那种可怕的感觉。我没有被魔鬼附身——这是我最害怕的情况，也没有得医学上所判定的绝症。我得了一种简单的病，甚至还有名字。名字也很好听——我一直在反复念着这个名字。"

但有一点使戴维困惑不解。"您说，这个病很不寻常，"他重复着库尔兰医生的话，"难道它不是家族遗传病吗？"

"我很少看到家族性发病。"医生说。

"呃，"戴维有点吃惊，继续说道，"我认识的大多数人都得了图雷特综合征。我的家人、我的母亲、我的两个姐姐都有。"他拿起一支铅笔，在记事簿上画下一幅家族谱系图，指出十几个近亲家族成员也都患了这个病。

四年后，当我与库尔兰医生交谈时，他告诉我，这是他整个医疗生涯中最震惊的时刻。他从未想过这种综合征会有如此强大的遗传成分。他去了一趟拉克雷特，仍然觉得难以置信。他日夜兼程地在村子里走访了一个星期，拜会了六十九位詹森的家庭成员。库尔兰医生告诉他们，他们所患的既不是严重的器质性疾病，也没有被诅咒，而是一种非进展性的、可能是由基因决定的神经系统疾病。

这种科学的解释虽然让患者得到了很大的宽慰，也引发了许多讨论，但并没有完全取代宗教观点。人们仍然相信在图雷特综合征的背后是有神灵操控的，但他们完全接受了这个术语。在拉克雷特，表现奇怪的行为现在会被称为"图雷特行为"（Touretting）。19 世纪的法国神经学家乔治·吉尔斯·德·拉·图雷特（Georges Gilles de la Tourette）发现了这个综合征，如果他知道自己的名字竟然在距离巴黎四千英里的一个偏僻乡村被人熟知，一定会非常震惊。

在正统的犹太人中，有一种祝祷是在见证奇怪的事情时说的：感谢上帝创造的多样性，感谢神创造出的陌生的奇迹。在我看来，这就是拉克雷特人对待他们中的图雷特综合征患者的态度。他们并不认为这是一件可以被回应或被忽视的事，也不是令人讨厌或无关紧要的事，而是一种深沉的异象，一种奇迹，一种天机不可泄露的例证。

图雷特综合征患者常因他们的冲动行为和不当言语而感觉被社会遗弃，他们会因为这种不寻常的情况而被孤立，周围没有人能够为他们分担或完全理解他们的感受。许多患者在孩童时期就发现别的小朋友会躲着他们，或者遭到其他人的惩罚，成年后则被禁止进入餐厅和其他公共场所。多年来洛厄尔一直面临着这个困境，因此他觉得拉克雷特异常美好——那里是据他所知的第一个图雷特综合征患者不被负面关注的地方。他有点爱上了拉克雷特，想象着娶一个漂亮的患有图雷特综合征的门诺派女孩，从此幸福地生活在一起。"我感受到了纽约的诱惑，"在我们离开后洛厄尔回忆道，"但我也感受到了与家人和朋友在图雷特村这样的地方共度一生的诱惑。可我只是一个访客，尽管这里的人对我很好，我仍然只是一个被爱戴的访客。我只是在很短的时间里成为过他们世界的一部分。"

强烈的欲望

　　沃尔特·B是个四十九岁的和蔼可亲的男人，他曾于2006年来拜访我。他年轻时受过脑外伤，由此患上了癫痫。刚开始他的发作形式是一天内出现几十次"似曾相识"感，有时候他也会听到别人听不到的音乐声。他不知道自己怎么会这样，担心被嘲笑或者比被嘲笑更糟糕的事发生，他一直默默承受着这种奇怪的经历。

　　最后，他咨询了一位医生，医生诊断他患有颞叶癫痫，并给他开了一系列抗癫痫药。但他的癫痫发作——包括癫痫大发作和颞叶癫痫发作——仍变得越来越频繁。十几年来，在尝试了不同的抗癫痫药物后，沃尔特咨询了另一位神经科专科医生，一位治疗"疑难"癫痫的专家，他建议采用更激进的方法：手术切除右颞叶的癫痫病灶。手术起到一点作用，尽管几年后，他又做了一个切除范围更大的手术。第二次手术，加上药物治疗，虽然有效地控制了沃尔特的癫痫发作，但很快导致了一些奇怪的问题。

　　此前沃尔特食量普通，手术后他胃口大开。"他的体重开始增加，"他妻子后来告诉我说，"他的裤子半年内增大了三个码数。他的食欲完全失控了，他会半夜起床吃掉一整袋曲奇，或是一块奶酪配上一大盒苏打饼。"

"我看到什么就吃什么，"沃尔特说，"如果你把一辆汽车放在桌上，我也会把它吃掉。"他还变得非常暴躁易怒。他告诉我：

> 在家里，我会为一些不顺心的事情（没有袜子、没有黑麦面包、受到批评）生气好几个小时。下班开车回家的路上，一个司机在变道的时候挤我。我加快了速度，把他超了过去。我还摇下车窗，对他竖起中指，并开始对他大喊大叫，然后朝他的车扔了一个金属咖啡杯。他用手机报了警。我最后被警察叫停并被开了罚单。

沃尔特呈现出一种要么全神贯注要么注意力缺失的特质。"我变得很容易分心，"他说，"以至于我无法开始或完成任何事情。"同时，他也容易陷入各种活动中无法自拔——例如，钢琴一弹就弹八九个小时。

更令人不安的是他开始出现永无餍足的性欲。"他一直想做爱。"他的妻子说。

他从一个善解人意、非常温柔的伴侣变成了一个只是敷衍了事的人。他不记得我们刚才亲热过……在手术后他不停地想做爱……每天至少五到六次。他也放弃了前戏，总是想要直入主题。

他只会有短暂的满足感，在高潮的几秒钟后他还一次又一次地想要性交。当他的妻子筋疲力尽时，他就去找其他的泄欲方式。沃尔特一直是个忠诚而体贴的丈夫，但现在他的性欲和冲动已经超越了他和妻子曾享受的一夫一妻的异性关系。

从道德上讲，他无法接受将自己的欲望转向其他男人、女人或儿童，而对他来说，网络色情作品是最无害的。这些内容可以为他提供某种释放和满足，即使只是幻想。他会趁妻子睡觉的时候，花几个小时在电脑屏幕前手淫。

在他开始观看成人色情作品后，各种网站诱使他购买和下载儿童色情作品，他也确实这么做了。他也开始对其他形式的性刺激感到好奇——对男人，对动物，对物体。[16]沃尔特对这些新的强迫行为感到震惊和羞愧，这与自己先前的性取向相去万里，他发现自己陷入了一场控制欲望的可怕斗争中。他继续去上班、出去社交、和朋友们一起吃饭或看电影。在这段时间里，他能够控制自己的冲动，但到了晚上，当他独自一人时，他就向自己的冲动屈服了。他深感羞愧，没有告诉任何人自己的窘境——在九年多的时间里，他一直过着双重生活。

后来不可避免的事情发生了，联邦探员来到沃尔特的家里，以持有儿童色情音像制品的罪名逮捕了他。这很可怕，但也是一种解脱，因为他不再需要隐藏或掩饰——他称之为"从阴影里走出来"。现在他的妻子、孩子和医生都知道了他的秘密，医生立即给他注射了减少——实际上是消除——性欲的药物，使贪得无厌的性欲变成了几乎没有性欲。他的妻子告诉我，他的行为中立刻"恢复了爱和同情心"。她说这就好像"一个错误的开关被关掉了"——这个开关在开和关之间没有中间位置。

在这段时间里，我见了沃尔特好几次。他表达了自己的恐惧——主要是担忧他的朋友、同事和邻居对此产生的反应。（"我以为他们会对我指指点点，或者向我扔鸡蛋。"）但他还认为鉴于他的神经疾病，法庭不太可能把他的行为界定为犯罪。

在这一点上，沃尔特错了。在他被捕十五个月后，他的案子终于开庭审理了，他因下载儿童色情作品被起诉。检察官坚持认为他所谓的神经疾病是无稽之谈，是在转移视线。他认为，沃尔特是一个终身的变态者，对公众是一个威胁，应该处以二十年的最高量刑。

那位最初建议沃尔特做颞叶手术、并为他治疗了近二十年的神经科专科医生以专家证人的身份出庭。我提交了一份证明信，让他在法庭上宣读，解释大脑手术后会造成的影响。我们都指出，沃尔特的情况是一种罕见的，但已被广泛认识的疾病，称为"克吕弗－布希综合征"（Klüver-Bucy syndrome），表现为极度旺盛的食欲和性欲，有时还伴有暴躁易怒和注意力缺陷，这一切都有着纯粹的生理基础。（这种综合征最初被发现于 1880 年，在脑叶切除后的猴子以及后来在人类患者中都有被观察到，并有所记录。）

沃尔特表现出的全或无的反应是中央控制系统受损的典型特征；例如，它们可能发生在服用左旋多巴的帕金森病患者身上。[17] 正常的控制系统有一个中间地带，以一种调节的方式做出反应，但是沃尔特的欲望系统一直在"运转"——几乎没有任何完满的感觉，只会产生越来越多的欲望。只要他的医生意识到这个问题，就能很容易地通过药物治疗来控制病情——尽管代价是在某种意义上的化学阉割。

在法庭上，他的神经科医生强调：沃尔特不再受制于他的性冲动，并指出，除了他的妻子，他实际上从未碰过别人。（他还指出，记录在案的三十五起与神经障碍有关的恋童癖案件中，只有两起以犯罪行为被逮捕和起诉。）我在给法院的信中也写道：

B先生是一位智力超群的人，而且……有着道德上的敏感度，他在一种无法抗拒的生理冲动的驱使下，曾做出不符合原本个性的行为……他仍然坚守着对妻子的忠诚。他的个人记录或他的现况都没有任何证据说明他是一个恋童癖者。他对孩子和其他人都不会构成任何危险。

审判结束时，法官同意沃尔特因罹患克吕弗-布希综合征，不承担法律责任。但是法官认为他应该受到谴责，因为他没有及早向他的医生报告这个问题，他的医生本可以帮助他，而他多年来一直做着对他人造成伤害的行为。她强调说，他的罪行并不是没有受害者。

法官判处他服刑二十六个月，然后在家监禁二十五个月，再加上五年的监管。沃尔特非常平静地接受了这个判决。他以相对较少的创伤安然度过了监狱生活，并充分利用了在狱中的时间，与一些狱友组建了一支乐队，还近乎贪婪地读了很多书，并写了很多长信（他经常给我写信，谈论他正在阅读的神经科学书籍）。

通过药物治疗，沃尔特的癫痫和克吕弗-布希综合征一直得到了很好的控制，在他几年的牢狱和家庭监禁期间，他的妻子一直支持他。现在他自由了，他们基本上恢复了以前的生活。他们仍然会去很多年前结婚的那座教堂，他在社区里也很活跃。

我最近见到沃尔特时，他显然很享受自己的生活，并对于不再需要隐瞒任何秘密而感到一身轻松。他散发出一种我在他身上从未见过的安然。

"我现在的状态相当好。"他说道。

灾 难

2003 年 7 月，我和我的神经科同事奥林·德文斯基接诊了斯伯丁·格雷，他是一位演员，也是一名作家，因其创作的艺术形式——出色的自传式独白——而闻名。他和他的妻子凯茜·拉索联系了我们，为斯伯丁在两年前头部受伤后出现的复杂状况前来求治。

2001 年 6 月，他们为庆祝斯伯丁的六十岁生日，在爱尔兰度假。一天晚上，他们在乡间公路上开车时，迎面撞上了一位兽医的卡车。凯茜在驾驶座，斯伯丁和另一位乘客坐在后排。斯伯丁没有系安全带，他的头撞上了凯茜的后脑勺。两人当场都失去了意识。（凯茜身上有些烧伤和擦伤，但没有造成永久性伤害。）当斯伯丁恢复意识时，他正躺在他们那辆被撞坏的车旁边的地上，右髋关节骨折，疼痛难忍。他被送往当地的乡村医院，几天后又被送往一家更大的医院，做了髋部固定手术。

斯伯丁的面部也有一些擦伤和肿胀，但医生的注意力都集中在他的髋部骨折上。又过了一个星期，面部的肿胀消退了，凯茜才注意到斯伯丁右眼上方有个"凹痕"。此时，X光显示眼窝和颅骨有混合性骨折，医生建议进行脑部手术。

斯伯丁和凯西回到纽约做手术，核磁共振成像显示骨折碎片压在他的右侧额叶上，但他的外科医生并没有看到这个部位有任何严重的损伤。他们取出了碎片，用钛板替换了部分头骨，并置入了一根引流管来导出过量的体液。

由于髋部骨折，斯伯丁仍然感到疼痛，即使有另一侧健肢支撑，他也无法正常行走（他的坐骨神经在事故中受损了）。然而奇怪的是，在这可怕的几个月内，虽然经历了手术、无法移动、疼痛难忍，斯伯丁的精神似乎出奇地好——实际上，他的妻子认为他"好得令人难以置信"，而且很乐观。

2001年的劳动节[1]周末，在接受了脑部手术五周后，斯伯丁拄着拐杖，在西雅图为众多观众表演了两场。他状态极佳。

然而，一周后，斯伯丁的精神状态突然发生了巨大的变化，他陷入了深深的、甚至是精神病样的抑郁中。

如今，在事故发生两年后，斯伯丁第一次来我们这

---

[1]　美国的劳动节（Labor Day）为每年9月的第一个星期一，2001年的劳动节为9月3日。

里，他缓慢地走进咨询室，小心翼翼地抬起他的右脚。他一坐下，我就被他的懒言、少动和淡漠的表情所震惊。他没有主动说任何话。他回答我的问题也都非常简短，通常只用一个词来作答。我和奥林的第一个想法是，这不仅仅是抑郁症，甚至也不只是对过去两年的应激和手术的反应——在我看来，斯伯丁显然也存在器质性的神经问题。

我鼓励他用自己的方式给我讲他的故事。他从事故发生几个月前开始说起——尽管我觉得很奇怪——他说，事故发生几个月前，他突然"有冲动"想卖掉他在萨格港的房子，那是一所他钟爱的房子，他和家人已经在里面住了五年。他和凯茜一致认为家里需要更多的空间，所以他们在附近买了另一所房子，有更多的卧室和一个更大的院子。但在那时候，斯伯丁拒绝卖掉那栋老房子，他们出发去爱尔兰之前一直住在里面。

他告诉我，在做了髋关节手术后，住在爱尔兰的医院时，他才打定主意要卖掉老房子。事后，他觉得自己当时"不是他自己"了，而是"女巫、幽灵和巫术"命令他这么做的。

尽管发生了事故并做了手术，斯伯丁在 2001 年的夏天还是精神饱满的。他对自己的工作充满了新的想法——意外事故，甚至手术，都将是极佳的素材——他可以把它们呈现在一个新的表演作品中，名为《被打断的生活》

（*Life Interrupted*）。

斯伯丁这种准备利用夏天中经历的可怕事故来进行创作的做法很打动我，也让我有点担忧。不过我也能理解他。因为在过去，我也曾毫不犹豫地在我写的书中使用自己的事故作为素材。

事实上，艺术家用自己的生活（有时是他人的生活）作为素材来进行创作是很常见的——斯伯丁就是这样一位非常特别的艺术家。虽然他不时会在电视和电影中表演，但他真正具有独创性的表现是他在舞台上表演的十几段备受赞誉的独白。[《游向柬埔寨》（*Swimming to Cambodia*）和《盒子里的怪物》（*Monster in a Box*）等作品已被拍摄成影片记录了下来。] 斯伯丁的表演风格简单明了：他独自站在舞台上，除了一张桌子、一杯水、一个笔记本和一支麦克风，其他什么都没有；他会立即与观众建立起一种联系，编织出一张以自传性故事为主体的网。在这些表演中，他把生活中的滑稽和不幸——他经常发现自己身处荒诞之中——提升到一种非凡的戏剧性叙述的高度。当我问及此事时，斯伯丁告诉我，他是一个"天生的"演员——从某种意义上说，他的整个人生就是在"表演"。他有时甚至会想，自己会不会是为了获得素材而制造这些变故的——这种模糊的想法让他有点担心。他把卖房子当"素材"了吗？

斯伯丁的独白有一个特点（至少在舞台上是这样），他很少故技重施；故事总是以略微不同的方式呈现，也有不同的主题。只要当时他觉得某些情况是真实的，他就能创作出无比真实的作品，在这方面他天赋异禀。

这家人原定于 2001 年 9 月 11 日搬出那所老房子。那时候，斯伯丁已经后悔卖了房，他认为这个决定是"灾难性的"。当凯茜告诉他那天早上世贸中心遇袭的事件时，他几乎都没有注意到。

凯茜说，从那以后，斯伯丁就陷入了由于卖房而产生的抑郁、自责、愤怒和内疚的情绪中，没什么能使他从中解脱出来。关于这所房子的情景和谈话不断在他的脑海里重演。在他看来，所有其他事对他来说似乎都事不关己、无足轻重。以前他还是一个嗜书如命的阅读者和高产的作者，而现在他都无法阅读或写作了。

斯伯丁说，二十多年来，自己会有一些偶发的抑郁，他的一些医生认为他患有双相情感障碍[1]。但是，这些抑郁症状虽然严重，经过心理治疗和锂剂治疗后都可以得到控制。而他觉得现在的状况不同了，这种抑郁的感受前所未有地深刻，难以抽离。就连骑自行车这样的事情，他都

---

[1] 又被称为躁郁症。

必须尽最大的努力去完成，而在此之前他可以主动而愉快地去做。他试着和其他人交谈，尤其是和他的孩子们交谈，但发现很难。他十岁的儿子和十六岁的继女都很苦恼，觉得他们的父亲"变了一个人"，"不再是他自己"了。

2002 年 6 月，斯伯丁到康涅狄格州一所叫"银山"的精神科医院寻求帮助，医生让他服用了丙戊酸钠，一种可用于治疗双相情感障碍的药物，但几乎没有改善他的病情。他越来越相信有某种不可抗拒的、邪恶的命运引诱他，指使他卖掉了房子。

2002 年 9 月，斯伯丁在港口从他自己的帆船上跳入水中，打算淹死自己（他后来失去了勇气，又紧紧地抓住了船）。几天后，他被发现在萨格港大桥上踱步，盯着河水发呆，直到警察介入，凯茜才把他带回家。

不久之后，斯伯丁住进了上东区的佩恩·惠特尼精神病诊所。他在那里住院四个月，接受了二十多次电休克疗法和各种药物治疗。他对这些治疗都没有反应，而且情况似乎一天比一天糟糕。当他从佩恩·惠特尼诊所出院时，朋友们都觉得他经历了可怕的、也许是不可逆转的遭遇。凯茜觉得他成了一个"支离破碎的人"。

2003 年 6 月，由于无法确定斯伯丁病情不断恶化的原因，凯茜陪他前往加州大学洛杉矶分校的雷斯尼克医院进行神经精神病学检查。他在多项测试中表现不佳，显现出

"注意力和执行力缺陷等右侧额叶损伤的典型特征"。那里的医生告诉他，病情可能会进一步恶化，因为他的大脑额叶承受了撞击和颅骨骨折碎片内陷导致的损伤，并留下了疤痕。他们还告诉斯伯丁，他可能再也无法创作出原创作品了。根据凯茜的说法，斯伯丁被他们的话打击到"精神崩溃"了。

2003 年 7 月，当斯伯丁第一次来我和奥林这里就诊时，我问他，除了出售房子之外，是不是还有其他事情让他沉浸其中不能自拔。他承认说，他常常想起他母亲，还有他二十六岁前的时光。斯伯丁十岁时，他的母亲就断断续续地患上了精神病；在他二十六岁的时候，母亲陷入了一种自我折磨和悔恨的状态，因为卖掉了她祖上的房子。由于无法忍受折磨，她最终自杀了。

斯伯丁说，奇怪的是，他觉得自己正在重蹈母亲的覆辙。他感到自杀在吸引着自己，让他不断地想要结束生命。他说后悔没有在加州大学洛杉矶分校的医院里自杀。我问，为什么要在那里呢？他回答说，因为有一天，有人把一个大塑料袋留在了他的房间里——用这个来自杀本是"轻而易举的"。但一想到妻子和孩子，他就退缩了。他说，尽管如此，自杀的想法"像黑色的太阳"一样每天升起，过去的两年"令人毛骨悚然"，并补充说，"从那天起我就没有笑过"。

现在，由于右脚的半瘫痪状态，以及多用一会儿就会让他发火的助行架，斯伯丁无法得到身体上的宣泄。他告诉我："徒步、滑雪和跳舞原本是能让我精神稳定的一个重要因素。"另外，现在他也觉得自己因为受伤和面部手术毁了容，不再想去参加活动了。

就在斯伯丁来我们这里就诊的前一周，由于他颅骨上的一块钛板移位，他不得不又做了一个手术，这时候他的沉思状态出现了短暂而戏剧性的中断。手术在全身麻醉下进行了四个小时。从麻醉中苏醒了大约十二个小时后，斯伯丁变得和病前一样，才思敏捷、妙语连珠。他的沉思和绝望状态消失了——或者更确切地说，他现在知道可以如何把过去两年发生的事创造性地运用到他的独白表演中。但到了第二天，这种短暂的兴奋或释放的状态就过去了。

奥林和我讨论了斯伯丁的病情，结合他特有的少动懒言和动力缺乏的情况，我们觉得可能是他的额叶受损产生了某个病灶，这个病灶在他麻醉后奇怪的"正常化"过程中起了作用。他受损的额叶似乎不再留给他任何中间地带，要么让他的神经系统如被钢铁禁锢般使他精神瘫痪，要么让他突然短暂地释放，进入一种截然相反的状态。他的意外事故是不是打破了某种缓冲——一种保护性的、可以抑制额叶功能的缓冲——让先前被限制或压抑的想法和幻想不受控制地涌入了他的意识之中？

额叶是人类大脑中最复杂、最晚进化的部分，在过去的两百万年里，它的体积明显增大了。我们有发散思维，能够深入思考，具有回想并掌握许多想法和事实的能力，能引起并保持稳定的注意力，还有制定计划并付诸行动的能力——这些都是额叶的功劳。

但是，正如巴甫洛夫所说，额叶也具有抑制或约束"皮层下的盲目力量"的作用——如果不加以控制，冲动和激情可能会压倒我们。（类人猿和猴子就像儿童一样，虽然很聪明，也有预测和计划的能力，但他们的额叶发育较差，倾向于去做他们脑海中出现的第一件事，而不会停下来反思。这种冲动在额叶损伤的患者中也很明显。）通常在额叶与负责感知和感觉的皮层下的脑区之间，存在着一种美妙的平衡和微妙的相互关系，正因如此，自由、有趣并具有创造力的意识才得以存在。额叶损伤导致的这种平衡的丧失，会使得冲动行为、强迫观念、压倒性的感觉和强迫行为被"释放"出来。斯伯丁的症状是因为额叶损伤还是严重抑郁的结果，又或是两者共存让病情雪上加霜？

额叶损伤会导致注意力缺失、难以解决问题，以及创造力和智力活动枯竭。虽然斯伯丁并不认为那次事故之后自己有任何智力上的损害，但凯茜却在想，他那不断的沉思行为可能在某种程度上成了他不想承认智力衰退的"掩护"或"伪装"。不管怎样，斯伯丁感觉他的表演再也无法达到事故前的那种高创造性、娱乐性和多样性的水平了——其他人也有同感。

我再次见到斯伯丁是 2003 年 9 月，他和凯茜在一起，那是我们第一次会面的两个月之后。他一直住在家里，感觉非常糟糕，无法工作。当我问他是否感觉到有任何变化时，他说："没有变化。"当我注意到他显得比之前稍有活力而不那么焦躁时，他说："人们都这么说。但我感觉不到。"然后（似乎是为了打消我认为他可能稍有好转的想法），斯伯丁告诉我，他在前一个周末上演了一场自杀的"排练"。凯茜在加利福尼亚参加一个商务会议，由于担心他在乡下的安全，她安排他在两人位于曼哈顿的公寓里度周末。然而，斯伯丁打算周六去游览一番，想去看看布鲁克林大桥和史坦顿岛渡轮，找一找有没有适合自杀的地方，但他只是因为"太害怕了"才没有实施——尤其是当他想到妻子和孩子的时候。

他又开始骑自行车了，经常骑着车经过他以前的家，尽管他不忍心看到房子早已易主，已经被粉刷一新。他提出要把它买回来，以为这样就可以解除施加在他身上的"邪恶魔咒"，但房子的新主人对此提议并不感兴趣。

　　凯茜提到，尽管斯伯丁深感沮丧和困扰，但在过去两年里，他一直鞭策自己去其他城市旅行和演出。不过，在这些表演中发生了表演事故，并与他巅峰时期的表现相去甚远。在一家剧院，斯伯丁在演出前敲开舞台的门，与他很熟悉的导演一开始竟把他当成了一个流浪汉——他看上去衣冠不整，蓬头垢面。斯伯丁在台上的时候似乎也显得心烦意乱，这让观众很没有代入感。

　　我们的会面快结束时，凯茜补充说斯伯丁将在第二天去医院，尝试将嵌入他疤痕组织中的右侧坐骨神经解放出来。他的外科医生希望这个手术能让神经恢复一些功能，使他的脚能正常活动。他要被实施全身麻醉，想起几个月前麻醉对他产生的巨大影响，我安排在手术后几个小时去医院看望他。

　　当我到达时，我发现斯伯丁非常活跃并开始与周围的人交流，具有一种我以前在他身上从未看到过的自发性——与前一天到我办公室来的那个沉默寡言、呆若木鸡的他判若两人。他开始跟我聊天，请我喝茶，问我从哪里来，问我当时在写什么书。他说，在麻醉消退后的两三个小时里，他的强迫性沉思已经完全停止了，各种不良症状也大幅度减少了。

第二天我又去拜访了他——那是 2003 年 9 月 11 日，距离他陷入"邪恶的"抑郁症已经两年了。他仍然很活跃，很健谈。奥林也单独对斯伯丁进行了随访，他也能与斯伯丁进行"正常的交谈"。我们都惊讶于这几乎是瞬间的逆转。

奥林和我再一次揣测这个临时"正常化"可能的原因。奥林觉得，在近四十八小时里，麻醉减轻或抑制了斯伯丁额叶损伤所引起的沉思行为和负面情绪；事实上，麻醉提供了额叶在完好的情况下所能提供的保护性屏障。

第三次随访是在 9 月 12 日的一个清晨，我再次发现斯伯丁的心情很好。他说术后几乎没有疼痛，他敏捷地从床上爬起来，展示自己在没有拐杖或夹板的情况下能走多远（然而目前神经还没有恢复，他走路时也必须把受伤的脚抬得很高）。我离开的时候，他问我要去哪里——他在自闭的状态下，几乎从来不会有这类友好的提问。当我回答要去游泳时，他说他也很喜欢游泳，尤其是在他家附近的一个湖里，他希望出院后能去那里游泳。

我很高兴看到他的桌子上有一个笔记本。（他告诉我，他在爱尔兰住院时会写日记。）我说我认为两年的折磨已经足够了："你因为黑暗力量受的苦已经够多了。"斯伯丁微微笑着回应道："我也这么认为。"

这时候，我稍感乐观。也许他终于从抑郁和额叶损伤

142

中恢复过来了。我告诉斯伯丁，我见过许多头部受伤更严重的病人，随着时间的推移，在大脑弥补损伤能力的帮助下，能够恢复大部分智能。

我原计划第二天再去看望斯伯丁，但凯茜的电话留言打乱了这个计划，她说他没有办出院手续就离开了医院，没有带任何钱或身份证明。

第二天早上，我接到另一条消息，说斯伯丁去了史坦顿岛渡轮，然后留下了一条电话留言，说他思忖良久准备自杀。凯茜报了警，警察终于在晚上十点左右找到了他。他一直坐在渡轮上来回往返。他被作为非自愿的病人送到了史坦顿岛上的一家医院，然后被转到新泽西州凯斯勒研究所的一个专业大脑康复中心。几天后，奥林和我在那里见到了他。

斯伯丁很健谈，给我看了他刚写好的十五页纸——这是他几个月来第一次写东西。但他仍然有一些奇怪而不祥的强迫想法——其中一个与他所称的"有创意的自杀"有关。他对一位正在写一篇关于他的文章的杂志记者说，他很遗憾没有带她登上史坦顿岛渡轮，当场表演一次有创意的自杀给她看。我心疼地劝他说，活着才能比死了更有创意。

斯伯丁回了家，我在10月28日见到他的时候，听说他在过去的几周内表演了两次独白，这让我很高兴。当我问他是如何做到这一点时，他强调说这是在履行承诺：如果他答应做某事，就会去做，无论他感觉如何。或许，他也希望这些表演能给他带来新的活力。凯茜告诉我，斯伯丁以前在表演结束后仍然精力充沛，并会在后台招待朋友和粉丝。现在，尽管他在表演的过程中会变得有些活跃，但演出结束后会立即陷入抑郁。

在一次表演之后，斯伯丁给凯茜留了一张纸条，上面写着他要从长岛的一座桥上跳下去——他真的跳了。他觉得自己不能违背这个"承诺"。在众目睽睽之下，斯伯丁从桥上跳了下去——许多目击者都看到了他，其中一个帮助他回到了岸边。

凯西或孩子们会经常在厨房的桌子上发现斯伯丁留下的自杀遗书；在他重新出现之前，全家人都会陷入极度焦虑之中。

11月，我和奥林去看了一场斯伯丁的表演。他在舞台上的专业精神和精湛技艺给我们留下了深刻的印象，但他仍然沉浸在自己的回忆和幻想中，无法像曾经那样掌握、改造它们。

12月初，斯伯丁和凯茜又来看病。当我把他们领进办公室时，斯伯丁的眼睛是闭着的，就像睡着了一样——但当我跟他说话时，他立刻睁开了眼睛，跟着我进入了诊室。他指出自己不是在睡觉，而是在"思考"。

他说："我在沉思行为方面还是存在很多问题。我觉得自己注定要像母亲那样陷入某种自我催眠的状态。一切都结束了，到头了。我死了会更好。我还能怎么做呢？"

一个星期前，斯伯丁和凯茜乘船旅行，她被他盯着水面"蠢蠢欲动"的样子吓坏了——她觉得自己现在必须一直看着他。

当我告诉斯伯丁，他最近的独白表演给人们留下了多么深刻的印象时，他说："是的，但那是因为他们看到了过去的我，了解过去的我是怎样一个人，但那已经结束了。他们只是觉得感伤和怀旧。"

我问他，如果把他生活中的事件，尤其是一些非常消极的事件，转化成一段表演，是否能让他整合这些事件，从而化解它们。他说不，现在不行。他觉得自己现在的独白非但无法像以前那样帮助他，反而加剧了他忧郁的思想。他补充说："以前，我可以将其把控于股掌之中，我会反讽。"

他说自己是"失败的自杀者"，然后问我："如果你只能在住精神病院和自杀之间选择，你会怎么做？"

他说他满脑子都是幻想，关于他母亲和水，总是水。

他说，他所有的自杀幻想，都与溺水有关。

我问，为什么是水？为什么是溺水？

"回到海里去，那是我们的母亲。"他说。

这使我想起了易卜生的剧作《海上夫人》（*The Lady from the Sea*）。我有三十年没读这本书了，但现在我开始重读——斯伯丁本人也是剧作家，他必定也读过——这本书提醒了我：在灯塔里长大的艾丽达，有一个疯了的母亲，而她自己也被一种对大海的疯狂迷恋所驱使；她觉得自己被一位水手"可怕地吸引着"，因为他似乎就是海的化身。（"他体内蕴藏着海的力量。"）

对艾丽达来说，搬到另一所房子里住，就和斯伯丁一样，某种程度上在把她推向近乎精神错乱的深渊。在这种状态下，她对过去产生了类似于幻觉的想象，她感到"命运"像大海一样从她的无意识中涌起，几乎淹没了她活在当下的能力。而她的医生丈夫旺格尔看到了这种力量："这种对无限、无垠、无法企及的事物的渴望，最终将把你的思绪完全引入黑暗。"这正是我现在为斯伯丁担心的——他正在被他自己、我和我们任何人都无法对抗的力量引向死亡。

斯伯丁就像一名走钢丝的杂技演员，在他所谓的"滑溜的下坡"上走了三十多年时间，从来没有失足过。他怀疑自己能否继续下去。虽然我表面上满怀希望、感到乐观，但我现在也和他一样充满怀疑。

2004 年 1 月 10 日，斯伯丁带孩子们去看了蒂姆·波顿的《大鱼》(*Big Fish*)。在这部电影中，一位垂死的父亲将他的奇幻故事转述给了他的儿子，然后回到河边，死了——也许是化身为了真实的自己，一条鱼；这使得他之前讲过的一个故事变成了现实。

那天晚上，斯伯丁离开家，说要去见一个朋友。他没有像从前那样留下遗书。事后调查时，一名男子说看到他登上了史坦顿岛渡轮。

两个月后，斯伯丁的尸体在东河岸被发现。他一直想把自己的自杀弄得很戏剧化，但最后他对谁都没说一句话。他就这样从人们的视线中消失了，静静地回到了大海，回到了母亲身边。

危险的"感觉良好"

K 先生是一位智力健全、很有文化修养的七十二岁老人，在时尚界很成功，身体康健。然而，在 2000 年 9 月，也就是他第一次来找我看病的两年前，K 先生曾抱怨关节痛，他的医生诊断他患有风湿性多肌痛，并给他服用了强的松，每次十毫克，每天两次。几天后，疼痛和僵硬消失了，K 先生感到通体舒泰——也许是太舒服了。他后来告诉我："类固醇激素让我感到精力充沛。我之前走起路来像个九十岁的老人，但现在我健步如飞。我这辈子从来没这么舒坦过。"他的"欣快感"（他后来回忆时是这么描述的）在随后的几个月还越来越高涨；他变得更善于交际，做生意也更大胆了。对他自己和他周围的人来说，他看起来活力四射、精神百倍。

直到 2001 年 3 月，他去巴黎出差时，才发现有什么不对劲。在他准备这次旅行的过程中，出现了一些混乱而兴奋的迹象，而在巴黎，这些症状开始全面爆发：他忘记了重要的会谈（这给他带来了不少麻烦，也让他的家人留意起了他的状况），并购买了价值十万多美元的艺术书籍，还与酒店员工发生了口角，而且在卢浮宫袭击了一名警察。

这些情况使他住进了一家法国的精神病院，在那里他表现得"浮夸而毫无约束"，并且承认，在别人不知道的情况下，他把强的松的剂量增加到了原来处方的五倍。他服用这种高剂量药物至少有三个月了。很明显，这种做法引发了所谓的"类固醇精神病"，K先生被诊断为"具有精神病特征的躁狂发作"。为此他服用了镇定剂，强的松剂量也减少到原来的每次十毫克，每天两次。但这几乎没有什么效果，在法国的医院住了几天后，他仍然又吵闹又暴躁。2001年4月30日，他在一位医生的陪同下回到了纽约。

回到纽约后，K先生又住进了精神科病房；尽管他的类固醇大幅减少，但他仍然精神失常，思维明显混乱。神经心理学测试显示，他先前较高的智商、良好的记忆力，以及语言和视觉空间功能都受到了损伤。

因为没有证据显示K先生的持续性认知障碍是由感染、炎症或者代谢性中毒导致的，他的医生觉得，除了类固醇精神病之外，他一定是患了某种发展迅速的神经退行性疾病。医生们也考虑过他患的是不是阿尔茨海默病或莱维小体病，尤为可能的是额颞叶痴呆。

K 先生的核磁共振和正电子发射断层扫描成像发现，他双侧大脑代谢下降。虽然这一发现还不能给出定论，但结合他的神经心理学测试情况，与早期痴呆症相符。

在医院住了六周后，6 月初 K 先生终于出院回了家，他变得比以往任何时候都更易激惹，并且意识混乱，有一次还攻击了他的妻子。他现在需要二十四小时监护，于是被送进了阿尔茨海默病治疗中心。他的病情迅速恶化。他开始囤积食物，还从其他病人那里偷东西，变得邋邋遢遢——这对以前会收拾得干净整洁的他来说是一个巨大的改变。

他的妻子对丈夫病情的迅速恶化感到很沮丧，于 7 月中旬去神经科找医生求治。K 先生的新医生要求他做更多检查，并开始让他逐渐减少强的松的用量。

经过一年的连续治疗，到 2001 年 9 月，K 先生终于完全停用了类固醇。他的意识混乱几乎立刻消失了。这一点在月中举行的一场家庭婚礼上表现得尤为明显，K 先生又像从前一样衣冠楚楚，认出了大部分的客人，跟他们打招呼、聊天，这在一个月以前他严重精神错乱时是完全难以想象的。

K 先生回到了工作岗位，几周后的神经心理学测试显示，他几乎所有的认知功能都有了很大的改善，尽管仍有冲动和固着行为，以及一些智力受损的症状。

所有这些结果都让人安心，但也让人困惑，因为阿尔茨海默病和额颞叶痴呆是进展性的，它们不会在一夜之间消失。然而，在 K 先生这里，他一度被认为要在阿尔茨海默病疗养院中度过余生，而现在他的家庭、事业和生活竟然恢复了常态——仿佛突然从长达数月的可怕噩梦中惊醒。[他的妻子还写了一篇讲述丈夫经历的文章，名为《地狱往返之旅》（"A Journey to Hell and Back"）。]

我第一次见到 K 先生，是在 2002 年 3 月，那是在这件事过去大约六个月之后。他身材高大，受人欢迎，穿着考究，和蔼可亲，还能说会道。他把自己的故事讲得合情合理，前后连贯，但有许多离题的内容。（不清楚他回忆过多少次自己的经历，也不清楚别人对他讲过多少次，总之现在已经排练得很好，非常流利。）他很有说服力，也很有魅力，他自在地谈论着自己生活的其他方面——他对艺术很感兴趣，想写一本关于欧洲一百多家鲜为人知的艺术博物馆的书，并在网上建一个关于它们的收藏珍品的虚拟博物馆。谈到这一切时，他非常活跃、健谈，我觉得他的思维中似乎有一种冲动的"额叶疾病"的味道，就像早期额颞叶痴呆可能会发生的那样。然而，如果我不能确保长时间地深入了解这个病人，我就不能下这个结论。也许，正如他妻子所坚持的那样，这种高能的热情对他来说就是正常情况。

最近一次神经行为测试显示，K先生仍然表现出一种固着、冲动、检查时注意力不集中和记忆提取缺陷的倾向——这是一种有意义的提示。虽然不能确诊，但他确实有轻微的额叶和海马体功能障碍。

我检查了K先生的神经系统，发现除了他的左手震颤之外，没别的特殊异常。他已经有好几个星期没有服用任何药物了，他那轻微的帕金森样症状也几乎完全消失了。然而，他和他的妻子显然被医生们所表达的，并且他们自己也有同感的不确定所困扰。"希望就只有类固醇精神病这一个问题，"K先生说，"但可能有其他潜在的原因。也许是阿尔茨海默病的开始。让我担心的是医生没有给出明确的诊断。仅仅是类固醇导致的问题，还是有其他更严重的问题？"如果确实有一种神经系统疾病，会暂时被类固醇暴露或释放出来，那在他身上是不是还存在着这种疾病，正等待着引起一种更不可逆转的痴呆？丈夫和妻子都使用了"潜伏"这个词，他们想知道是否还有什么事情需要做，才能放心，并得出明确的诊断。

我无法给出他们想要的确切答案——整个事情都很奇怪。神经学的文献对是否存在"类固醇诱导的痴呆"这一事实仍存在争议，如果存在，那么它的预后如何也不清楚——在某些病例中能得到恢复，而在另一些中却不见得。

我无法给 K 先生提供诊断结论，但他的明显改善又让我稍微放心了一些。我建议他恢复自己的正常活动，希望他那需要频繁出差、做出复杂的决策、进行谈判的工作，会给他带来内心的安定，重新建立自我认同感，带来乐观。六个月后，当我再次见到他时，他告诉我，他确实工作得很努力："我的病让我的生意付出了沉重的代价。我正试图重整旗鼓。"

我每隔一段时间就对 K 先生进行一次随访。2006 年 5 月，在他奇怪的痴呆症发病五年后，他的一系列心理功能测试结果恢复到了非常高的水平。他告诉我，他最近刚从欧洲和土耳其回来，打算在迪拜开一家公司。他跟我讲了一段他做皮毛生意的有趣经历，并说他打算继续推进他的网上博物馆项目。

"绝对没有过去遗留下的任何痕迹，"他说，"就好像从来没有发生过一样。"

痴呆通常被认为是不可逆转的，事实上，就神经退行性疾病而言，可能确实如此。不过也有一些严重的痴呆症，其症状虽与晚期阿尔茨海默病相似，但仍具有可逆性。这在老年人中也很常见，例如不适当的饮食和维生素B12 的缺乏会导致神经功能障碍。引发这些可逆性痴呆的原因很多——代谢和毒性紊乱、营养失衡，甚至心理应激——过度使用类固醇必位列其中。或许，危险的迹象是，它们可能会产生一种极端幸福的感觉，那种 K 先生很快就能意识到但又无力抗拒的欣快感。

茶与吐司

1968 年，特蕾莎入住贝丝·亚伯拉罕医院时，已经九十多岁了。从九十岁开始，她逐渐患上了老年痴呆症，不过在侄女和一位来访护士的帮助下，她继续过着半独立的生活。但她的饮食欠佳——她侄女告诉我，特蕾莎仅靠吃"茶和土司"维生。现在她变得越来越糊涂，还会大小便失禁，需要护理院的照顾。

她没有任何明显的中风或癫痫，因此默认的诊断是"衰老"或"SDAT"（早老性痴呆症，也就是后面我们所说的阿尔茨海默病），这是一种进展性的不治之症。除此以外，她的全身检查和神经学检查均未发现异常，常规血液检查显示其水平在正常范围内。但当我听说她以茶和土司为主的饮食时，我对痴呆症的诊断产生了怀疑，我给她安排做了一项当时比较非常规的检测——查血清中的维生素 B12 水平。维生素 B12 的正常范围在 250 到 1000 单位之间，但特蕾莎的血液中 B12 水平只有 45 单位。

这种恶性贫血的情况，有时是由自身免疫性疾病导致，但更常见的是由长期素食导致的。注射肝脏提取物曾经是治疗此类贫血的标准方案，因为自 20 世纪 20 年代以来，人们已经注意到，吃动物性食品（特别是肝脏）可以预防、终止或者逆转这一类被视为因营养缺乏而导致的疾病，尽管究竟是哪些特殊元素使得肉类（尤其是肝脏）效果显著还不得而知。（作为一个严格的素食主义者，乔治·萧伯纳得益于每月注射肝脏提取物才活到了九十四岁，直到最后都还充满活力和创造力。）

经过很多次尝试后，从肝脏中提取抗贫血物质终于在 1948 年取得了成功——那一年我十五岁，我们学校组织学生参观了从肝脏中提取并浓缩抗贫血成分的实验室（就像从铀矿中提取镭一样）。我们被告知这种成分是维生素 B12，或称钴胺素，一种以钴原子为中心的复杂有机化合物，它有着与普通无机钴盐相同的美丽玫瑰红色。这一发现也让测试病人血液中的 B12 水平成为可能，并在必要时使用"红色维生素"对病人进行治疗。[18]

早在 20 世纪初，一位学识渊博的神经学家金尼尔·威尔逊（Kinnier Wilson）就注意到，恶性贫血可能仅仅导致痴呆或精神症状，而不会表现出任何贫血的症状、神经病变或脊髓变性——这种痴呆或精神症状可能会在注射肝脏提取物后得到很大程度上的逆转，这与由脊髓自身免疫性损伤导致的不可修复的结构改变是不一样的。[19]

我们的这位老太太也是这种情况吗？如果我们给她服用维生素 B12，她的痴呆症状会逆转吗？令我们高兴和惊讶的是（因为我们曾认为她除了缺乏 B12 外，可能还患有阿尔茨海默病），给特蕾莎每周注射维生素 B12 后，她的症状开始好转。她恢复了流利的语言和记忆；她开始每天去医院的图书馆，先是看报纸和杂志，后来开始看书，主要是小说和传记，这是她近五年来第一次真正阅读。她还重新开始玩她曾经上瘾的填字游戏。经过六个月的维生素 B12 注射，她完全恢复了，能够自己照料起居并处理日常事务。这时候，她想出院，回到家里生活。

我们同意了，并且提醒她要保持全面均衡的饮食，定期监测体内的 B12 水平，并可能需要长时间地注射药物。

从贝丝·亚伯拉罕医院出院两年后，九十七岁的特蕾莎状况良好，但仍然需要注射 B12。这种情况也在许多老年人身上发生，因为无论他们的饮食状况如何，老年人都有胃酸分泌减少的趋势（比如质子泵抑制剂等药物，常用于抑制胃酸反流，可以完全阻止胃酸的分泌，因而会使情况变得更糟）。

特蕾莎是我见到的第一个由维生素 B12 缺乏导致意识混乱和痴呆的老人，后来我也遇到过跟她类似的病人，但这种情况并不总是可逆的。不过特蕾莎是幸运的。她说："红色维生素救了我的命。"

告 知

在我接受医学教育之前，我就从都是医生的父母那里学到了一个当医生的真谛：医生的工作远不只是诊断和治疗，它会影响病人一生中一些至关重要的个人决定。这需要相当程度的敏感和判断力，其重要性不亚于医学判断力和专业知识。如果有严重的、可能危及生命或改变病人生活的情况，该告知他什么？该何时告诉他？又该如何告诉他？到底是不是该告知他？每个人的情况各异，但在大多数情况下，病人都想知道真相，不管真相有多可怕。不过他们希望听到的是医生经过深思熟虑后的表述，如果很不幸，连希望的迹象都没有，那么至少能让他们清楚，剩下的日子要如何以一种最有尊严、最充实的方式度过。

当告知一个病人患有痴呆症时，这时的谈话就是一种完全不同的复杂情况，因为它预示着一个人不仅被判了死刑，还会智力下降、思维混乱，最后，在某种程度上，失去自我。

事情变得复杂而悲哀。M 医生曾是我所就职医院的医疗主任，他按规定于七十岁退休了。但十年后，也就是 1982 年，他又回来了——以一个中度阿尔茨海默病患者的身份。他的近期记忆出现了很大的问题，他的妻子说他经常意识混乱、缺乏判断力，有时还容易发脾气和无端辱骂他人。妻子和他的医生们都希望让他住进曾经工作过的医院，和他熟悉的环境和人在一起，可能会使他冷静下来，脑子稍微清楚一些。我和一些曾为 M 医生工作过的护士听到这个消息时都惊呆了。首先是因为得知我的前主任现在患了痴呆；其次，他将被送进自己曾经当主任时管理过的医院，不过是被当作失智的病人管理起来。我想，这将是一种可怕的羞辱，近乎残忍。

在他住院一年后，我在他的病历记录中总结了他的情况：

> 我怀着难过的心情，去看望我这位从前的朋友和同事，他现在正处于这样不幸的日子里。一年前他住进医院，被诊断为……阿尔茨海默病和多发性梗塞性痴呆……

> 刚到这里的头几个星期、头几个月，对他来说特别难熬。M 医生表现出持续不断的"冲动"和躁动，医生为他开了吩噻嗪和氟哌啶醇让他平静下来。即便

是非常小的剂量，这些药物也会引起严重的昏睡和帕金森样症状的副作用——他体重下降，经常摔倒，体质瘦弱，形容枯槁。停止了这类药物治疗以后，他的身体和精力逐渐恢复了——他可以自行走路和谈话，但还是离不开人照料（因为他会走神，而且精神极度不稳定、反复无常）。他的情绪和精神状态有明显的波动——他在"清醒的时刻"（或几分钟的时间内）会表现出原先正常、和蔼的个性，但大多数时间里都迷失在严重的判断力失常和躁动不安中。他能与兢兢业业的照料者进行交流无疑是好的，也是我们所能给予的最好的帮助。但不幸的是，他[大部分时间]都失去控制并烦躁不安。

很难知道他"意识到了"多少，波动之剧烈几乎得按秒来计。

他喜欢到门诊来，和护士们"叙旧"。他这时候看起来很自在……在这种情况下，他思维清晰得让人意外，还能够写东西（甚至会写处方！）。

当 M 医生进入他之前作为医疗主任的角色时，这种转变即使很短暂，也非常惊人。事情发生得如此之快，以至于我们都不知道该如何是好，如何应对这种毫无预期的情况。但我注意到，在他那狂乱的、不受自己控制的生活中，这些都是罕见的插曲。在他的病历中，我写道：

> 他总是"忙个不停"，很多时候似乎还以为自己仍然是这里的医生；他会以医生的身份而不是病友的身份与其他病人交谈，并且会翻阅他们的病历，除非被制止。
>
> 有一次，他看到了自己的病历，读道："查尔斯M.——那是我。"然后他翻开了病历，看到"阿尔茨海默病"时，他说："上帝救救我吧！"接着他哭了。
>
> 有时他会喊道："我想死……让我去死。"
>
> 有时他认不出施瓦茨医生，有时他亲切地叫他"沃尔特"。今天早上我也有过类似的经历：当他被带进我的办公室时，他很激动，不配合，不愿坐下，也不和我说话或者让我给他做检查。几分钟后，我碰巧在走廊里遇到他，他立刻认出了我（我想他忘了几分钟前见过我），叫出了我的名字，说着"他是最棒的！"，并让我帮他治病。

另一位病人Q先生，住在我经常去工作的济贫修女养老院，他痴呆的程度没有M医生那样严重。Q先生曾在一所寄宿学校当了很多年的门卫，他发觉现在这个地方似曾相识：房子和各种设施都有人管理着，也有很多人来来往往，特别是在白天，有些人作为权威人士穿着考究，其他人都要受到他们的管束。而且还有严格的作息表，规定着固定的吃饭、起居时间。因此，也许并不完全令人意外的是，Q 先生仍然觉得自己是一个门卫，仍然在一所学校里工作（尽管这所学校发生了一些令人费解的变化）。虽然"学生们"有时卧床不起或上了年纪，而"教工们"如参加宗教仪式般穿着白色服装，这些在他看来都只是细枝末节——他从来不为行政事务操心。

他有自己的工作：检查门窗，确保它们在晚上都锁得严严实实；检查洗衣房和锅炉房，确保一切运转正常。管理这所养老院的修女们虽然觉察到他意识混乱，产生了错觉，却尊重甚至强化了这位痴呆患者的身份。她们觉得如果他失去了这种认同，他的世界可能就会崩塌。因此，她们鼓励他担任门卫的角色，并给他一些壁橱的钥匙，还交代他在晚上睡觉前把门锁上。他腰间挂着一串叮当作响的钥匙——这是他的办公室徽章，是他的官方身份认证。他会检查厨房，确保所有的煤气灶和炉子都关了，易坏的食品都放进了冰箱。尽管这些年来，他的失智情况渐渐变得越来越严重，但他似乎以一种不同寻常的方式——通过坚守自己的社会角色，日复一日地执行各种检查、清洁和维护任务——来维持着自我的完整。Q 先生因突发心脏病病故，他也许根本没有意识到自己得了病，而自始至终认为自己一直是门卫，勤勤恳恳地干了一辈子。

我们是否应该告诉 Q 先生，他不再是一个门卫，而是一个在疗养院里日渐衰弱、精神错乱的病人？我们是否应该夺走他惯有的、排演得很好的身份认同，代之以一个"现实"的状况？尽管这个"现实"对我们来说是真实的，对他来说却毫无意义。这样做不仅看起来毫无意义，而且很残忍——并有可能加速他病情的恶化。

老化的大脑

　　作为一位在养老机构和慢性病医院工作了近五十年的神经科医生，我见过数以千计的阿尔茨海默病患者和其他类型痴呆症的患者，让我印象最深刻的是，虽然这些患者所遭受的疾病在病理过程上是相似的，他们的临床表现却五花八门。人们表现出的症状和功能障碍千差万别，在任意两个人身上都不可能完全相同。神经系统功能失常会受到患者自身的特征影响——原有的优缺点、智力、技能、生活经验、性格、习惯以及特殊的生活状况等都会产生作用。

　　阿尔茨海默病最初可能表现为一种全面衰退的症状，但更多时候，它是以孤立的症状开始的，这种症状如此局限，以至于人们一开始可能会怀疑是一次小型的中风或长了脑肿瘤；直到后来，这种疾病造成的总体认知水平下降才变得明显起来（因此，一开始往往无法诊断出阿尔茨海默病）。早期的症状，无论是单次出现还是数次出现，通常都很轻微。可能会出现一些很细微的语言或记忆问题，比如很难记住某个名字；轻微的感知觉问题，比如短暂的幻觉或错觉；或者是一些轻微的智力问题，比如很难听懂笑话或跟上他人谈论的点。但通常来说，最先受到影响的是最晚进化的功能，也就是一些复杂的联系型功能。

在非常早期的阶段，功能障碍往往难以察觉，也很短暂（就像此时的脑电图变化一样——有时必须通过连续一小时的脑电图记录才能发现第二次异常）。但很快，认知、记忆、行为、判断、空间和时间上的定向障碍等更严重的紊乱会最终合并为严重的全面性痴呆。随着疾病的发展，病人常出现感觉和运动障碍，伴随痉挛和强直、肌阵挛，有时出现癫痫病发作，有时出现帕金森样症状。它可能带来令人痛苦的性格变化，有些人甚至会出现暴力行为。最后，脑干反射水平以上的大脑可能会几乎没有反应。尽管这种疾病在每个患者身上的发展路径千差万别，但每一种潜在的皮层功能障碍（以及许多皮层下功能障碍）都可能见于这种毁灭性的疾病中。

病人迟早会失去准确表达自己病情的能力，失去以任何方式进行交流的能力，除了声调、触感或音乐能短暂地唤起他们。最后，甚至连这一点也会丧失，最终完全丧失意识，丧失皮层功能，丧失自我——也就是精神死亡。[20]

鉴于痴呆症状的多样性，就可以理解为什么那些标准化的测试，尽管可用于筛查病人、进行人群的遗传学研究和药物试验，却不能描绘出疾病的真实面目，也无法体现这些不幸罹患此病的人可能出现怎样的适应症及反应，以及这些患者是如何被帮助或自我帮助的。

我的一个病人，她处于病程的很早期时，突然发现看表的时候读不出时间了。她清楚地看到了指针的位置，却无法解读，在那一瞬间，它们变得毫无意义；后来同样很突然地，她又能看表报时了。这些短暂的视觉失认症状迅速恶化：她无法看懂手表的时间延长到几秒钟，然后是几分钟，很快就再也看不懂手表指针了。她迅速而痛心地意识到了这种衰退，这让她对这种症状背后的阿尔茨海默病产生了一种强烈的恐惧感。但她自己提出了一个至关重要的治疗建议：为什么不戴一块电子表呢？她问道，为什么不在每个地方都放一块电子表呢？她就这么做了，尽管她的失认症和其他问题还在继续增加，但她仍然能够读出时间，并在接下来的三个月里安排自己的日程。

我的另一个病人喜欢烹饪，她的整体认知能力还很好，但发现自己再也无法比较不同容器所盛的液体的体积了；如果把一盎司[1]的牛奶从杯子里倒到平底锅里，看起来就不一样了，随后一些滑稽的错误就开始发生。病人本

---

[1]　1 美制液体盎司约 29.57 毫升。盎司也可作重量单位，1 盎司约合 28.35 克。

人曾是一名心理学家，她遗憾地意识到这是皮亚杰[1]式的错误，即丧失了童年早期获得的体积恒定感。然而，通过使用带刻度的器皿和量杯，而不是像以前那样估测，她就能够弥补这个问题，并继续安全地在厨房做事。

这些病人可能在正式的智力测试中表现不佳，却能够清晰、生动、准确、幽默地描述如何烤洋蓟或蛋糕；他们也许还能基本无差错地唱一首歌、讲一个故事、扮演一个角色、拉小提琴或画一幅画。这就好像他们失去了某些思维方式，而其他功能还完好无损。

人们有时会说，阿尔茨海默病患者没有意识到他们的功能障碍，这种洞察力从一开始就丧失了。虽然有时可能确实如此（例如，如果发病原因是额叶受损的类型），但我的经验是，大多数患者一开始是能够意识到自己的状况的。作家、园艺学家托马斯·德巴乔（Thomas DeBaggio）在因此病故于六十九岁之前，甚至还出版了两本关于他自己患早发性阿尔茨海默病的回忆录，发人深省。但大多数病人还是会对自己的遭遇感到恐惧或窘迫。一些人继续感到极度恐惧，因为他们失去了智力能力以及原先的风度举止，自己的世界日益碎片化，变得一片混乱。但我认为，

---

[1]　让·皮亚杰（Jean Piaget, 1896—1980），瑞士心理学家，儿童心理学、发生认识论的开创者，被誉为心理学史上除弗洛伊德以外的另一位"巨人"。

随着时间的推移，大多数人会变得更平静，因为他们可能开始对自己失去的东西也失去了感觉，发现自己坠入了一个更简单的、不需要思考的世界。这样的患者可能看起来（尽管人们必须警惕这种提法）智力退化了，所以他们再一次像孩子一样，被限制在一种叙述性的思维模式中。如神经学家、精神病学家库尔特·戈尔茨坦（Kurt Goldstein）所说，这些病人不仅失去了他们抽象的能力，还失去了他们抽象的"态度"——他们现在处于一种更低级、形式更固化的意识或状态中。

伟大的英国神经学家休林斯·杰克逊（Hughlings Jackson）认为，在这种疾病中，从来不只有神经系统损伤造成的缺陷，还有他称之为"超生理"或"阳性的"症状，也会有通常受到约束或抑制的神经功能获得"释放"或放大的情况。他谈到了"瓦解"，在他看来，瓦解的特征是回归或倒退到更古老的神经功能水平，即进化的逆行。[21]

杰克逊认为神经系统中的瓦解是逆向进化，虽然目前很难用很简单的方式来证实这种观点，但在弥漫性皮质病变（如阿尔茨海默病）中，确实可以看到一些显著的行为倒退或释放。我经常看到严重的老年痴呆症患者做出采摘、狩猎和梳理毛发等一系列在正常人身上看不到的原始的动物性行为。但这些行为很有意义，可能预示着这种逆向进化会回归到人类出现之前灵长类动物的水平。在痴呆的最后阶段，患者没有任何形式的有组织的行为，可能会出现一些通常只在婴儿期出现的反射，包括抓握反射、噘唇反射、吮吸反射和拥抱反射。

病人也可能会在更具人性的层面上出现显著的（有时是非常动人的）行为倒退。我有一位百岁的严重痴呆的女性患者，她大多数时候都会行为紊乱、注意力涣散、焦躁不安，如果给她一个洋娃娃，她会立即变得专注，非常细致地把娃娃抱在怀中，照顾它、轻摇它，对着它低声哼唱。只要她还沉浸在这种做母亲的行为中，就会完全平静下来；但只要她一停下来，就又变得躁动不安、语无伦次了。

对于神经科医生、患者及其家属来说，被诊断为阿尔茨海默病就意味着失去一切，这太常见了。这种疾病可能会导致出现过早的无能为力和穷途末路的感觉，而事实上，即便出现广泛的神经功能障碍，各类神经功能（包括许多自我实现的功能）似乎都还能明显地保留。

在 20 世纪早期，神经学家不仅开始关注神经系统疾病的主要症状，还开始关注对这些症状的代偿和适应。库尔特·戈尔茨坦对第一次世界大战期间脑部受损的士兵进行了研究，他从自己最初的以功能缺陷为基础的视角，转向了更全面、更有组织的视角。他相信，从来不会只有功能缺损或释放，重组也总是存在的；在他看来，这些重组是大脑受损组织寻求生存的策略（即使是无意识的，也几乎是自发性的），尽管可能是以一种更僵化、更穷尽所有的方式。

一位研究脑炎后患者的苏格兰内科医生艾维·麦肯齐（Ivy Mackenzie）描述了这种疾病的远期影响——在首发障碍后，会出现"颠覆"、代偿和适应。在对这些病例的研究中，他写道，我们观察到"一种有组织的混乱"，在这种混乱中，机体、大脑与自身达成妥协，在其他层面重建自己。他还写道："医生与博物学家不同，后者关注的是单一的有机体，而医生关注的是人，人体会在逆境中努力保持自己的特性。"

唐娜·科恩（Donna Cohen）和卡尔·艾斯多弗（Carl Eisdorfer）在他们的优秀著作《自我的遗失》（The Loss of Self）中很好地阐述了这一主题，即个体特征的保留。这本书是基于对一些阿尔茨海默病患者的细致研究而写成的。书名可能会有些误导，因为科恩和艾斯多弗在书中主要介绍的并不是遗失（至少直到很晚才会出现），而是在阿尔茨海默病中存在的令人惊讶的功能的保存和转变。[22]

患有阿尔茨海默病的病人仍然是人，他们可以保留自我，也能够维持正常的情绪和情感，直到病程晚期。（矛盾的是，这种自我的保留对患者或他们的家人可能是一种折磨，因为他们会看到病人在其他方面痛苦地被残蚀。）

　　个体感的相对保留才能使大量支持性和治疗性的活动得以开展，这些活动有一个共同点，即它们会提醒或唤起个体感。宗教活动、戏剧、音乐、艺术、园艺、烹饪或其他爱好，都可以在病人濒临瓦解时拉他们一把，暂时将他们的注意力拉回到自我认同这个安全岛上。尽管疾病已经很严重，患者还是可以识别熟悉的旋律、诗歌或故事，并对其作出反应——这种反应可能会产生丰富的联想，并有那么一会儿，唤起他们的一些记忆和感受，以及让他们感觉到从前的能力和世界。这至少能给病人带来短暂的"觉醒"和生活的充实，否则他们可能会被忽视或忽略，处于迷乱和空虚的状态中，随时都有可能迷失方向，或对无法想象的混乱和恐慌做出灾难性的反应（戈尔茨坦是这么说的）。

　　自我在神经上的体现，似乎是非常稳定的。每一次感知、每一个动作、每一种思维、每一句话，似乎都带有个人经验、价值观和这个人独特的烙印。在杰拉德·埃德尔曼（Gerald Edelman）的神经元群体选择理论中［与埃斯特·西伦（Esther Thelen）的儿童认知和行动发展研究结果一致］，我们发现很大一部分神经元的连接可能是由个人的经历、想法和行动决定（或更直接的表述叫"塑造"）的，这些神经元的连接并不少于先天的和生理产生的数量总和。如果个人经历和经验选择对大脑的发育会起到如此决定性的作用，那么，即使面对弥漫性神经损伤，个性和自我能够保留如此长的时间也就不那么让人意外了。

当然，衰老并不一定会导致神经疾病。我在养老院工作时，观察到老人们会因各种各样的问题（心脏疾病、关节炎、失明等，有时只是因为孤独，所以想生活在社区中）入住，据我所知，很多老年人在精神和神经方面都完好无损。事实上，我还有几位非常聪慧、才思敏捷的百岁老人患者，他们一直把生活过得有滋有味，保留着所有的兴趣和心智步入他们的期颐之年。有一位一百零九岁时因视力衰退入院的老太太，在她的白内障得到治疗后，出院回家还能过独立的生活。（"我为什么要和这些老人待在一起？"她问道。）即便是在慢性病医院里，也有数目相当可观的人可以活过一个世纪或更长时间，而不出现明显的智力下降，而且这一比例在人群中一定还要更高。

因此，我们不仅要关注治愈疾病或挽救功能，还要关注生命持续发展的潜力。在人的一生中，心脏或肾脏功能几乎是自动而机械地以一种相当一致的方式进行活动。与此相反，大脑或心智功能却不是自动的，因为它总是寻求着在从感性到哲学的各个层次上对世界进行归类和再归类，并对自身体验进行理解并赋予其意义。现实生活的本质是，体验并不是一成不变的，而是在不断变化、不断迎接挑战，要求大脑对其进行越来越全面的整合。大脑或心智只是维持一成不变的功能（如心脏那样）是不够的，它必须在一生中不断冒险、不断进行提升。与身体的其他部位相比，大脑的健康和运作良好有其特殊的定义。

在老年病患中，长寿和有活力是不一样的。体质的强健和好运可能会使人健康长寿。在这里，我想到了我认识的五个同胞兄弟姐妹，他们都是九十多岁或百岁出头的人，看起来都比实际年龄要年轻得多，而且都有比实际年龄年轻很多的体格、性冲动和行为。然而，有的人在生理和神经系统的功能上可能是健康的，但相比年轻时，精神状态却显得油尽灯枯。如果大脑要保持健康，就必须保持活跃，要勤于思考、玩耍、探索、体验，直到生命终结。这类活动或生活方式的效果可能不一定在脑功能成像上或神经心理学测试上有所体现，但对于大脑的健康来说至关重要，并能够使大脑在一生中不断发展。这一点在埃德尔曼的神经生物学模型中体现得淋漓尽致，在这个模型中，大脑或心智被认为是持续激活的，其活动在整个生命中不断进行着归类与再归类，在更高的层次上构建出相应的诠释和意义。

这种神经生物学模型很符合埃里克（Erik）和琼·埃里克森（Joan Erikson）夫妇毕生致力于研究的内容：似

乎在所有文化中都存在着普遍的、与年龄相关的阶段。随着埃里克森夫妇步入九十岁，他们在最初描述的八个阶段的基础上又增加了一个新的阶段。这个最后的阶段在许多文化中都被认可和尊重（尽管有时在我们自己的文化中会被遗忘）。这是老年人应有的阶段；要成就这个阶段所需的解决方案或策略，就是埃里克森所说的智慧或整合。

成就这个阶段需要整合大量信息，并提炼出一生的人生经验，再结合个人的长远预期，以及一种超然或平静的心态。这样的过程是完全个体化的。无一定之规，无习得之所，也不直接依赖于教育、智力或特殊才能。"智慧是无法传授的，"正如普鲁斯特所说，"我们必须走过一段没有人能替我们上路的旅程，付出没有人能帮我们而只能靠自己的努力，才能发现智慧。"

不同的年龄和阶段有着相应的行为和视角，这些阶段是纯粹存在的，或是与文化背景相关的，或许它们也有特定的神经基础？我们知道学习是贯穿生命始终的，哪怕在大脑衰老或患病的状况下，也一定有某些功能在更深的层面上不断完善和变化——甚至在大脑或心智发生更广泛、更深入的概括和整合时，达到一生中的顶峰。

19 世纪，伟大的博物学家亚历山大·冯·洪堡在他七十多岁时，经历了一辈子的旅行和科学研究之后，仍然把大自然作为自己研究的主题，从宇宙宏观的角度，把看到的和想到的一切都汇集到一部最终的作品《宇宙》（*Cosmos*）中。在他八十九岁去世时，这本书已经写到了第五卷。在我们的时代，即便是最有智慧的人也需要聚焦自己的目光；进化生物学家恩斯特·迈尔（Ernst Mayr）在他九十三岁高龄时为我们带来了一本书——《此为生物学》（*This Is Biology*），这是一本了不起的著作，写到了生物学的兴起和研究范畴；书中融汇着八十年前，当他还是个急切追寻鸟儿踪迹的男孩时生出的渴望，这种热情一直延续终生。正如迈尔所描述的，这种热情也是在老年时产生活力的关键：

> 对生物学家来说，最重要的特质是对于探究生物本质的好奇与痴迷。大多数生物学家一生都是这样。他们永远保持着对科学发现的兴奋感……也热爱追逐新思想、新见解、新生命体。

如果我们有幸能健康地活到老，这种好奇心可以让我们保持激情并有所产出，直至生命的尽头。

库鲁病

1997 年，我在纽约接诊了一个病人，是一位八十七岁的老太太，她在发病之前都体力充沛、智力健全，看起来身体非常健康。但是从 1 月末开始，她变得异常兴奋，然后变得很容易被激惹——"我身上正在发生可怕的事。"她说。她难以入睡：她觉得窗帘上和房间的窗户上似乎挤满了幽灵般的面孔，她的睡眠由于生动的梦境而变得支离破碎。第五天，她开始出现意识模糊和无判断力的症状。医生怀疑她可能得了某种疾病——也许是尿路感染、胸腔感染，也可能是毒性或代谢性紊乱——但是她的主治医生并没有发现她有发热症状，血液和尿液化验也没有任何异常。她大脑的 CT 扫描显示正常。医生开始考虑是否有精神科的问题——老年人的抑郁症有时会表现为意识模糊——但随着意识混乱的症状在几天内变得越来越严重，这种可能性也越来越小。

到了 2 月中旬，她的肢体、腹部和面部的肌肉出现阵挛性抽搐。她一天比一天更语无伦次，痉挛状态也日益加重。到病程的第三周，她已认不出自己的孩子了。

快到月底的时候，她开始时而昏昏沉沉地睡去，时而抽搐谵妄，轻轻一碰就会使她全身剧烈地抽搐。她死于3月11日，死时消瘦、僵硬、昏迷，也就是她症状首发后不到六周就去世了。我们把她的脑组织样本提供给病理科医生，怀疑她极有可能患了克雅氏病（Creurzfeldt-Jakob disease）。病理科医生显然很不安，的确，没有一位病理科医生会很舒服地处理这类病人的组织。

神经科医生常常遇到无法治愈的疾病，但这个病例让我感到异常难过，她临床病程的进展是毁灭性的。我们眼睁睁地看着大脑一天天被破坏，身体肌肉的阵挛性痉挛一天天加重，而我们却束手无策。

克雅氏病很罕见——它的发病率约为每年百万分之一——我以前只见过一次，那是在1964年，当时我是神经科住院医师。这个不幸的病人因患一种非常特殊的退行性大脑疾病被推荐到我们医院。我们讨论了它的典型特征：快速进展的痴呆、突发闪电样的肌肉痉挛和奇怪"相位"的脑电图。上级医师告诉我们，这就是克雅氏病的诊断三联征。自1920年克罗伊茨费尔特（Creutzfeldt）和雅各布（Jakob）报告了首列病例以来，只有约二十个病例被报道过，我们对遇到这种罕见的神经系统病例感到兴奋。当时，神经学在很大程度上仍是描述性的，克雅氏病几乎就像是鸟类学里的珍禽异兽，和哈勒沃登－施帕茨病（Hallervorden-Spatz disease）、翁弗里希特－伦德堡综合征（Unverricht-Lundborg syndrome）等其他以发现者的名字命名的疑难杂症一样。

在1964年，我们不知道克雅氏病真正特有的本质，也不知道它与人类和动物的其他疾病有多少相似性，更不知道它会成为一个全新的"疾病规程"的原型和缩影。我们从来没有想过它是传染性的；事实上，我们从这个病人身上采集血液和脑脊液与从其他病人身上采集时一样，都没有特别在意；我们做梦也不会想到，一根无意中留下的针头，一粒偶然植入组织的外来物，可能会使病人的命运降临在我们自己身上。直到1968年，克雅氏病才被证明是一种传染性疾病。

才华横溢的年轻美国内科医生和动物行为学家卡尔顿·盖杜谢克（Carleton Gajdusek）曾在世界各地做了一些著名研究，目的是探索世界上"与世隔绝"的疾病。1957年，他去新几内亚岛上调查一种神秘的神经系统疾病，这种疾病摧毁了法雷人[1]的村庄。它似乎只影响妇女

---

[1] 法雷人（the Fore）居住在巴布亚新几内亚东部高地省的奥卡帕区，目前大约有两万人。他们的主要生存方式是刀耕火种，20世纪50年代前曾有食用去世亲属人脑的习俗，因此一度深受库鲁病的困扰。

和儿童，而且在 20 世纪以前显然从未出现过。法雷人称其为"库鲁"（kuru），并将其归咎于巫术。库鲁病的临床表现是神经系统迅速而无情地退化——跌倒、步履蹒跚、瘫痪、不自主地发笑——最后在几个月内死亡。死者的大脑显示出毁灭性的变化，一些脑区萎缩到就像一块海绵，千疮百孔。这种疾病的病因非常令人费解——遗传因素、毒性因素、普通的致病原等都被考虑过，但似乎都不相关。这是一项开创性的工作，大部分是在新几内亚岛西部艰苦的野外条件下进行的，盖杜谢克将这种疾病溯源到一种新型病原体的传播，这种病原体可以在感染者的组织中潜伏数年而不引起任何症状，然后在漫长的潜伏期之后，迅速开始致命过程。他用"慢病毒"这个词来形容这一病原体，并且证实了作为葬礼仪式一部分的食人行为（特别是食用受到感染的脑组织）导致了它在法雷人之间的传播。他还发现，这种物质被注入黑猩猩和猴子体内后，也会引发类似的疾病。由于这项工作，他在 1976 年获得了诺贝尔奖。

理查德·罗兹（Richard Rhodes）在他 1997 年出版的《致命的盛宴》（Deadly Feasts）一书中，用心理学洞察力和戏剧表现力讲述了库鲁病的故事，几乎重现了调查早期那些充满恐惧、困惑、雄心和科研发现的时刻。

如果说新几内亚岛的故事是前奏，那么罗兹的记录便开启了一种稳步的、层层推进的远景描绘，艰难地拼凑出了一个完整拼图，揭示了这种疾病与人类及各种动物的其他疾病之间的联系。这本书不仅是一本出色的著作，更重要的是体现了时机、运气和意想不到的遭遇在人类探索科学的道路上具有多么重要的作用。最重要的机缘发生在1959年，当时英国兽医威廉·哈德洛（William Hadlow）在伦敦的韦尔科姆历史医学博物馆看了一场摄影展——盖杜谢克的"库鲁秀"。哈德洛发现库鲁病的临床和病理表现与一种羊的致死性疾病——羊瘙痒病——极其相似，他深感震惊。自18世纪早期以来，羊瘙痒病在英国及其他地方感染了不同的羊群。（在此之前，它曾在中欧流行，并于1947年传到美国。）正如哈德洛在发表于《柳叶刀》杂志的一篇文章中所指出的，羊瘙痒病是有传染性的。盖杜谢克曾一度考虑过库鲁病的感染基础，但后来放弃了这个想法；现在，他不得不重新考虑这个问题——事实上，他认识到库鲁病肯定是会传染的，几乎可以肯定的是任何类似的人类疾病都具有传染性。要通过实验证明这一点，需要多年耐心而艰苦的工作，要给黑猩猩注射感染了库鲁病和克雅氏病的组织——由于这些疾病的潜伏期长，工作就变得更加困难了。

所有这些疾病——库鲁病、克雅氏病、羊瘙痒病以及各种罕见病，比如致死性家族失眠症（fatal familial insomnia）和格斯特曼综合征（Gerstmann-Sträussler- Scheinker syndrome）——都是无情进展并迅速致命的疾病。这些疾病都会使脑组织出现海绵状变性和空泡——因此它们被统称为传染性海绵状脑病，简称TSEs。这些疾病的病原体都很难分离，比病毒还小；更糟的是，它们能够在最极端的条件下生存，可以耐受极端的高温、高压以及甲醛等化学物质和所有常规的消毒程序。

细菌是自发进行自我繁殖的；病毒则是利用它们的遗传物质破坏宿主的细胞进行复制——但是没有任何证据表明TSEs的病原体含有任何RNA或DNA。那么，它们是怎样保有自我特征的？又是怎样引起疾病的呢？盖杜谢克称这些病原体为"感染性淀粉样蛋白"［它们现在被统称为"朊病毒"，这是斯坦利·普鲁西纳（Stanley Prusiner）命名的。普鲁西纳因发现了这种新型病原体而获得了诺贝尔奖。］但如果朊病毒不能像病毒一样复制，那它又是如何增殖和扩散的呢？人们不得不面对一种全新的疾病感染过程——它不像生物复制，而更像阳离子化学结晶。这种微小的朊病毒非同寻常，它们以正常大脑蛋白的形式进行折叠，形成"有核模式"，或中心再结晶，导致周围的蛋白质也出现结晶变质并迅速蔓延。这种成核过程可以在冰或雪花的图案中观察到，而这种灾难性变化多年前曾经被库尔特·冯内古特在《猫的摇篮》（*Cat's Cradle*）一书中提及，在书中他想象世界被一种物质的碎片所终结，这种物质将所有的水转化为不可融化的"九号冰"（ice-nine）。[23]

朊病毒造成的感染不是通过侵入人体，而是通过干扰我们大脑中的蛋白质。正是因为这个原因，才使得身体没有产生针对它的炎症反应或免疫反应，因为我们自身的蛋白质，无论正常还是异常，都不会被免疫系统视为外来物。正是由于机体在面对自身的策反时束手无策，再加上朊病毒近乎不可摧毁的特性，才使得TSEs成了地球上有可能最致命的疾病。然而在自然界中，TSEs是极其罕见的，只是起源于一个非常偶然、随机出现的大脑蛋白变性（这也解释了该病的发病率异常稳定，即全世界每年约百万分之一），而特定文化的活动——食脑行为或将动物内脏、残骸投喂饲养的牲畜——极端地改变了这一自然规律，从而导致这些疾病迅速传播。

正如罗兹所说，早前人们通常认为，库鲁病不过是地球另一端几个石器时代食人族的"悲剧性奇人异事"。但盖杜谢克从一开始就坚持认为，它具有更广泛的潜在意义。1968年，盖杜谢克及其国家卫生研究院的同事们指出，克雅氏病是一种传染性海绵状脑病。他警示道，这种病就像库鲁病一样，通过外科手术或牙科手术就可能发生机会性感染。他的话果真应验了：20世纪70年代早期，一名接受角膜移植的患者和另一名接受了神经外科手术（使用了虽经过高压灭菌但仍受污染的器械）的患者就出现了感染。

20世纪90年代，人们发现在儿童时期接受过（从垂体腺中提取的）人源生长激素治疗的人群中，克雅氏病的发病率显著升高：在接受生长激素治疗的一万一千六百例患者中，至少有八十六例罹患该病。幸运的是，合成生长激素在20世纪80年代中期问世，从而避免了更多的灾难。

大约在同期，英国的一些牛出现了一种新的疾病，导致它们行动怪异，步履蹒跚，并迅速死亡。这种病被广泛称为"疯牛病"，科学家称其为牛海绵状脑病，简称BSE。正常情况下，牛是食草的，但它们越来越多地被投喂高蛋白的骨肉混合物，这些屠宰场的副产品中有时含有病畜的内脏，其中可能就包括羊瘙痒病患畜的脑组织。牲畜的食脑行为是否放大了这种此前罕见的、零星发生的疾病（正如法雷人的食人行为），而来自羊瘙痒病的朊病毒是否能跨越物种屏障感染牛，尚未可知。但是使用骨肉混合饲料很快带来了一场灾难。

20世纪90年代末，英国有十几名年轻人死于克雅氏病的变异型，他们似乎是通过食用受感染的肉制品而患病的。这些病例的临床表现——早期的行为改变和共济失调——更容易让人联想到库鲁病，而不是"经典的"克雅氏病（其病理改变也是如此）。

　　法雷人的实例表明，库鲁病的潜伏期可以长达几十年，在美国和其他地区，羊、貂、野生鹿和麋鹿，以及被继续投喂骨肉混合饲料的猪、鸡和牛，这些都是传染性海绵状脑病的大储备仓。正如盖杜谢克推测的那样，类朊病毒或许可以感染所有食物来源。骨肉混合废弃物和动物副产品有时甚至被用来给有机蔬菜施肥，动物脂肪和明胶还被广泛用于生产木材、化妆品和药品。

　　目前这种做法已在一些国家被禁止。

疯狂一夏

"1996年7月5日，"迈克尔·格林伯格开始写道，"我的女儿疯了。"他根本没有时间赘述，回忆录《心里住着狮子的女孩》（*Hurry Down Sunshine*）的开头就从这句话起，急切地开始讲述他要说的故事。格林伯格十五岁的女儿萨莉突然发作了剧烈的躁狂症，并且几个星期以来一直处于高度亢奋状态，一边用随身听听着格伦·古尔德（Glenn Gould）演奏的《哥德堡变奏曲》（*Goldberg Variations*），一边研读莎士比亚的十四行诗，直到凌晨。格林伯格写道：

> 随意翻开这本书，我看到了纵横交错的箭头、注释和圈起来的单词。第十三首十四行诗看起来就像《塔木德》（*Talmud*）中的一页，中心的内容只有一点点，而页边空白处密密麻麻写满了对原文的评论。

萨莉也一直在写奇怪的东西——西尔维娅·普拉斯

式的诗歌。她父亲偷偷地瞥了一眼，觉得奇怪，但他并没有觉得她的情绪或活动是病态的。萨莉从小就有学习障碍，但现在她克服了这些困难，第一次发现了自己的聪明才智。这种兴奋在一个天赋极高的十五岁孩子身上是正常的，至少看起来是这样。

但在那个炎热的 7 月里，她爆发了——她对街上的陌生人指手画脚，吸引他们的注意，摇晃他们，然后突然全速冲进车流，相信自己可以凭借纯粹的意志力让车流停下来（所幸一位反应迅速的朋友及时把她拉了出来）。

罗伯特·洛威尔在他未发表的《生活研究》（*Life Studies*）草稿中，用一种"病态的热情"描述了非常类似的情况：

> 在我被关起来的前一天晚上，我在印第安纳州布卢明顿的大街上狂奔……我相信只要我张开双臂站在高速公路中间，我就能让汽车停下，同时让交通陷入瘫痪。

这种突然的、危险的兴奋状态和动作在躁狂发作的开始并不少见。

洛威尔在自己的幻象里看到了世界的邪恶，也看到了自己作为圣灵的"狂热"。在某种程度上，萨莉也有类似的理智崩塌的幻象，她看到周围的人都失去了（或压抑着）上帝赐予的"天赋"，而她自己的使命是帮助每个人重新获得这些失去的与生俱来的权利。这种幻象使得她与陌生人产生激烈冲突，她古怪的行为中渗透着自己感觉所具备的某种特殊能力，她的父母在第二天测试她时就发现了这一点。格林伯格写道：

　　她的一个幻象出现于几天前，在布里克街的游乐场，她看着两个小女孩在滑梯附近的木制人行桥上玩耍。在一阵涌起的幻象中，她看到了她们的天赋，一种无限的小女孩的天赋，同时意识到我们都有天赋。"天赋"这个词的含义已经被扭曲了。天赋不是人们想让我们相信的那种天选之子的侥幸。不，天赋不过是我们对爱、对神的感知，天赋就是童年。造物主赋予我们生命，然而社会在我们有机会跟随那天然且具有创造性灵魂的冲动之前，就把这种天性从我们身上给抹杀了。

　　萨莉把她的幻象讲给游乐场上的小女孩们听。显然她们完全能理解她。随后她走上布里克街，发现自己的生活完全改变了。韩国熟食店前绿色塑料花瓶里的花、报刊亭橱窗里的杂志封面、建筑物、汽车——一切都呈现出一种她从未想象过的清晰锐利。她认

187

为这种锐利"就是此时此刻"。一股能量波在她身体的中心充盈起来。她能看到物体中隐藏的生命、它们细节的光辉，以及注入其中使它们得以存在的天赐之灵。

最锐利地呈现在眼前的，是与她擦肩而过的人们脸上的痛苦。她试图向他们解释她的幻象，但他们都匆匆而过。她突然间明白了，他们其实知道天赋这回事，这不是一个秘密，但糟糕的是，他们的天赋已经被压抑了，正如她自己的天赋一样，也被压制在体内。为了让它不表露在外面、不将荣耀之力作用于我们的人生，人们需要付出巨大努力将其压抑，这样的努力便是人类苦难的根源。遭受着这些苦难的萨莉，带着这个顿悟，作为天选之子去疗愈人类。

萨莉充满激情的新信仰令人讶异，她说话的方式让她父亲和继母更为震惊：

帕特和我都惊呆了，与其说是被她说话的内容所震惊，倒不如说是被她说话的方式所震惊。一个念头刚从她嘴里蹦出来，另一个念头又冒了出来，堆砌出大量没有顺序的单词，在前一句话有机会出现之前，后一个句子就把它抵消掉了。我们心跳加速，竭尽全力去吸收从她小小的身体里倾泻出来的能量。她猛击着空气，扬起下巴……她交流的动力是如此强大，甚至于对她自己都是一种折磨。她说的每一个字，都像是必须从体内排出的毒素。

她说得越长，就越语无伦次，而越语无伦次，她就越迫切地需要我们理解她！看着她我感到很无助。然而我还是被她纯粹的活力所打动。

人们可以称它为躁狂、疯狂或精神错乱——一种大脑中的化学失衡——但它是以一种原始的能量形式呈现的。格林伯格将其比作"一种罕见的自然之力，就像一场大暴风雪或洪水：摧枯拉朽，其作用方式也令人震惊"。这种不受约束的能量类似于创造力、灵感或天赋——这确实是萨莉所感到的贯穿于她全身的东西：不是一种疾病，而是对健康的崇拜，将以前被深深压抑着的自我释放出来。

这些似是而非的解释类似于19世纪的神经学家休林斯·杰克逊所称的"超积极"状态：它们预示着神经系统失调，但它们带来的充沛精力和欣快感让病人感觉自己非常健康。有些病人可能会对此感到吃惊，比如我的一位病人，一位患有神经梅毒的老太太。她在九十岁的时候变得越来越活泼，她对自己说："你感觉过于良好了，你一定是病了。"同样地，乔治·艾略特说自己在偏头痛发作前感觉"健康状况过于好，好到甚至有些危险"。

躁狂症感觉上像是一种心理状态，而实际是一种生理状态——一种心智状态。从这个角度来说，它类似于各种嗑药后的效果。正如我在《苏醒》一书中记载的，我给我的病人开始服用左旋多巴（一种在大脑中转化为神经递质多巴胺的药物）时，这种现象非常明显。伦纳德·L服药后尤其狂躁："我的血液里有左旋多巴，"他当时写道，"在这世界上我无所不能。"他称多巴胺为"起死回生的灵丹妙药"，并开始视自己为弥赛亚——他觉得这个世界被罪恶所玷污，而他被召唤前来拯救世界。在十九个日夜不停、几乎无休无眠的日子里，他写了整整一本五万字的自传。"这是因为我吃药的缘故吗？"另一个病人写道，"或者只是另一种新的精神状态？"

如果在病人心中不确定什么是"身体的"、什么是"精神的"，那么还会有更深层次的不确定：什么是自我、什么是非自我。正如我的病人弗朗西丝·D那样，她在服用左旋多巴后变得越来越兴奋，奇怪的激情和想象占据着她的大脑，让她完全无法抽离，无法回归"真实自我"。她想，这难道是源于自己内心深处的部分，但之前被压抑了？然而前述的这些人与萨莉不同，他们是病人，知道自己在服药，并且可以看到在他们周围，其他人也会出现类似的反应。

对萨莉而言却没有先例，也没有人可以引导她。她的父母和她一样感到困惑不解，甚至比她还困惑，因为他们没有她那种疯狂的自信。他们想知道，是她吃了什么东西——服了致幻剂，还是别的什么更糟的东西？如果不是，那是不是因为她的基因里遗留下来的什么东西？或是在她发育的关键阶段，他们对她"做过"什么可怕的事情？抑或是她体内一直存在着某种异常，以至于现在突然被诱发启动起来？

这些都是 1943 年我十五岁的哥哥迈克尔突然患上精神病时，我父母问自己的问题。在我哥哥眼里，到处都是"信息"，他觉得自己的想法正在被人阅读或传播，他会听到阵阵奇怪的笑声，觉得自己被转移到了另一个"国度"。致幻剂在 20 世纪 40 年代还很少见，所以我当医生的父母怀疑迈克尔可能患有某种可以产生精神症状的疾病——也许是甲状腺疾病，也可能是脑肿瘤。而萨莉的血液检测和身体检查排除了因甲状腺水平异常、中毒或肿瘤导致的任何问题。她的精神症状虽然是急性而危险的（所有的精神错乱都有潜在的危险，至少对病人自身来说是这样），但"仅仅"表现为躁狂。

一个人可以变得躁狂（或抑郁），而不伴有精神错乱——也就是产生错觉或幻觉，认不清现实。然而，萨莉的躁狂已经登峰造极了，在那个炎热的7月，发生了一件让人猝不及防的事。突然之间，她变得判若两人——她完全变了，听起来也像是另一个人。"突然之间，我们之间所有的联系都消失了。"她的父亲写道。她称他为"父亲"（以前是叫"爸爸"），用一种"压低声调的假声，好像在朗诵她背过的台词"；"她的眼睛通常是温暖的栗色，现在突然变得像甲壳一样黑，好像被漆刷过一样"。

格林伯格试着和她谈些日常的事情，问她是饿了还是想躺一会儿：

> 然而，每一次都会发现她像变了一个人。这就像真正的萨莉被绑架了一样，现在附在她身上的是一个恶魔，占有了她的身体，就像所罗门经历的一样。古代关于附身的迷信！除此以外，我们还能如何解释这种诡异的转变呢？……从最深刻的意义上说，我和萨莉是陌生人，我们没有共同的语言。

自从古代的医生们就这一主题著书立作，人们就认识到了躁狂症的特殊性，并把它与其他形式的疯狂区别开来。公元2世纪的希腊医生阿雷提乌斯（Aretaeus）曾明确描述过一个人的兴奋状态和抑郁状态是如何相互交替的，但直到19世纪法国的精神病学兴起后，不同形式的疯狂才被区分开来。就是那时候，"循环性精神障碍"——也就是埃米尔·克雷珀林（Emil Kraepelin）后来所说的躁狂–抑郁性精神障碍和我们现在所说的双相情感障碍（也称躁郁症）——才被与更为严重的"早发型痴呆"或精神分裂症区别开来。但无论是医生还是外界的考量，都永远无法公正地评价这些精神错乱患者实际经历了什么；没有什么可以代替第一手资料。

在我看来，多年来最好的一本个人叙事集是《智慧、疯狂和愚蠢：疯子的哲学》（*Wisdom, Madness and Folly: The Philosophy of a Lunatic*），作者是约翰·库斯坦斯（John Custance），出版于 1952 年。他写道：

> 我所患的精神疾病……被称为躁郁症，或者更准确地说，被称为躁狂–抑郁性精神病……躁狂状态是一种情绪高涨、令人愉悦的兴奋状态，有时会达到极度的狂喜；抑郁状态则恰恰相反，是一种痛苦、沮丧的状态，有时甚至是一种可怕的恐惧。

库斯坦斯第一次躁狂发作是在他三十五岁的时候，在接下来的二十年里，他还会不时地发生周期性的抑郁或躁狂：

当神经系统彻底紊乱时，这两种截然不同的精神状态几乎可以无限强化。有时我觉得，我的这种病情似乎是神祇的旨意，用来让凡人领会基督教中所说的天堂和地狱的概念。当然，它向我展示了，在我自己的灵魂深处，存在着无法描述的内心平静和幸福的可能，也存在着无法想象的、深切的恐惧与绝望的可能。

在我看来，正常的生活和"真实的"意识更像是一座狭长的高台，高台位于一个巨大分水岭的顶端，将两个截然不同的宇宙分隔开来，而我就在高台上颤颤巍巍地挪动。在一侧，山坡上绿意盎然，水土丰美，通向一片可爱的风景，在那里，爱、欢乐、无限的自然之美和梦想都在等待着我去游历；而另一侧是贫瘠的嶙峋绝壁，那里潜藏着无尽的恐怖，带有扭曲的幻象，向下通往无底深渊。

在躁郁症的情况下，这座高台是如此狭窄，以至于极难在保持平衡的状态中走下去。只要一打滑，世界就会在不知不觉中改变。在一段时间内，还有可能对现实保持某种程度的控制；但是一旦真的越过了边缘，一旦失去了对现实的控制，无意识的力量就会占据主导，开始一段似乎永无止境的旅程，而自己却完全无法控制是进入幸福的宇宙还是恐怖的宇宙。

在我们这个时代，凯伊·雷德菲尔德·贾米森（Kay Redfield Jamison）是一位杰出而勇敢的心理学家，她自己也患有躁郁症。她写过关于这个主题的权威医学专著［与弗雷德里克·K. 古德温（Frederick K. Goodwin）合著的《躁郁症》（*Manic-Depressive Illness*）］，还有一本个人回忆录《不安的心灵》（*An Unquiet Mind*）。在后一本书中，她写道：

> 我第一次躁郁症发作是在我上高中的时候；一旦我沦陷其中，很快就会失去理智。起初，一切似乎还很轻松。我像一只疯狂的黄鼠狼一样跑来跑去，脑子里充满了计划和热情，不停歇地运动，夜复一夜地整宿不睡，和朋友们一起出去玩，阅读一切可以拿下来看的东西，在书本上写满诗歌和戏剧片段，为我的未来制定一个自我膨胀的、完全不切实际的计划。世界充满了快乐和承诺；我感觉很好。不只是好，我感觉简直超棒。我觉得自己上天入地无所不能。我的头脑似乎很清晰，注意力惊人地集中，能够凭直觉做出数学心算，而在那之前，我完全无法做到这一点。说实在的，我现在也无法企及。
>
> 然而，在那个时候，不仅每件事都极其有意义，而且万物都开始符合一种奇妙的、冥冥之中的关联。

我对自然法则的着迷使我兴奋不已，我发现自己会强迫朋友们听我给他们诉说这一切是多么美好。我发现了宇宙的美丽与联系，他们却不为所动，我为了打动他们一直不断地狂热漫谈，反而让他们觉得精疲力竭。说慢一点，凯伊……看在上帝的份上，凯伊，说慢点。

我终于慢下来了。事实上，是戛然而止。

贾米森将这段经历与自己后来的几轮发作进行了对比：

与几年后出现的躁狂发作不同，之后那几次情况明显加剧，造成了精神失控。这第一波持续的轻度躁狂，只不过是真正的躁狂来临前一杯柔和的、可爱的开胃酒……它是短暂的，很快就耗尽了精力；也许对我的朋友们来说有些令人生厌；而对我来说，绝对是又累又兴奋；但没有极度的不安。

贾米森和库斯坦斯都写道，躁狂不仅会改变思想和感情，甚至还改变了他们的感知觉。库斯坦斯在他的回忆录中详细地记录了这些变化。病房里的电灯不时地"发出明亮的星光……最终形成一个彩虹图案的迷宫"。人的面孔看起来"有一种内在的光亮，这种光把面部的线条表现得非常生动"。尽管正常情况下库斯坦斯是一个"绝望的制图员"，但在狂躁的时候他能画得非常好（这让我想起了自己对这种能力的体验，在许多年前我服用安非他命诱发轻度躁狂的时候）；他所有的感观似乎都增强了：

> 我的手指变得更加敏感且灵动。虽然我通常是一个拙手笨脚的人，字写得很糟糕，但在躁狂发作期间，我可以写得比平时工整很多；我可以写出印刷字体、画图、装帧，还能完成各种各样的手工活，比如粘贴剪贴簿之类的，而在正常情况下，我做这些事通常会走神。我还注意到我的指尖有一种特别的刺痛感。

> 我的听力似乎更敏锐了，我能分辨出……许多在同一时间出现的不同的声音……从外面海鸥的叫声，到病友们的笑声和闲谈，我对当下正在发生的事情了然于心，却可以毫不费力地集中精力工作。

> ……如果我被允许在花园里自由地散步，我将比平常更能闻到清香……普通的草尝起来都可以很美味，而真正的美味，比如草莓或覆盆子，会给人一种狂喜的感觉，就像献给神享用的佳肴一样美味。

一开始，萨莉的父母很难相信（正如萨莉自己认为的那样）她的兴奋是某种积极的、非疾病的状态。但她的母亲后来发生了一百八十度的转变：

> 萨莉正在经历着什么，迈克尔，我敢肯定，这不是病。她是一个很有灵性的女孩……现在发生的事情是萨莉成长的一个必经阶段，是她走向更高境界的旅程。

这种解释与格林伯格自己的一种更经典的解释产生了共鸣：

> 我也想相信这一点……相信她的突破，相信她的胜利，相信她迟来的心灵之光。但是又如何区分这是柏拉图式"神圣的疯狂"还是胡言乱语？是热情还是癫狂？是先知还是"医学意义上的疯子"？

（格林伯格指出，詹姆斯·乔伊斯和他患有精神分裂症的女儿露西娅的情况也是如此。"她的直觉非常敏锐，"乔伊斯说，"我所拥有的一切天赋的火花都传给了她，并在她头脑中燃起了一团火焰。"后来他告诉贝克特："她不是个胡言乱语的疯子，只是个可怜的孩子，想要做的太多，想要理解的太多。")

但几个小时后，事情水落石出，萨莉确实是精神错乱，失去了控制，她的父母带她去了一家精神病医院。起初，她还挺乐意，发现护士、陪护和精神科医生都特别一致地能够理解她的幻象以及她想传递的信息。但现实是残酷的：她在镇定剂的作用下神志不清，随后被关进了一间上锁的病房。

在格林伯格的描述中，病房里充斥着契诃夫式人物的一群人——医务人员和病房里的其他病人。他看到一个行为紊乱、显然有精神症状的哈西德派年轻人，他的家人接受不了他生病这一现实。"他得道了，"他哥哥说，"他可以一直保持同神交流的状态。"

医院里几乎没有人试图去理解萨莉——她的躁狂首先被当作医学上的异常进行治疗，这种大脑化学物质的紊乱需要用以神经化学为基础的方法去干预。药物治疗对于急性躁狂发作至关重要，甚至可以挽救生命，如果治疗不及时，可能会导致精疲力竭和死亡。不幸的是，萨莉对锂剂治疗没有反应，而锂剂对许多躁郁症患者来说效果都很显著，所以她的医生不得不求助于强力镇静剂——这样的治疗使她活力尽失，不再狂躁，却让她在一段时间内变得麻木、冷漠，并出现了帕金森样的症状。看到他十几岁的女儿处于这种僵尸一样的状态，格林伯格与当初看到她的狂热时几乎同样震惊。

二十四天后，萨莉被释放出院了——她在持续服用
强力镇静剂，但仍旧带点妄想的状态下回家了，由家人密
切陪护，时刻照管。在医院外，她与一位出色的治疗师建
立了至关重要的关系，这位治疗师能够把她当普通人一样
亲近，试图理解她的想法和感受。伦辛医生的坦诚让萨莉
放下了戒备，她对萨莉说的第一句话是："我敢打赌，你
一定觉得自己像一头狮子。"

"你怎么知道的？"萨莉很吃惊，立即打消了疑虑。伦
辛接着聊到了躁狂，萨莉的躁狂仿佛是她体内的一种生
物，是另一种存在：

　　伦辛敏捷地坐到萨莉旁边的等候区椅子上，用闺
　　密一样直接的谈话口气告诉萨莉，她认为躁狂是一个
　　独立的实体，它和萨莉彼此熟识，并贪婪地吞噬着人
　　的注意力。它渴望刺激、蓄势待发，想要保持欣欣向
　　荣的状态，它会为了生存不择手段。"你有没有过这
　　样的朋友，她会让你兴奋，让你想要和她在一起。但
　　她带你误入歧途万劫不复，最后你希望你们从未谋
　　面？你懂我指的那种人：那种总是想要走得更快、得
　　到更多的女孩，那种先为自己着想，然后把其他事

情都抛诸脑后的女孩…我只是举个例子来说明什么是躁狂：一个贪婪的、有魅力的并且假装是你朋友的人。"

伦辛试图让萨莉把她的精神疾病和她真实的自己区分开，抽身于精神疾病之外，看到它和自己之间复杂而模糊的关系（精神疾病"不是一种身份"，她言辞尖锐地说）。她也把这件事告诉了萨莉的父亲——因为如果萨莉想要好转，他的理解也是必要的。她强调了精神疾病的诱惑力：

"萨莉……不想被孤立，她的冲动是向外的，我可以告诉你，这是非常好的消息。她希望被理解，不仅是被我们理解，她也想理解她自己。当然，她仍然沉迷于自己的躁狂之中。她记得她曾经历过强烈的感受，她在尽最大努力保持这种强有力的活性。她认为如果她中途放弃，就会失去她觉得自己已经获得的那种伟大能力。这确实是一个可怕的悖论：大脑爱上了精神疾病。我称之为：魔鬼的诱惑。"

"诱惑"是这里的关键词〔它也是爱德华·波德沃尔（Edward Podvoll）的著作《疯狂的诱惑》（*The Seduction of*

Madness）的关键词，这本书讨论了精神疾病的性质和治疗]。为什么精神病，尤其是躁狂症，会具有诱惑力呢？弗洛伊德把所有的精神疾病都称为自恋型精神障碍：自认为成了世界上最重要的人，自认为是天选之子，可以是救世主，也可以是灵魂的救赎者，或者（就像抑郁症或偏执型精神病那样）成为被全宇宙迫害和控诉的中心、嘲笑和贬低的焦点。

但是，即便没有这种救世主般的感觉，躁狂也能让人沉浸于巨大的快乐，甚至是狂喜中——而这种纯粹强烈的欣快感可能会让人很难"放弃"。尽管库斯坦斯知道这样做有多危险，但正是因为这个原因，他在躁狂发作时选择了逃避药物治疗和住院治疗，而是欣然接受自己的症状，在东柏林展开了一场冒险之旅，有点像詹姆斯·邦德式的冒险。也许吸毒者，尤其是那些对可卡因或安非他命等兴奋剂上瘾的人，也会寻求类似的强烈感觉；这种情况也一样，高潮之后很可能是崩溃，就像躁狂之后通常是抑郁一样——两者可能都是由于大脑中的奖赏系统受到过度刺激，产生了过量的多巴胺等神经递质，随后神经递质耗竭而引起的。

然而，正如格林伯格不断观察到的那样，躁狂并不只有快乐。他谈到了萨莉的"无情的火球"，以及她"可怕的浮夸"，在她狂热而"空洞的激昂"中，她是多么焦虑和脆弱。当狂躁上升到过分的高度时，就会变得异常孤立于普通的人际关系圈之外——即使这种孤立可能被一种防御性的专横或自大所掩盖。这就是为什么伦辛发现萨莉会再次渴望与他人进行真诚的接触、想要去理解与被理解，这些都是她恢复健康的好兆头。她又回来了。

正如伦辛所说，精神疾病并不是一种个人特质，而是暂时性的失常或脱离原本的自我。然而，受困于一种慢性或反复发作的精神异常状态（如躁郁症），必然会影响一个人的个人特质，成为其态度和思维方式的一部分。贾米森写道：

> 毕竟，它不只是一种疾病，它还影响着我生活的方方面面：我的情绪、我的脾气、我的工作以及我对几乎所有事情的反应。

这也不仅仅是生理上的坏运气。虽然贾米森也赞同，患抑郁症没什么好处，但她确实觉得，在不太失控的情况下，她的躁狂和轻度躁狂，在她生活中扮演了一个关键的、有时甚至是积极的角色。事实上，在她的书《火之触：躁郁症与艺术气质》（ *Touched with Fire: Manic-Depressive Illness and the Artistic Temperament* ）中提到了很多实例，证实躁狂和创造力之间可能有关，她还引用了许多伟大艺术家的例子——舒曼、柯勒律治、拜伦、梵高等——他们似乎都患有躁郁症。

萨莉住院时，她父亲曾向精神科住院医生询问关于她的诊断。这位住院医生说："萨莉的情况，可能已经有一段时间了，当这个情况的力量越来越大时，她就被压倒了。"格林伯格问"情况"指的是什么。医生说："把它称作什么并不是现在的重点。当然，萨莉的情况符合双相情感障碍 I 型的很多诊断标准。但十五岁就出现暴发性躁狂还相对较早。"

在过去的几十年里，"双相情感障碍"这个术语开始被使用，贾米森认为，部分原因是它感觉上比"躁郁症"带给病人的病耻感相对小一些。不过她警告说：

> 将情绪障碍分为双相和单相，就预先假定了抑郁症和躁郁症之间的区别……这一点目前还不明确，也没有科学依据。同样地，它使这样一种观念得以延续：抑郁症在它自己的一极上整齐地待着，而躁狂症也整齐而谨慎地聚集在另一极上，泾渭分明。这样的两极化……与我们所知道的躁郁症剧烈波动的本质是背道而驰的。

此外，"双极性"是许多控制异常型疾病（如紧张症和帕金森病）的特征，即患者在过度运动的状态和完全不动的状态之间交替，失去了正常状态的中间地带。即使是糖尿病这样的代谢性疾病，由于复杂的内环境平衡机制受到损害，也可能会在（例如）极高和极低的血糖之间发生剧烈波动。

躁郁症这个名称容易产生误导的另一个原因，是将躁郁症定义为一种双相障碍，在一个极端和另一个极端之间摇摆。在一个多世纪前，克雷珀林曾写到过"混合状态"，他提出，在这种状态中，躁狂和抑郁的元素不可分离地交织在一起。他写道："这种明显矛盾的状态有着深刻的内在联系。"

我们经常说到"两极分离"，然而躁狂与抑郁的两极却是如此的接近，以至于人们怀疑抑郁是躁狂的一种形式，或者躁狂是抑郁的一种形式。（正如克雷珀林所说，躁狂和抑郁是"临床上的统一体"，这是一个动态的概念，而锂剂治疗对两种状态下的患者都同样有效，这一事实强化了克雷珀林的假说。）格林伯格经常用惊人的矛盾修饰法来描述这种矛盾的状态，比如他说道，萨莉有时会"在她错位躁狂的苦苦挣扎中"，感到"深渊般的情绪高涨"。

正如格林伯格所述，萨莉最终从疯狂的躁狂状态中回归，正如她在七周前突然进入状态一样突然：

萨莉和我正站在厨房里。我一整天都和她待在家里，完成我为让－保罗写的剧本。

"想喝杯茶吗?"我问。"好啊，来一杯，谢谢。""加牛奶吗?""对。再加点蜂蜜。"

"两匙?""嗯，没错。那我就加点蜂蜜进去。我喜欢看它从勺子上滴下来。"她的语调中有某种东西引起了我的注意：她声音的音调适宜，有种毫无压抑的率真，带着一种温暖，已经好几个月没有听到她这样的声音了。她的眼睛也变得柔和起来。我告诫自己不要上当。然而，她身上的变化是毋庸置疑的……就好像奇迹发生了一样。平凡生活的奇迹……

感觉好像我们整个夏天都生活在寓言故事里，一个美丽的女孩变成了昏迷的石头或恶魔。她被迫与她所爱的人、她的语言以及她自己的一切分离开来，都交予某个主人。然后咒语被打破，她又苏醒了。

萨莉在经历了一个疯狂的夏天后，回到了学校——尽管有些担忧，但她决定振作起来开始生活。起初，她对自己的病情只字不提，并享受着班上三个好朋友的陪伴。她的父亲写道："我经常听她和她们通电话，亲密交谈、相互挖苦、聊聊八卦——那是轻快而健康的声音。"开学几周后，在和父母进行了多次讨论之后，萨莉告诉了朋友们她患精神病的情况：

> 她们欣然接受了这个消息。作为精神病区的病友，萨莉在社交上获得了成功。这是一种认可。她经历了朋友们没经历过的事。这变成了她们之间的秘密。

萨莉的疯狂消失了，我们也许希望这就是故事的结局。然而，躁郁症最显著的特征就是它的周期性，格林伯格在书的后记中写道，萨莉确实又有过两次发作：四年后有一次，那时她在上大学，以及那次发作后的六年（她停止用药的时候）。即使没有能被"治愈"，但是得益于药物、洞察和理解（特别是通过把压力最小化，例如保证睡眠充足，以及警惕躁狂或抑郁的最初征象），再辅以心理咨询和心理治疗等，躁郁症患者仍然可以实现带病过正常的生活。

从细节、深度、丰富性以及纯粹的智慧角度而言，《心里住着狮子的女孩》将与凯伊·雷德菲尔德·贾米森和约翰·库斯坦斯的回忆录一起被认为是同类作品中的经典之作。但是这本书的独到之处在于，这么多的内容是通过非常开放、敏感的家长的眼睛观察到的——这位父亲没有陷入感性的旋涡，而是用非凡的洞察力去体会女儿的思想和情感，对于几乎难以想象的意识状态，使用了罕见的力量去寻找到相对应的场景和隐喻。

关于"讲述"的问题，即公开患者的生活细节及其弱点和疾病，是一个非常微妙的道德问题，充满了陷阱和各种各样的危险。萨莉与精神疾病的斗争难道不应该是个人隐私，除了她自己（以及她的家人和医生）之外，与他人无关吗？为什么她的父亲会考虑把自己女儿的痛苦和家庭的痛苦暴露给全世界呢？还有，如果公开披露萨莉十几岁时所经历的痛苦，她本人会作何感想？

对萨莉或她父亲来说，这都不是一个能够迅速或轻易做出的决定。1996 年，格林伯格在女儿精神错乱期间并没有拿起笔开始写作——他等待着，思考着，让那段经历深深地在脑海里沉淀。他和萨莉进行了长时间的、探索性的讨论，直到十多年后，他才觉得自己可能拥有了写作《心里住着狮子的女孩》一书所需要的平衡感、视角和语调。萨莉也找到了这种感觉，她不仅要求父亲把她的故事写下来，而且要求他使用她的真名，无需隐藏。考虑到病耻感和误解仍然围绕着所有类型的精神疾病，这确实是一个勇敢的决定。

这种病耻感影响了许多人，因为躁郁症在所有文化中都存在，每一百人中至少就有一个人受到影响——无论何时，都有成千上万的人要面对萨莉面对过的一切，有些人甚至比萨莉还要年轻。清晰、实际、富有同情心和启发性，《心里住着狮子的女孩》也许会为那些必须穿越灵魂黑暗地带的人指引方向，也为他们的家人和朋友提供引导，为所有那些想要了解他们所爱之人正在经历什么的人指点迷津。

也许，它也会提醒我们，我们所处的正常状态是一个多么狭小的山脊，而躁狂和抑郁的深渊在两侧张着血盆大口等我们坠落。

救济院所失去的美德

我们倾向于认为精神病院是疯子待的地方，是充满了混乱和痛苦的地狱，肮脏而野蛮。现在，大多数精神病院都被关闭和遗弃了——而且我们一想到那些曾经被囚禁在这些地方的人，就会不寒而栗。因此，能听听曾被关在精神病院的安娜·阿格纽是怎么说的，会很有帮助。她于1878年被判为精神错乱（在当时，这样的判决是由法官而不是医生做出的），并被"关进"印第安纳州精神病院。安娜在住进病院之前，曾越来越狂躁地想要自杀，并试图用鸦片酊杀死她的一个孩子。当她被保护性地关进病院以后，她感到了深深的宽慰，尤其是当她的疯病得到确认的时候。她后来写道：

> 在我进入精神病院前一个星期，我感到一种比一年前更大的满足。并不是说我甘心接受了这样的生活，而是因为我这种不快乐的心理状态得到了理解，我接受了相应的治疗。此外，我还发现周围的其他人

都处于困惑与不满的精神状态，他们很痛苦……我开始对他们越来越感兴趣，同情心也越来越强烈……同时，我也被当作一个患了精神病的女人对待，这是迄今为止我从没得到过的一种善意。

赫斯特医生是第一个对我表露出善意的，并回答了我的问题。"我疯了吗？""是的，夫人，您确实精神很不正常！……但是，"他接着说，"我们打算尽自己所能来帮助您，所以我们特别希望您能待在这里。"……我曾听到过，有一次他在训斥一个疏忽大意的护理人员："我向印第安纳州保证过会保护好这些不幸的人。我是这三百多个女人的父亲、儿子、兄弟和丈夫……我希望她们能够得到很好的照顾！"

正如露西·金（Lucy King）在她的《七座教堂尖顶的云层下》（*From Under the Cloud at Seven Steeples*）一书中所描述的那样，安娜还谈到对于混乱且不安的人来说，精神病院所拥有的秩序和可预见性是多么重要：

这个地方让我想到一座运行良好的时钟，工作得如此规律而顺畅。整个体系是完美的，我们的菜肴很棒，而且种类丰富，就像在任何一个管理严格的家庭中一样。我们在晚上八点钟响铃后休息，一小时后，整座巨型建筑……都陷入黑暗与寂静。

精神病院曾被称为"精神病救济院"(lunatic asylum),而"救济院"(asylum)最初是指避难所、保护所、庇护所——《牛津英语词典》中这样解释道:"它是一个慈善性质的机构,为某一类受折磨的、不幸的或穷困的人提供庇护和支持。"至少从公元4世纪开始,修道院、修女院和教堂都属于救济院。此外,(米歇尔·福柯认为)随着欧洲的麻风病人因黑死病而逐渐消亡,空置的麻风病院被用来收容穷人、病人、神经病人和罪犯,世俗救济院也出现了。欧文·戈夫曼(Erving Goffman)在著名的《救济院》(*Asylums*)一书中将这些都归为"完全的机构"——在这些机构里,工作人员和被救济者之间存在着不可逾越的鸿沟,僵化的规则以及各自的角色阻止了任何友谊或同情的产生,受救济者被剥夺了所有的自主权、自由、尊严或自我,降级为整个系统中无名无分的一部分。

20世纪50年代,戈夫曼在华盛顿特区的圣伊丽莎白医院做研究时,情况确是如此,至少在许多精神病院里是如此。但是,对于那些在19世纪初期和中期创建了多家美国精神病救济院的高尚公民和慈善家来说,创建这样一个系统并不是本意。在当时尚未有治疗精神疾病的特异药物的情况下,"道德治疗"——即治疗目标是改善整个个体的状态，以及开发其重返身心健康的潜力，而不仅仅是去治疗出现功能失常的某一部分大脑——被认为是唯一人道的选择。

这一批首先被创建的公立医院通常是一些宏伟的建筑，有着很高的天花板、高大的窗户和宽敞的场地，能够提供充足的光线、空间和新鲜空气，同时还提供锻炼设施和多种多样的饮食。大多数救济院基本上是自给自足的，他们自己种植或饲养大部分食材。病人会到田间和奶场工作，这些工作被认为是治疗他们的主要手段，也有由医院提供的医疗支持。社区和伙伴关系也是其中主要的治疗手段——事实上，是至关重要的治疗手段——否则病人们都会被强迫症状和幻觉隔离在自己的精神世界中。同样至关重要的是，工作人员和周围的其他被救助者都认同并接纳他们的精神失常（对安娜·阿格纽来说，这是一种伟大的"仁慈"）。

最后，回到"救济院"的原意，这些机构为病人提供了管理和保护，使他们既不受自己的冲动行为（也许是自杀或杀人）困扰，也不受外界对他们的嘲笑、孤立、攻击或虐待影响。救济院提供了一种特殊的有保护和限制的生活，这或许是一种简化而局限的生活，但在这种保护结构中，人们可以尽情疯狂，至少对一些病人来说，可以通过接纳自己的精神病带病生活，渐渐从内心深处成为更理智、更稳定的人。

不过，总的来说，如果患者长期待在救济院里，会对重返外面去生活缺乏准备，或许在救济院里与世隔绝多年之后，会在某种程度上变得"制度化"：他们不再渴望或无法再面对外面的世界。病人们常常会在公立医院住上几十年，最后死在医院里——每所救济院都有自己的墓园。〔达比·彭尼（Darby Penney）和彼得·斯塔斯特尼（Peter Stastny）在《他们留下的生活》（*The Lives They Left Behind*）一书中以极高的敏感度重建了这样的生活。〕

在这种情况下，接受救济的人口会不可避免地增长——各家救济院通常一开始就有巨大的体量，然后渐渐发展成类似于小城镇的规模。位于长岛的朝圣者公立医院曾经收治了近一万四千名病人。而同样不可避免的是，由于被救济者数量庞大，同时资金不足，公立医院无法达到原来预期的水平。到了19世纪末，它们已经以道德败坏和疏于管理而闻名，而且管理者常常是无能、腐败或施虐成性的官僚们——这种情况一直持续到了20世纪上半叶。

位于纽约皇后区的克里德莫尔公立医院也经历了类似的进化过程，或称为退化过程。这家医院成立于1912年，最初作为布鲁克林公立医院的聚落农场（Farm Colony），秉承了 19 世纪的理想：为患者提供空间、新鲜空气和农作劳动机会。但是由于克里德莫尔的人口猛增——1959 年达到了七千人——正如苏珊·希恩（Susan Sheehan）在 1982 年出版的《地球上没有我的容身之处吗？》（*Is There No Place on Earth for Me?*）一书中所述：在许多方面，它和其他公立医院一样，变得压抑而拥挤，且医护人手不足。还好最初的菜园和牲畜得到了维护，为患者们提供了重要的资源保障，尽管患者们可能会惊恐不安或情绪起伏不定，以至于无法维持与其他人的关系，但他们仍然能够照料动物和植物。

克里德莫尔设有健身房、游泳池，以及配有乒乓球桌和台球桌的娱乐室；有一个电影放映室和一个电视演播室，病人们可以在那里制作、导演和演出自己的戏剧，就像 18 世纪的萨德剧院一样，这些戏剧能够创造性地表达患者们自身的担忧和困境。音乐很重要——其中有一支由患者组成的小管弦乐队——视觉艺术也是。[时至今日，虽然医院的大部分设施被关闭，设备也在渐渐朽坏，那座引人注目的克里德莫尔生活博物馆还在为患者提供着绘画和雕塑所需的材料和空间。作为生活博物馆的创始人之一，亚诺什·马尔通（Janos Marton）把这座博物馆称为艺术家们建立的"保护空间"。]

克里德莫尔还设有宽敞的厨房和洗衣房，就像菜园和牲畜一样，它们也为许多病人提供了工作机会，并同时进行"工作治疗"，为他们提供一些学习日常生活技能的机会，要不是这样，这些技能在他们患上精神疾病后恐怕很难学会了。病院里还设有很棒的共享餐厅，在最好的情况下，能够培养出一种团体感和友谊感。

因此，即使在20世纪50年代公立医院的条件已经相当糟糕的时候，救济院的生活仍保存着一些好的方面。即使在最糟糕的医院里，也常常能看到人性的正直、真实和善良。

20世纪50年代，特异性的抗精神病药物被开发了出来，尽管这些药物无法完全"治愈"疾病，至少看起来可以缓解或抑制精神病的症状。这些药物的存在为不必进行监禁式或终身制住院治疗的理念提供了强有力的支持。如果短暂的住院治疗可以"终止"某种精神病的状态，然后让病人返回自己的社区，在家继续用药，并通过门诊进行监控，那么我们就可以认为，整个精神病的预后及其自然发展过程可能得以改变，救济院里数量巨大且无可救药的人数也会大幅减少。

20世纪60年代，一些致力于短期入院治疗的公立医院就在这样的前提下被建立起来。其中包括布朗克斯公立医院（现为布朗克斯精神病中心）。布朗克斯公立医院在

1963年刚开放时，由一位有天赋而且富有远见的人主管，还有一批精心挑选出的员工。尽管医院有着前瞻性的定位，但它也必须应对大量涌入的、来自一些已经开始倒闭的老式医院的病人。1966年，我开始在那里做神经科医生，多年来，我治疗过成百上千这样的病人，其中许多人成年后大部分的时间都在医院度过。

布朗克斯公立医院和其他医院一样，护理病人的水平参差不齐：有的病房很不错，有时简直是模范病房，有着正直周到的医生和护理人员；但也有很糟糕，甚至令人厌恶的病房，其特点是人员管理疏忽且行为残忍。在布朗克斯公立医院的二十五年间，这两种病房我都见过。我还记得有一些病人，他们已不再剧烈发病，也不用再被关在病房里，可能会安静地在院子里闲逛，或是去打棒球，或是去听音乐会、看电影。跟克里德莫尔的病人一样，他们可以制作自己的节目，我随时都能看到有病人在医院图书馆里安静地阅读，或是在休息室看报纸、杂志。

可悲而又讽刺的是，20世纪60年代我加入医院后不久，病人的工作机会基本上都消失了，名义上是为了保护他们的权利。有人认为，让病人在厨房、洗衣房、花园或隐蔽的车间工作，这构成了"剥削"。然而像这样直接取缔他们的工作——只是基于对病人权利的法律观念，而不是根据他们的实际需要——剥夺了许多病人的一种重要治疗方式，这种治疗方式不但可以让他们受到激励，还可以帮助他们认同自己的经济地位和社会身份。工作能使他们"正常化"，并建立起社区，以此让患者走出以自我为中心的内心世界。往极端里说，禁止工作还会让人心灰意冷。对许多以前喜欢工作和社交活动的病人来说，现在只剩下像僵尸一样干坐在永不关机的电视机前的生活。

自 20 世纪 60 年代开始的去机构化运动，在当时还是一股涓涓细流，到之后的 80 年代就变成了一场洪流，尽管那时已经很清楚，它所造成的问题与它所解决的问题一样多。大量无家可归的人在每个大城市中形成了"人行道上的精神病患者"，这些都清楚地证明：没有一个城市有足够的精神病诊所和过渡性教习所构建的医疗网络，也没有足够的基础设施能够收治公立医院无法收容的成千上万的病人。

最终发现，引发这一波去机构化运动的抗精神病药物所能达到的治疗效果，比最初预期的要小得多。它们可以减轻精神疾病的"阳性"症状——比如精神分裂症的幻觉和妄想症状，但对那些"阴性"症状（比如对事物漠不关心、消极被动、缺乏与他人交往的欲望和能力）作用甚微，这些阴性症状往往比阳性症状对人的伤害性更大。事实上（至少从它们最初的使用方法来看），抗精神病药物往往会抑制人的精力和活力，让他们变得更冷漠。有时还会产生难以忍受的副作用，比如引发帕金森病或迟发性运动障碍中的运动功能紊乱，在停药后副作用可能还会持续数年。而且在有些时候，患者并不愿意舍弃自己的精神病，这些精神疾病为他们的世界赋予了意义，并且让他们处于这些世界的中心。所以病人经常会停止服用医生开好的抗精神病药。

因此，许多服用抗精神病药物并出院的患者必须在几周或几个月后重新入院进行检查。我遇到过许多这样的病人，他们中的很多人对我说："来布朗克斯公立医院治疗可不是好玩的，但总比挨饿、冻僵在街头，或是在鲍厄里 [1] 被砍要好得多。"在别无选择的情况下，医院为他们提供了保护和安全——简言之，提供了救济。

到 1990 年，这一制度显然反应过度，在没有任何合适的替代方法的情况下，公立医院被迅速地大规模关闭。公立医院需要的不是大规模关闭，而是修整：处理过度拥挤、人手不足、管理疏忽和暴行等问题。像这类化学性的方法虽然是必要的，但仍然不够。我们忘了救济院的优点，又或许是我们认为经济上无力再支持它们：那里有开阔又有意义的社区、工作和娱乐的场所，以及让病人逐渐

---

[1] 纽约一个充斥着酒徒的街区。

学习社会技能和职业技能的地方——一个设备齐全的公立医院所能提供的避风港。

我们不应该觉得疯狂是一件特别浪漫的事，对囚禁了精神病人的疯人院也应持同样的态度。在狂热的、浮夸的、具有幻想与幻觉的氛围下，精神疾病让人感受到不可估量的深切哀伤，古老的公立医院那些宏伟而忧郁的建筑通常也反映出了这种哀伤。正如克里斯托弗·佩恩（Christopher Payne）的摄影集《救济院》（*Asylum*）中所展现的那样，那些如今带着另一种阴郁样貌的废墟，无声地见证了严重精神病患者的痛苦，也见证了曾为减轻这种痛苦而被建造起来的英雄般的建筑，令人心碎。

佩恩是一位视觉诗人，也是一位受过训练的建筑师，他花了数年时间来寻找和拍摄这些建筑——它们曾经都是当地社区的骄傲，也是对那些不幸者施予人道主义关怀的有力象征。他的照片本身就是一些美丽的图像，它们也在向那些已不复存在的公共建筑致敬，向那些平凡却不朽的建筑、宏伟的外墙、斑驳的油漆致敬。

佩恩的照片是强有力的挽歌，尤其是对曾经在这些地方工作和生活过的人来说，他们看过这里曾经人声鼎沸、充满生活气息的样子。荒凉的空间让他们回忆起自己曾在这里生活过，因此，在我们的想象中，空荡荡的餐厅再次挤满了人，有着高大窗户的宽敞休息室也再次像从前一样，病人们在那里安静地阅读或坐在沙发上小憩，或者（这是被完全允许的）只是凝视着整个空间。那些照片不仅让我想到这些地方跌宕起伏的命运，也让我想到它们所提供的特殊的保护氛围，正如安娜·阿格纽在她的日记中所记录的那样，这里是人们既可以疯狂又能感到安全的地方；在这里人们的疯狂得到确诊，即便不能治愈，至少可以在至关重要的友爱以及社群的氛围下得到认可与尊重。

现在的情况是什么样呢？公立医院仍然存在，但几乎空无一人，里面的病人只是原来数量的零头。留在这里的人大部分是药物没有疗效的慢性病患者，或者是不能安全外出的顽固暴力患者。绝大多数精神病患者是不住在精神病院的。有的独居，有的与家人住在一起，他们都会去门诊看病。有些人住在"中途之家"[1]，那里可以提供给他们一个房间和几顿饭，还能给他们开具处方药。

这类中途之家的服务水平参差不齐——即使是在其中最好的机构［以下这些书提供了论据：蒂姆·帕克斯（Tim Parks）为杰伊·诺伊格博伦（Jay Neugeboren）的书《想象罗伯特》（*Imagining Robert*）写了评论，这本书写

---

[1] 指过渡性教习所。

的是杰伊患有精神分裂症的弟弟；以及诺伊格博伦本人对《中心无法支撑》（*The Center Cannot Hold*）的评论，这是埃琳·萨克斯（Elyn Saks）基于自己患精神分裂症的经历写的自传]，病人可能还是会感到与世隔绝，最糟糕的是，他们几乎无法得到来自精神科医生的建议和咨询服务。[24]在过去的几十年里，新一代抗精神病药物出现了，具有更好的治疗效果和更少的副作用，但它们过于强调精神分裂症的化学模型，只是单纯使用药理学的方法进行治疗，这样有可能无法真正触及病患们的精神世界和社会体验。

纽约市中尤为重要的机构是喷泉之家，自去机构化运动开始以来更是如此。它成立于 1948 年，位于西 47 街，为全市的精神病人提供了一个"俱乐部"。在这里，他们可以自由出入、与其他人会面、一起用餐，最重要的是，病患们可以利用人脉资源和网络寻找工作或住所、接受继续教育、定位医疗机构，等等。类似的俱乐部现在已经在许多城市建立起来，其中会配有专门的工作人员和志愿者，但它们严重依赖私人资金的支持，因为公共资金非常缺乏。

另一种模式存在于离安特卫普不远的小镇海尔（Geel）[1]。海尔是一个独特的社会学实验——如果我们可以用"实

---

[1] 位于比利时。

验"这个词来形容一个已经存在了七个世纪，并且以自然和自发的形式出现的事物的话。传说在 7 世纪，一位爱尔兰国王的女儿黛夫娜圣女（Dymphna）为了躲避她父亲的乱伦行为而逃到了海尔，最终她那凶残而暴怒的父亲将她斩首。她作为疯癫之人的守护神在海尔受到崇拜，她的神龛很快作为朝圣地吸引了来自欧洲各地的精神病患者。到了 13 世纪，这个佛兰德斯小镇上的家庭开始向精神病患者敞开他们的家园和心扉，而且从那以后就一直如此。几个世纪以来，海尔的家庭接纳或收养寄宿者成了一种常态，在农业更发达的时代，这些"客人"作为劳动力来源很受欢迎。

尽管这样的家庭现在能得到一些政府的补贴，但这一传统正在逐渐消失。然而，当一个家庭——通常是一对有小孩的夫妇——表示愿意接纳客人时，他们不需要客人汇报精神状况或提供精神病诊断报告。客人作为独立个体进入到家庭中，在大多数情况下，当关系良好时，客人会成为家庭中的珍贵一员，就像一位被深爱着的阿姨或叔叔。他们可以在抚养子女和孙辈、照顾长辈方面发挥作用。

人类学家尤金·罗森斯（Eugeen Roosens）对海尔进行了三十多年的深入研究，他于 1979 年首次发表了他的研究报告（《城市生活中的精神病患者：海尔——欧洲第一个治疗社区》)。正如他和他的同事丽芙·范德瓦勒（Lieve Van de Walle）所描述的，海尔的解决方案"不仅仅是提供快乐，还是一个仅存的中世纪遗产"。这个体系至少经历了两次根本性的变革，使其得以继续存在。第一次是比利时政府在社区推行医疗监督，并于1861年建立了一家医院。如果情况变得太复杂，家庭无法自行处理，寄宿者可以去医院进行诊治。因此，在一家医院及其专业人员（包括精神科医生、护士、社会工作者和治疗师）的辅助下，因其能够为家庭提供帮助，也（在有需要的时候）提供医疗支援，海尔得以持续蓬勃发展，在第二次世界大战前的一段时间内接纳了数千名精神病寄宿者。

第二次变革发生于过去的五十年内，原因在于海尔的医疗专业人员数量显著增加了。白天，一半以上的患者能够离开家，在治疗师和社会工作者的监督下参加工作或日间活动。（在有意或无意间，随着越来越多的寄宿家庭开始从事非农业工作，家庭工作量减少了，同时，患者们离开家庭参加日间活动的情况增加了。）

因此，海尔已经演变成了一个两层的体系，但传统体系中的一些关键元素仍然完好无损。其中最主要的，正如罗森斯和范德瓦勒所描述的，正是由于"病人接受了最大程度的家庭亲情式的包容与融合，同时也因为海尔社会中普遍的良善，病人们原有的缺陷得到接纳，寄宿者和寄养家庭之间产生了紧密联系，彼此间有着相互适应后的忠诚，以及寄宿者们对家庭的下一代所产生的责任感"。[25]

几年前，当我对这个小镇进行访问的时候，我看到寄宿者们不仅在街道上散步或骑自行车，相互聊天，还在商店工作。我猜不到他们是寄宿者（除了偶尔看到一些奇怪的举止或行为），只有我的邀请者向我指认他们后才知道；邀请者们都是医生，他们认识每个寄宿者。在我们的世界中，精神病患者往往被孤立、羞辱，人们会回避和害怕他们，将他们视为不完整的人类。而在这里，在这个小镇上，他们作为同胞受到尊重，也受到关爱与照顾——至少和其他人一样。

当我问几个寄养家庭，为什么会欢迎这样的客人时，他们似乎很困惑。为什么不呢？他们的父母和祖父母都做了同样的事，这是一种生活方式。海尔的居民们可能知道，或许他们的邻居就是寄宿者，有着各种各样的精神问题，但这似乎并不是什么丢脸的事。这只是生活中的客观事实，毫不起眼，就跟世界上有男有女一样。

罗森斯和范德瓦勒写道：

> [对海尔的居民来说，]"病人"和普通人之间的界限并不存在。对精神疾病的偏见在全世界都很普遍，但在海尔人身上却找不到，因为他们就是在有精神"病

人"存在的状态下长大的，延续了很多代都是如此。海尔之所以引人注目，不是因为正常与异常之间的界限模糊，而是因为他们尊重每个病人的尊严，对他们来说，每个人的每一天都值得拥有家庭和社区生活。

19 世纪初，当法国精神病学创始人菲利普·皮内尔（Philippe Pinel）呼吁新革命政府解除（通常就是字面意义上的解除）数百年来用于束缚疯子的枷锁，一阵人道主义的风潮席卷欧洲时，海尔正是这个问题的缩影。其他地方是否也能像海尔这样，提供真正的另一种选择呢？

尽管海尔是独一无二的，但在历史上，也有其他住宅社区由 19 世纪的救济院和治疗式农场社区衍生而来，这些社区为能进入的少数幸运者提供了全面的精神病治疗方案。我参观过其中一些——包括伯克希尔的古尔德农场（Gould Farm）和北卡罗来纳州阿什维尔附近的库珀里斯（CooperRiis）——从它们那里，我看到了许多存在于旧公立医院生活中令人钦佩的东西。在这些地方，戈夫曼认为的横跨于工作人员和被救济者之间的鸿沟几乎没有了。他们之间存在着友谊，同时每个人都有工作要做，奶牛要挤奶，玉米要采收。在古尔德农场共享晚餐时，我发现常常无法确定谁是员工，谁是居民。居民们经常会晋升为员工。社区关系、伙伴关系、工作机会、创作机会，以及对每个人的尊重——这些都可以与心理治疗和所需的药物治疗同时进行。

在这种理想状态下，使用的药物通常都相当温和。在这些地方，许多病人（尽管仍会终生患有精神分裂症和躁郁症）生活了几个月或一两年后，可能得以进入更独立的生活阶段，也许在更适度的继续支持和咨询服务的帮助下，还能够返回工作岗位或学校。对他们中的许多人来说，拥有正常的令人满意的生活，精神疾病很少甚至不再复发，是完全触手可及的。

尽管这类住所的费用相当可观——每年超过十万美元（其中一些由家庭支付，剩余部分由私人捐助者提供）——但这远远低于住院一年所需的费用，更不用说人力成本了。但在美国，这样的机构屈指可数——最多只能容纳几百名病人。

而剩下的百分之九十九的精神病患者仍然没有足够的资源，他们必须面对不适当的治疗以及无法发挥自身潜力的生活。数以百万计的精神病患者仍然是当今社会中获得支持最少、被剥夺权利最多、被排斥最深的人。然而，能够确定的是——从库珀里斯和古尔德农场这类地方，以及从埃琳·萨克斯这类人的经历来看——精神分裂症和其他精神疾病并不一定会持续恶化（尽管它们有持续恶化的可能）；而且，在理想的情况下、在资源足够时，即使是最严重的病人——那些已经被评估为预后"无望"的人——或许也能够过上令人满意、对社会有所贡献的生活。

Part Three

生活还在继续

外太空有人吗？

　　我小时候读的第一本书是 H. G. 威尔斯写于 1901 年的寓言《最早登上月球的人》(*The First Men in the Moon*)。在月球黎明前，卡沃和贝德福德两人降落在一个毫无生命迹象的陨石坑里。太阳升起后，他们意识到这里是有大气层的——两人发现了一些小水洼，周围的地面上还散落着一些小的圆形物体。其中一个被太阳烤热后，突然打开，露出一点绿色。卡沃说："一粒种子。"然后又非常温柔地补充道："生命！"他们点燃一张纸，然后把它扔到月球表面。纸燃烧起来，散出一缕青烟，说明大气层虽然很薄，但富含氧气，据他们所知足以维持生命。

　　这就是威尔斯所构想的生命存在的先决条件：水、阳光（能源）和氧气。书中的第八章《月球上的清晨》（"A Lunar Morning"）是我的第一堂天体生物学课。[26]

　　即便是在威尔斯的时代，人们也清楚地知道，我们太阳系中的大多数行星都不适宜孕育生命。唯一可能替代地球的就是火星，我们已知它是一颗大小合理的固态行星，处于稳定的轨道上，离太阳也不太远，因此，它有可能拥有适宜的表面温度，并容许液态水的存在。

但游离的氧气是怎么出现在行星的大气中的？是什么阻止了它不和铁元素以及其他嗜氧的表面化学物质结合？除非由于某种缘故，大量的氧气被释放出来，足以氧化所有物体的表面矿物质，并向大气中持续注入氧气。

在地球上，蓝绿藻或蓝藻细菌为大气层注入了氧气，这一过程花了十多亿年。蓝藻细菌创造了光合作用：通过捕获太阳的能量，将二氧化碳（大量存在于地球早期的大气中）与水结合，产生复杂的分子——糖类、碳水化合物——让细菌能够储存能量，并在需要的时候提取出来。这个过程的副产品就是游离的氧气，这一多余的产物却决定了未来的进化历程。

尽管行星大气中存在游离的氧气是有生命的可靠标志，而且氧气一旦存在，应该很容易就能从太阳系外行星的光谱中探测到，但它还不是有生命存在的先决条件。毕竟，行星们在没有游离氧气的情况下就开始运转，并且可能在它们一生中都不会有游离氧气出现。厌氧生物在有氧气之前就已经蜂拥而至，在地球早期的大气中安家，将氮转化为氨，硫转化为硫化氢，二氧化碳转化为甲醛，等等。（细菌可以用甲醛和氨制造出它们所需的全部有机化合物。）

我们的太阳系或其他星系可能存在缺乏氧气但充满了厌氧菌的行星。而且这类厌氧菌不必生活在星球表面，还可以在地表下很深的地方出现，比如说在今天的地球上，厌氧菌在沸腾的火山口和高温的硫黄池中都能生存，更不用说在地下海和地下湖泊中了。（人们认为在木星的卫星欧罗巴上就存在着地下海，被冻结在几英里厚的冰层之下，对此地下海的探索是 21 世纪天体生物学的首要任务之一。奇怪的是，威尔斯在《最早登上月球的人》中，想象生命起源于月球中部的一个中心海，然后向外扩展到其不适宜居住的边缘。）

目前尚不清楚生命是否必须要"向前发展"，是否必须要不断进化，是否存在某种令人满意的状态。比如腕足类动物，自从首次在五亿多年前的寒武纪出现以来，它们几乎没有发生变化。但它们似乎存在某种驱动力，促使有机体变得更有组织性，能更有效地保存能量，至少能够迅速地应对环境变化，就像它们在寒武纪之前那样。有证据表明，地球上最早的原始厌氧菌是原核生物：它们是小型的单细胞生物——只有细胞质，外面通常有一层细胞壁，但几乎没有内部结构。

原核生物虽然原始，但仍然是高度复杂的有机体，具有强大的遗传和代谢机制。即便是最简单的一类原核生物也能制造出五百多种蛋白质，它们的 DNA 至少包含五十万个碱基对。当然，更原始的生命形式肯定早于原核生物。

或许，正如物理学家弗里曼·戴森（Freeman Dyson）提出的那样，有一种始祖生物能够代谢、生长和分裂，却缺乏遗传机制来进行精确复制。而在它们出现之前，一定存在了数百万年的纯化学、非生物性的进化——合成。千百万年来，有甲醛和氰化物的合成、氨基酸和肽类的合成、蛋白质和自我复制的分子之间的合成。这种化学反应也许发生在微小的囊泡或液滴中，又或许它们形成于不同温度的液体相遇时，也很有可能这些反应发生在太古宙时期海洋中高温的海底热泉周围。

然而，随着冰川期逐渐式微，原核生物变得越来越复杂，出现了内部结构、细胞核、线粒体等。微生物学家琳恩·马古利斯（Lynn Margulis）认为，这些被称为真核生物的复合体，是由原核生物将其他原核生物整合到自己的细胞中而产生的。这些整合的有机体最初是以共生形式存在，后来逐渐演化成了宿主的基本细胞器，而这些最终生成的有机体开始利用最早出现的那种有毒物质：氧气。

地球生命早期的两个重要的进化阶段——从原核生物到真核生物，从厌氧菌到需氧菌——至少花了二十亿年的时间。后来又过了一亿年，生命才出现在显微镜下，出现了第一批多细胞生物。因此，如果地球的历史是值得参考的，我们就不应该期待在一个还年轻的星球上找到任何高等生命。即便生命已经出现并且一切发展顺利，进化过程也可能需要几十亿年才能达到多细胞阶段。

并且，所有这些进化的"阶段"——包括从第一个多细胞形态的生物进化成有智力、有意识的生物——出现的概率可能意想不到的低，这正应验了斯蒂芬·杰伊·古尔德（Stephen Jay Gould）和理查德·道金斯（Richard Dawkins）分别提出的观点。古尔德认为生命是"一场光荣的意外"，而道金斯则把进化比作"攀越不可能的山峰"。生命一旦开始，就会经历各种各样的兴衰变化：从流星陨落和火山爆发到全球气温过热和骤降；从进化的绝路到神秘的大灭绝；最后（如果能发展到这么远的话）还要经历类似于我们这样的物种易于毙命的倾向。

地球上一些最古老的岩石中存在着微化石，这些岩石的年龄已超过三十五亿年。因此，从地球开始冷却到出现液态水之后的一两亿年内，生命就出现了。这种惊人的快速转变足以让人相信，在适当的物理和化学条件下，可能很容易，也或许是必然地，会发展出生命。

但我们能否确信有"类地"行星存在？或者，地球在物理、化学和地质上是否是独一无二的？即使还有其他

"适宜居住"的行星，在成千上万个物理、化学巧合和偶然事件的存在下才出现的生命，其存在的可能性有多大？

有关这方面的观点各种各样、千差万别。生物化学家雅克·莫诺德（Jacques Monod）认为，生命是一个不可思议也不可能发生的意外，不太会出现在宇宙的其他地方。在他的《机遇与必然》（*Chance and Necessity*）一书中，他写道："宇宙并没有孕育生命。"另一位生物化学家克里斯蒂安·德迪韦（Christian de Duve）对此提出了异议：他认为生命的起源是由许多步骤决定的，其中大多数步骤"很有可能在当时所处的条件下发生"。事实上，德迪韦还相信不仅单细胞有机体存在于宇宙各处，在数万亿个行星上还存在着复杂的智慧生命体。我们该如何与这些结论完全相反，但理论上无懈可击的观点共存？

实际上，地球上的生命还可能起源于其他地方。我们从阿波罗计划中带回的样本就知道，月球上有一定数量的来自早期地球和火星的陨石，因此地球上肯定也有成千上万的火星陨石。开尔文勋爵（Lord Kelvin）早在1871年就提出了"带种子的陨石"的概念，几年后瑞典化学家斯万特·阿雷纽斯（Svante Arrhenius）也提出了游离的孢子在太空中飘散并在其他行星上播种生命（"有生源说"）的概念〔这一想法在20世纪被弗朗西斯·克里克、莱斯利·奥格尔（Leslie Orgel）和弗雷德·霍伊尔（Fred

Hoyle）重新提出〕。一个多世纪以来，这种想法一直被认为是不可信的，但现在重新成为讨论的主题。目前有证据表明，一旦陨石足够大，内部就不会被加热到灭菌温度，因此从理论上来说，细菌孢子或其他有抵抗力的有机体可以被陨石体保护，并在其内部生存，不但不会受到温度影响，还能远离致命的辐射。在四百万年前的重轰炸期[1]，小行星猛烈撞击地球，陨石随着重击撒向了四面八方。而一部分地球被撞碎进入太空中，部分火星和金星也进入了太空——在那个时期，火星和金星或许比地球更适宜生命生存。

我们需要找到，或者说我们必须找到，另一个星球或天体上有生命存在的确凿证据。火星自然是候选者：火星上一度潮湿而温暖，有湖泊和地下热泉，也许还有黏土和铁矿沉积。我们应该在这样的地方特别留心观察，如果有证据表明火星上曾经存在过生命，我们就需要知道它们是起源于火星，还是来自当时年轻而肥沃、充满火山的地球（这种可能性也很大），这一点非常重要。如果我们能够证实有独立起源于火星的生命（例如，发现火星生命曾拥有过和我们不一样的 DNA 核苷酸），这将是一个了不起的发现——它将改变我们对宇宙的认识，让我们对它有更

---

[1]　重轰炸期（Period of Heavy Bombardment）实际应该发生在四十亿年前，推测在那时月球、地球、水星、金星和火星都受到了大量小行星撞击。

深的了解，用物理学家保罗·戴维斯（Paul Davies）的话说，这将是一个"生物友好型的"发现。这也将有助于我们预估在其他地方发现生命的可能性，而不是像现在这样一无所知，在必然性和唯一性之间左右为难[1]。

就在过去的几十年里，人们发现在地球上曾经意想不到的地方存在着生命，比如在海洋深处的脊热液硫化物区附近聚集的有机体，在生物学家曾认为是完全致命的条件下繁衍生息。生命比我们想象中要更顽强、更有复原力。因此目前在我看来，火星上是很有可能存在微生物或微生物遗骸的，也许在土星和木星的一些卫星上也会有。

似乎不太可能——真实发生的可能性以数量级的程度锐减——找到任何高阶智能生命体存在的证据，至少在我们自己的太阳系中是如此。但谁知道呢？考虑到宇宙的广袤程度和悠久历史，其中有无数的恒星和行星，再加上我们对生命起源和进化仍几乎一无所知，所以这种可能性也不能被排除。尽管进化历程和地球化学过程的速度极其慢，技术进步的速度却极其快。谁又能说在未来的一千年里（如果人类幸存下来的话），我们的能力会达到什么水平，或者会发现些什么呢？

---

[1] 必然性是指在宇宙中必然有和我们类似的生命体存在，唯一性是指我们是宇宙中唯一的生命。

我已经等不及了，所以我时不时还会去读科幻小说——尤其是去继续读我最喜欢的威尔斯。《月球上的清晨》展现了新的一天黎明的清新气息，虽然这一章是一百年前写的，但它对我来说，每次都能温故而知新，让我充满诗意地想象：当最终遇到外星生命时，会是什么场景呢？

鲱鱼爱好者

在刚刚过去的 6 月里，一个下午的五点四十五分，如果有人去市中心的罗杰·史密斯酒店十六楼，会在走廊里看到一群人正在进行着一场令人费解的集会，与会人员有：一名来自布鲁克林的建筑工人，一位来自普林斯顿大学的数学教授，一对来自阿鲁巴的夫妇，一位把婴儿挂在胸前的父亲，还有一位来自下东区的艺术家。不清楚这一群看似随机的人是因为什么原因聚在了一起。不过，货梯升上来后，里面传出的一种明确无误的香味会带来至关重要的线索。到了五点五十九分，有将近六十人聚集在走廊里。

六点钟，活动室的门开了，人群冲了进去。房间中央有一座圣坛，一大块闪闪发光的冰块像拱顶似的铺在上面，折射着屋顶的光，数百条新鲜的鲱鱼被放在冰上，是这一季的首批鲱鱼，刚从荷兰运到此地。这座圣坛上供奉着鲱鱼之神克洛珀斯（Clupeus），来自世界各地的鲱鱼爱好者在晚春的这一时节赶来庆祝一年一度的克洛珀斯节。

关于鳕鱼、鳗鱼、金枪鱼的书都出版过，但关于鲱鱼的书相对较少。[有一本迈克·斯迈利（Mike Smylie）的《鲱鱼：银宝贝的历史》（*Herring: A History of the Silver Darlings*）写得很有趣，W. G. 塞巴尔德的《土星之环》（*The Rings of Saturn*）中也有引人入胜的一章。]然而鲱鱼在人类历史上发挥了巨大的作用。在中世纪，汉萨同盟[1]对鲱鱼进行了严格的分级与定价，并支持波罗的海和北海的渔业发展，又进而支持了纽芬兰和太平洋沿岸的渔业发展。鲱鱼是地球上最普通、最便宜、最美味的鱼类之一——这种鱼可以有无数种烹饪方式：卤制、腌制、盐渍、酿制、熏制，或者像精致的荷兰生鲱鱼那样，直接从海里钓上来就吃。它们也是最健康的鱼类之一，富含欧米伽-3型鱼油，而且不像金枪鱼和旗鱼等大型捕食者那样体内积聚了汞。几年前，有一位一百一十四岁的荷兰女性，作为世界上最长寿的人，她曾说自己的长寿秘诀就是每天吃腌鲱鱼。（另一位来自美国得克萨斯州的一百一十四岁女性认为，自己的长寿秘诀是"别管闲事"。）

鲱鱼根据大小和口味的不同分为很多种类，从大西洋鲱到太平洋鲱（在英国很受欢迎，经常与番茄酱一起食

---

[1]　汉萨同盟（Hanseatic League）是德意志北部城市之间形成的商业、政治联盟。"汉萨"（Hansa）一词，德文意为"公所"或者"会馆"。该同盟于13世纪逐渐形成，14世纪达到兴盛，加盟城市最多达到一百六十个。

用），再到烟熏后可以连皮带骨整条吃掉的小鲱鱼。20世纪30年代，我在英国长大时，我们几乎每天都吃鲱鱼：早餐吃熏制的鲱鱼（烟熏鲱鱼或腌熏鲱鱼），午餐吃鲱鱼派（我妈妈最喜欢的一道菜），下午茶吃烤鲱鱼鱼子，晚餐吃鲱鱼片。但时代已经变了，鲱鱼不再作为一道家常菜，只有在一些特殊和喜庆的场合，我们这些鲱鱼爱好者才能聚在一起，享受真正的鲱鱼盛宴。

位于休斯敦街购物中心里的拉斯家族餐厅保留着鲱鱼这道伟大的传统菜式，这家餐厅在一个多世纪以前从手推餐车起家，现在成了纽约市种类最全的鲱鱼售卖店。最近一次鲱鱼节就是由拉斯家族餐厅主办的。

某些爱好——或许可以称为天真而朴实的热爱——是最普遍存在于所有人中的，让人立即就能想到的有打棒球、听音乐和观鸟。在鲱鱼节上，大家不会谈论股市，也不聊名人八卦。人们来到这里就是为了吃鲱鱼——去品尝、去比较。以最纯粹的形式，拎起新鲜鲱鱼的尾巴，轻轻地把它们放入嘴里。这一过程让人感到满足而沉醉，尤其是当你感受到它们从喉咙里滑下去的时候。

宾客们从作为圣坛的摆满了新鲜鲱鱼的中央大餐桌开始，就着白兰地先把这些鲱鱼吃完，然后走到旁边的小桌边，桌上放着腌鲱鱼、葡萄酒汁酱鲱鱼、奶油汁酱鲱鱼、俾斯麦腌鲱鱼、芥末酱鲱鱼、咖喱鲱鱼，以及来自冰岛的新鲜而肥美的鹅油鲱鱼。浸在鹅油里的咸鲱鱼可以储存二十年，它们产自波罗的海，是东欧贫穷犹太家庭的主食（与黑面包、土豆和卷心菜一起吃）。对于我出生于立陶宛的父亲来说，没有什么能与之相比，他一辈子每天都在吃。

到八点左右，大吃大喝两个小时以后，节奏渐渐松弛下来。慢慢地，鲱鱼爱好者们离开了酒店，一边走一边和旅伴们讨论着自己最喜欢的菜肴。他们漫步走入列克星敦大街。在这样的盛宴过后不必匆忙，事实上，大家看世界的视角都已改变。我们中生活在纽约的一部分人，还会在拉斯家族餐厅中再次相遇。而其他人在梦里继续享用完美的鲱鱼大餐之后，又将开始倒数，计算着明年的鲱鱼节何时到来。

重游科罗拉多泉

　　来科罗拉多泉机场接我的豪华轿车司机正带我去布罗德莫尔度假酒店——我对这家酒店一无所知，但司机念出这个名字时却带着一种崇敬或敬畏之情——他问道："您以前住过那里吗？"

　　没有，我答道，我上一次来科罗拉多泉是在 1960 年，当时我背着铺盖骑着摩托车在环游美国。他听完后过了半晌，说道："布罗德莫尔度假酒店，真是个华丽酷炫的地方。"

　　确实，这是一座占地三千英亩的赫斯特式城堡，其中包括一个湖和三个高尔夫球场，每个卧室里都有仿造的豪华四柱床，并配有服务生。那是一群训练有素的帅哥美女，能预测你的每一个要求和行动，会帮你拉椅子、开门、提供点餐建议。我在想，这种过度服务可以到什么程度？如果这些和蔼可亲、制服笔挺的服务生看到我要打喷嚏，会不会马上把纸巾塞到我鼻子底下？我不愿意被这样伺候，我宁愿安静地做好分内的事，自己开门、自己拉椅子、自己擤鼻涕。

后来，我坐在布罗德莫尔众多餐厅之中的一家休闲餐厅的露台上，他们告诉我这里只提供"简单的"吧台食物。当我坐在那里，凝视着白雪皑皑的夏延山和美丽晴朗的山区天空，吃着一个有我脑袋那么大的鸡肉三明治时，一架飞机几乎垂直地从我面前冲入云霄，留下两条闪亮的尾迹。我想知道它是不是来自附近的美国空军学院——当然，民用飞机可不会像这样爬升——我的记忆可以追溯到 1960 年至 1961 年，当时我骑着摩托车环游全美，特意去参观了空军学院的新教堂，它有着戏剧化的三角形轮廓，看起来就像要拔地而起冲向天空。

我当时二十七岁，刚到北美洲几个月。我一开始是搭便车横穿加拿大，然后去了加利福尼亚州。作为在"二战"后的伦敦长大的人，我从十五岁学生时期开始就爱上了加利福尼亚。加利福尼亚象征着约翰·缪尔 [1]、缪尔红衫林国家公园、死亡谷国家公园、约塞米蒂国家公园、安塞尔·亚当斯 [2] 拍下的波澜壮阔的风景、艾伯特·比尔施塔特 [3] 的抒情画作。它还意味着海洋生物学、蒙特雷，以

---

[1] 约翰·缪尔（John Muir, 1838—1914），美国早期环保运动的领袖。他写的大自然探险游记，特别是关于加利福尼亚的内华达山脉的描述，被广为流传。

[2] 安塞尔·亚当斯（Ansel Adams, 1902—1984），美国摄影师。他以拍摄黑白风光作品见长，其中最著名的是约塞米蒂国家公园系列。

[3] 艾伯特·比尔施塔特（Albert Bierstadt, 1830—1902），德裔美国风景画家，以其绘制的美国西部风景画名噪一时。他多次参与了西部扩张旅行，是最早开始绘制美国西部风景的画家之一。

及"医生"，那个来自斯坦贝克的小说《罐头厂街》（*Cannery Row*）里的人物，一位浪漫的海洋生物学家。

当时的美国在我心目中所代表的不仅仅是物质上的宽裕，还代表着道德上的开放与宽松。在英国，每个人一开口就被归类到工人阶级、中产阶级、上层阶级。来自不同阶级的人不会相互交往，也不交叉融合。这种体系虽然在社会中只是被默认，不算彰显，但仍然像印度的种姓制度一样僵硬，而且难以逾越。在我想象中，美国是一个没有阶级的社会，在这里的每个人，不论出身、肤色、宗教、受教育水平或职业，都可以像人类同胞、动物手足那样相见；在这里，教授可以和卡车司机相谈甚欢，不必把他们分为不同的类别。

20世纪50年代，我骑着摩托车在英国四处游荡时，曾浅尝过这种民主、平等的滋味。即使在教条的英国，摩托车似乎也能绕过重重障碍，去开启每个人心中那种自在和善良的天性。只要有人说"车真漂亮"，就可以打开话匣子聊天。小时候我就遇到过这种情况，我父亲当时有一辆摩托车（是一辆有侧边斗的三轮摩托车，他会带上我一起兜风），当我拥有自己的摩托车后，我又遇到了这种情况。摩托车手是一个友好的群体，我们在路上相遇时会挥手致意，在咖啡馆遇见也能很容易就聊起天来。我们在整个大社会环境中形成了一种浪漫的、无阶级的小团体。

1960 年，我使用临时签证来到旧金山，除了身上穿的衣服，几乎什么都没带。我等了八个月才拿到绿卡，开始在旧金山的一家医院实习，那时我想以最生动、最无遮掩、最直接的方式去看整个美国，对我来说，最好的方法就是骑摩托车。我借了些钱，买了一辆旧的宝马摩托车，带了铺盖和半打空白笔记本就出发了，去感受美国的宽广。我沿着 66 号公路走，骑摩托车穿越了加利福尼亚州、亚利桑那州、科罗拉多州……这就是为什么我会在 1961 年初发现自己来到了空军学院。

我敏感地觉察到，学院里到处都是满怀理想主义的年轻学员，全都是英雄。几个月前，我自愿加入了加拿大皇家空军，皇家空军希望我以一名生理学研究者的身份加入，而我想成为飞行员。飞行对我来说始终充满魅力。在我看来，飞行员是空中的摩托车手，戴着护目镜和皮头盔，穿着厚厚的皮制飞行夹克，享受着狂欢，也面临着不测之危，就像圣埃克苏佩里[1]一样（或许也像他一样命中注定要英年早逝）。

所以我同年轻的学员们心生共鸣——我也拥有他们的青春、抱负、乐观和理想主义。这是我对美国最原始的

---

[1] 安托万·德·圣埃克苏佩里（Antoine de Saint-Exupéry，1900—1944）是法国作家，也是法国最早的一批飞行员之一。1944 年他在执行第八次飞行侦察任务时失踪。代表作为《小王子》。

憧憬的一部分，那是最初的一见倾心，我那时仍然深爱着我梦寐以求的美国：一个幅员辽阔、重峦叠嶂、峡谷纵横的美国——它年轻、天真、朴实、坚强、开放，就像曾几何时已不复存在的欧洲——而且，碰巧的是，它的总统还是一位年富力强的领袖。

但我很快就从迷梦中清醒过来，幻想在许多方面都破灭了。肯尼迪的死让我的痛苦雪上加霜。但在1961年初春的那一天，二十七岁的我充满了活力、希望和乐观——就在那天，科罗拉多泉和空军学院的景象使我的心振奋起来，强烈地充盈着喜悦和自豪。

四十三年后，当我坐在这座豪华、虚假的伊甸园里时，一种荒唐可笑的感觉又回到了我脑中（但人不会屈就于年轻时的自己）。我在椅子上轻轻地晃了晃杯子，服务生像有心灵感应似的，又给我续了一杯啤酒。

帕克大道上的植物学家

　　纽约人在星期六早上会做些奇怪的事情，还真是没完没了。至少，当司机们不得不减速，以防把十几个人撞倒并压扁在帕克大道高架铁路的大护栏上面时，一定是这么认为的。当时，那些人正在用放大镜和单筒镜凝视着石头上的小裂缝。旁边经过的行人也一边盯着看一边问问题，甚至还开始拍照。警察们停下巡逻车，带着怀疑或困惑地看着——直到他们看到我们许多人穿着的 T 恤衫，上面印着"美国蕨类植物学会"（American Fern Society）或"蕨类真绝妙"（Ferns Are Ferntastic）等标语。作为美国蕨类植物学会会员和托里植物学会会员，我们在周六上午聚集在一起，是为了参加一项户外寻觅蕨类植物的拓展活动。这项活动已经持续开展了一个多世纪，通常都是在一些更具田园风光的地点进行，但这次我们只有帕克大道的高架铁路这一个目标。高架桥的裂缝和泥灰碎渣处是观察缝间旱生蕨类植物的好地方，与大多数蕨类植物不同，这些蕨类植物经得起长期的干燥环境，只要下一场雨就又能恢复勃勃生机。

由业余爱好者组成的美国蕨类植物学会成立于维多利亚时代，那是一个业余爱好者和博物学家所属的时代。达尔文是我们的偶像。我们这个团队中有一位诗人、两名教师、一名车库技工、一位神经科医生、一位泌尿科医生，以及其他各行各业的人。我们中男女性别比例大致相同，年龄从二十岁到八十岁不等。那天早上，除了我们这些蕨类植物爱好者外，还有一对年轻夫妇也加入了，他们是苔藓植物爱好者，来自托里植物学会——由植物学家和业余爱好者组成的组织，成立于19世纪60年代，比美国蕨类植物学会还要早成立几年。蕨类植物爱好者有点"鄙视"他们，因为他们对苔藓、地衣等苔类植物更感兴趣，而蕨类植物对他们来说有点过于现代，进化得过于高级，就像开花植物对于我们喜欢蕨类植物的人一样。

人们往往认为蕨类植物是娇嫩的、喜湿的，许多蕨类植物确实是这样，但也有一些算得上是地球上最顽强的植物。哪怕是在一块正在流动的岩浆上，蕨类植物也总能最先发芽。地球的空气中也充满了蕨类孢子。钝羽岩蕨是帕克大道护栏上的基础蕨类植物，它的每个孢子囊内有六十四个孢子，每一片复叶下面有数千个孢子囊，所以每一株植物会携带上百万个孢子。一旦其中一个落在某个适宜的地方，你就会明白为什么蕨类植物是植物界中最大的投机分子。事实上，从化石标本就能看到，有一种叫作"蕨刺"的东西，它为大家展示了在白垩纪后期的大灭绝中，当世界上大多数植物和陆地动物都灭绝之后，生命是如何以蕨类的形式呈爆发状复苏的。

那天上午活动的领导者，是纽约植物园的年轻植物学家、蕨类植物专家迈克尔·桑杜（Michael Sundue）和植物插画家伊丽莎白·格里格斯（Elisabeth Griggs）。我们从高架桥的西侧开始——上午这个方向更阴凉——沿着帕克大道面对车流的方向徒步前行。正如蕨类植物拓展活动的邀请函上所说的那样，这是一趟"风险自负的植物研究之旅"。

桑杜说："这是配子体的理想栖息地。雨水过后，涓细的水流徐徐而下，溶解了护栏上的泥浆，它们就变成了耐受石灰的钝羽岩蕨的理想培养基。"他在苔藓层中发现了一个很小的心形配子体，它还没长复叶，看起来一点也不像蕨类植物。它更像是那对苔藓爱好者夫妇喜闻乐见的苔藓类——但其实它属于蕨类植物生殖周期中一个关键的中间阶段。它的表面有雄性和雌性两套器官，当它那两片极小的复叶受精后，新的蕨类植物就会从中发出芽来。在一株成年的岩蕨上，桑杜指给我们看一些小型的黑色伞状结构，这是保护着孢子囊的苞膜。当孢子囊散播孢子的时候，它们会触发像精巧的弹射器一样的机制，将孢子抛

251

向微风中。孢子可能会随风飘散数英里。如果它们降落在潮湿和适宜的地方，就会长成配子体，然后整个循环继续周而复始。

在他头顶上方，桑杜发现了一个巨大的岩蕨样本，有将近六英尺宽，紧贴在岩石上。"这株正当年，"他说，"大概几十岁——有些物种可以活得非常久。"当他被问到蕨类植物是否会出现衰老的迹象时，他迟疑了，答案是并不清楚。蕨类植物往往会一直生长，直到把食物供给消耗殆尽，然后被竞争者所取代，或者长到太重时就会掉到地上（这是岩蕨类植物迟早会发生的状况）。在一些植物园里，有超过一百岁的巨大蕨类植物。对于这些植物来说，死亡更像是一种特殊的生命形式，这和我们并不一样，随着我们端粒上的时钟滴答作响，我们不得不面对突变和越来越慢的新陈代谢[1]。但青春是显而易见的，哪怕在蕨类植物中也是如此。年轻的岩蕨非常迷人：它们有着明亮的春绿色；小小的，就像婴儿的小脚趾一般；非常柔软而又脆弱。

我们从 93 街走到 104 街，除了岩蕨以外一无所获，但走到下一个街区时，我们发现了一种沼泽蕨，它生长在一个非常不湿润、和沼泽一点也不搭边的环境中——离

---

[1] 端粒的长度反映了细胞的复制史及复制潜能，它又被称作细胞寿命的"有丝分裂钟"。当端粒的长度缩短到一定程度时，细胞会停止分裂，最终导致衰老与死亡。

地八英尺的墙上。桑杜像杂技演员一样灵巧地跳起来，扯下一片复叶。我们依次传递着这片叶子，同时用瑞士军刀把它的维管束剖开，利用高倍镜对它进行更仔细的观察。

在我们活动小组中，有一位来自托里植物学会的女士，她对被子植物很感兴趣，正是她在这株金星蕨旁边发现了一种开花植物，它正在渗出黏乎乎的白色树脂。莴苣属的，她说。这个词让我回想起我的海洋生物学时代，并突然激发了我对石莼的回忆，石莼是一种可食用的海藻，通常被称为海莴苣。我还想到了一个古老的词汇：莴苣阿片（lactucarium），《牛津英语词典》将其定义为"多种莴苣的浓缩汁，可作药用"。

所有这些植物的名字都极度诱人，我们后面又看到一棵植物：乌木铁角蕨，它的名字似乎来源于神经学，它们浓密地覆盖在 104 街和 105 街之间的高架桥上。桑杜说，这种植物以前在这一街区非常罕见，但现在它的属地范围正在向北和向东扩展。有时由于有更适宜的生长环境，植物也会进行迁徙。纽约的岩石往往是酸性的，不利于这些喜碱性的蕨类植物生长，不过用灰浆建成的人造物可以为喜石灰的植物提供一个庇护所。但是巨大的帕克大道高架桥的建成时间可以追溯到 19 世纪，远远早于铁角蕨开始迁徙扩散的时间。或许有某些局部的温暖源（城市里充满了意想不到的热岛）造成了它们的迁徙，又或许这是全球变暖的另一个迹象——也许两者兼而有之。

在 105 街和 106 街之间，我们发现了北美球子蕨，也叫"敏感蕨"。它看起来太干了，状态不是很好。为了表达对它的关心，我用自己的水瓶给它倒了点水。桑杜说，如果我定期给这里所有的球子蕨浇水，它们将成为优势蕨类物种，并彻底改变高架桥的生态。

接着我们又看到一种华丽的名为暗紫旱蕨的植物。这些植物大部分长在最浓密的树荫下，呈深蓝色，几乎是靛青色，接近于紫色。谁也不知道为什么会是这样。我们不确定，它的蓝色只是一层蜡质的角质层呢，还是更像蝴蝶或鸟翅膀上那种带有金属质感的蓝色，是由光线的衍射产生的？一些蕨类植物还会呈现出荧光蓝，这是为了吸收更多的光线而进化出的一种策略。不知道在明亮的光线下，这株暗紫旱蕨会不会变回绿色？我们收集了一些带回家，将在不同的照明条件下对它们进行实验。

109 街和 110 街之间的街区是目前物种最丰富的地段。在这里——其他地方没有——有格里格斯最爱的卷叶冷蕨，和它长在一起的是令人瞩目的珊瑚铁角蕨，又名"行走蕨"。行走蕨看起来就像一只吊在树上的长臂猿，把它的枝干伸向四周，这些枝叶每隔一段时间就会向下长根出条，以便跨过宽宽的石阶。

然后，很奇怪的是，到了 110 街，所有蕨类植物都突然停在了这里。从那里往北是一片令人震惊的不毛之地，仿佛有人决定，从这里开始完全消除这些隐花植物的所有迹象。我们都不能确定为什么会这样，但我们很快跨过高架桥的向阳侧，继续向南走去。

来自稳定岛的问候

2004 年初，由俄罗斯和美国科学家组成的研究小组宣布发现了两种新元素——第 113 号和第 115 号。这类公告很能让人精神大振，甚至能让人兴奋地联想到发现新大陆，它开拓了自然界中又一片新的领域。

直到 18 世纪末，现代关于"元素"的概念才被明确定义，人们认为元素是一种不能被任何化学手段分解的物质。在 19 世纪的前几十年里，汉弗莱·戴维——一个化学物质的重要狩猎者，通过找到钾、钠、钙、锶、钡以及其他一些元素并将它们公之于众，让科学家和公众都为之激动。在接下来的上百年里，各种激发公众想象力的发现层出不穷。19 世纪 90 年代，科学家在大气中发现了五种新的元素，这些元素很快就被写入了 H. G. 威尔斯的小说《世界之战》(*The War of the Worlds*) 中。在书中，新发现的化学元素氩被火星人所使用；在威尔斯的另一本名著《最早登上月球的人》中，氦还被用来制造反重力物质，以便运送书中的主人公们。

最后一种天然元素铼于 1925 年被发现。但到了 1937 年，发生了一件同样让人激动的事情：一种新的元素被创造了出来——它是一种似乎在自然界中根本不存在的元素。这个第 43 号元素被命名为"锝"[1]，以强调它是人类技术的产物。

人们曾认为一共只有九十二种元素，最后一种是铀，因为铀的巨型原子核含有至少九十二个质子，还含有相当多的中性粒子（中子）。但为什么这会是元素周期表的最后一个呢？人们能不能在铀之后创造出其他元素，哪怕它们并不存在于自然界中呢？ 1940 年，来自加州劳伦斯伯克利国家实验室的格伦·T. 西博格（Glenn T. Seaborg）及其同事们用九十四个质子在巨型原子核中制造出一种新的元素，他们当时无法想象还会有更重的元素出现，所以他们把这个新元素命名为"终"（ultimium）[2]（后改名为钚）。

如果自然界中并不存在这些含有巨型原子核的元素，大概是因为它们太不稳定了：核中越来越多的质子会相互排斥，细胞核趋向于自发裂变。事实上，当西博格及其同事努力制造出越来越重的元素时（他们在后续二十年里创造出了九种新元素，为了纪念西博格，第 106 号元素现

---

[1]　锝元素的英文为"technetium"，词根的意思是"技术"（technology）。

[2]　如果这里可以自造字为一个金字旁加上"终"里面的"冬"，"𨥏"会更符合这个名字，其英文名是对"ultimium"的改写。

在被命名为𫟼[1]），他们发现这些元素越来越不稳定，其中一些在制造出来之后几微秒内就解体了。当时似乎有充分的理由认为，可能永远无法造出第 108 号元素之后的新元素——那么这就是真正的"终"了。

然而，到了 20 世纪 60 年代末，一种全新概念的原子核被发现——它的质子和中子被排列在"壳层"中（类似于围绕着原子核旋转的电子的"壳层"）。从理论上说，原子核的稳定性取决于这些核壳层是否被充满，正如原子的化学稳定性取决于它的电子壳层是否被充满一样。根据计算，填满一个这种核壳层所需的理想（或"幻数"）质子数为 114，理想中子数为 184。一个包含了这两个数量的质子和中子的原子核，也就是一个"双幻"原子核，哪怕体积庞大，却有可能非常稳定。

这个想法既令人吃惊又自相矛盾——它的怪异及激动人心之处与黑洞和暗能量相当。它甚至让西博格这样清醒的科学家也开始使用寓言般的语言。为此他谈到了不稳定之海——从第 101 号到 111 号的元素会越来越不稳定，有时甚至会达到极不稳定的程度——如果要到达他所称的稳定岛（一个涵盖了从第 112 号到 118 号元素的细长的

---

[1] "𫟼"（seaborgium）是由 "Seaborg" 加上元素 "-ium" 这个词根组成的。

岛，但岛的中心包含了"双幻"的第114号同位素），就必须以某种方式越过这片不稳定之海。西博格和他的同事一直使用"幻数"这个词，他们会谈到元素的魔幻崎、元素的魔幻山、元素的魔幻岛。

西博格所描绘的景象一直萦绕在全世界物理学家的脑海中。先不论它在科学上是否重要，从心理上来说这个假说也势在必得，每个科学家都想要到达或者至少要看到这个魔幻的领域。其他的一些寓意也隐含在其中——稳定岛可以被看作是一个被爱丽丝漫游过的眼花缭乱的仙境，奇异而巨大的原子在那里过着奇怪的生活。或者，更令人渴望的是，稳定岛也可以被想象为某种伊萨卡岛[1]，在那里，游荡的原子在不稳定之海中挣扎了几十年，或许最终能够到达它们的极乐天堂。

科学家们不遗余力地推进这项工作。巨型原子加速器以及位于伯克利、杜布纳和达姆施塔特的粒子对撞机都参与了这项工作，几十位杰出工作者甚至为此献出了生命。1998年，经过三十多年的努力后，终于有了回报。科学家们到达了魔幻岛偏远的海岸：他们终于造出了第114号元素的同位素，尽管它比幻数少了九个中子。（我在1997

---

[1]　希腊西海岸附近爱奥尼亚海中的一个岛屿，为希腊神话中奥德修斯的故乡。

年12月见到格伦·西博格时，他说自己最长久、最珍视的梦想之一就是亲眼看到一个幻数元素的出现——但不幸的是，在1999年宣布第114号元素被制造出来的时候，西伯格已中风致残，也许再也无法知晓他的梦想已经实现了。）

由于元素周期表中每一竖列的元素都是彼此类似的，所以我们可以自信地宣称，其中第113号新元素是第81号元素铊的更重一些的类似物。铊是一种重而软的铅状金属，是最奇特的元素之一，它的化学性质是如此狂野与矛盾，以至于早期的化学家们都不知道应该把它放在元素周期表的哪个位置。它有时还被称为元素中的鸭嘴兽。不知道这个新发现的铊的较重类似物——"超级铊"，其特性会不会也很奇怪？

同样地，另一种新元素第115号肯定是第83号元素铋的较重类似物。当我在写这篇文章的时候，我面前就放着一块铋，它五光十色又棱角分明，像一个微型霍皮村[1]，闪耀着五彩斑斓的氧化色。我禁不住想知道"超级铋"是什么样的，如果我们能得到比较大块的"超级铋"，它应该会和铋一样美丽——也许会更美不胜收。

---

[1] 美国最古老的印第安村庄。

而且如果这些元素有比较长的半衰期的话，我们还有可能获得不少这些超重元素的原子，它们不像前面介绍过的那些元素，会在瞬间消失。金的较重类似物：第111号元素的原子在不到一毫秒的时间内就会分解，并且很难一次得到一个或两个以上的原子，所以我们可能永远都看不到"超级金"是什么样子。但如果我们能制造出第113号、第114号（超级铅）和第115号元素的同位素，它们的半衰期可能会长达几年或几个世纪，那么我们就能拥有三种密度极高、性状奇特的新金属。

　　当然，我们只能猜测第113号和第115号会拥有什么样的化学特性。但人永远无法预先知道任何新事物的实际用途或科学意义。谁能想得到在19世纪80年代发现的锗——这种不知名的"半金属"——会对晶体管的发展至关重要呢？又或者像钕和钐这样的元素，一个世纪以来一直被认为仅仅是新奇的稀有元素，谁又能知道它们对于造出空前强大的永磁体是必不可少的？

　　从某种意义上说，这些问题都无关紧要。我们寻找稳定岛是因为它就在那里，就像珠穆朗玛峰一样。但是，也和珠穆朗玛峰一样，人们对它带有意义深远的情感，默默期待着用科学的研究来验证假说。探索魔幻岛的经历提示我们：科学远不像许多人想象的那样冷淡和抽象，而是伴随着激情、渴望和浪漫。

阅读精美印刷品

我刚出版了一本新书，但我没办法读，因为和其他数百万人一样，我视力受损了。我需要使用放大镜来读书，但由于放大镜的视野有限，没办法一次看完一整行，更不用说一个段落了，所以阅读对我来说变得非常麻烦和缓慢。我真正需要的是一本大号字体的书，让我可以像看其他书一样正常地阅读（我通常会在床上或者在泡澡的时候读书）。一部分我早期出版的书是有大字体版本的，在我被要求举办作品朗读会的时候，非常好用。现在有人说印刷版本已经不是"必须品"了，因为我们有电子书，可以随心所欲地调整字体大小。

但我不想要 Kindle、Nook 或 iPad，它们都会掉在浴缸里或坏掉，而且它们的设置按钮也很小，我也需要用放大镜才能看到。我想要一本真正印刷好的纸质书——一本有分量的书，一本能闻到书香的书，就是那种在过去五百五十年里，书所带有的味道。我还可以把这本书塞进口袋或和其他书一起放在书架上，或许会让我在不经意的时刻偶然看到。

在我小时候，一些年长的亲戚，以及一个视力不好的表弟，都会用放大镜看书。20世纪60年代时，大字体书的问世对他们来说是一个巨大的福音，对所有有视力障碍的读者来说都是如此。在那时，专门为图书馆、学校和个人读者提供大字体版本的出版公司如雨后春笋般多了起来，通常在书店或图书馆里都能看到这种类型的书。

2006年1月，当我的视力开始下降时，我想知道能有些什么办法来解决阅读问题。可以使用有声书——我自己也录了一些——但我还是一个典型的读者，而不是听众。从我开始记事起，我就已经离不开阅读了——我经常会自动记住页码，或在脑海中定格段落和页面的样子，我还能很快在大多数看过的书中找到特定段落。我想要书成为属于我自己的东西，那些和我有紧密联系的书页会逐渐变得亲切和熟悉。我的大脑已经习惯去阅读了，所以对我来说，前面那个问题的答案显然只能是大字体书。

但现在书店里很难找到任何高质量的大字体书。这是我最近去斯特兰德书店时发现的，这家书店以拥有长达数英里的书架而闻名，我在过去五十年里经常光顾。他们确实有一个（小型的）大字体书籍区，但里面大部分都是一些指南型的入门书以及垃圾小说。没有诗集、没有剧本、没有传记、没有科学类书籍；没有狄更斯、没有简·奥斯汀、没有古典名著；没有贝娄、没有罗斯、没有桑塔格。我感到沮丧和愤怒：难道出版商们认为视力受损的人智力也会受损吗？

阅读是一项极其复杂的任务，它需要大脑许多部分的参与，但它并不是人类通过进化而习得的技能（它和言语不一样，后者在很大程度上是一种天生的能力）。阅读是人类在相对比较近期才发展出来的技能，可能在五千年前才开始出现，它依赖于大脑视觉皮层中的一个小区域，也就是现在被称为视觉词形区的脑区，位于大脑左后侧，这个区域本身具有识别形状的功能，也可以被调用来识别字母或单词。识别基本形状或字母只是阅读的第一步。

以视觉词形区作为起点，要获得阅读功能，这个区域还必须与大脑的许多其他脑区建立双向连接，其中就包括负责语法、记忆、联想和情感的区域，这样我们才能知道字母和单词的特定含义。我们每个人都会形成独特的与阅读相关的神经通路，个人的阅读行为都有独特的脑区组合，不仅与自己的记忆和经验相关，还与感官模式相关。有些人在阅读时可能会"听到"单词的声音（我就是这种人，但我只有在为了消遣而阅读的时候才会这样，在为了获取信息而阅读的时候就不会）；另一些人可能会有意或无意地将单词形象化。还有些人或许可以敏锐地察觉出句子中的韵律感或重音，而另一些人则对句子的外观或形状更敏感。

在我的书《看得见的盲人》（*The Mind's Eye*）中，我记录了两位病人，他们俩都是有天赋的作家，却都由于大脑视觉词形区受损而丧失了阅读能力（这类失读症患者可以书写，却读不了自己写的东西）。其中一位病人名叫小查尔斯·斯克里布纳，虽然他自己是出版商，也是印刷品爱好者，但他立刻开始使用有声读物进行"阅读"，并开始以口述的方式而不是写作的方式，来完成自己的书稿。他发现这种转变很容易——事实上，似乎是自然而然发生的。而另一位患者，侦探小说家霍华德·恩格尔，则深陷于阅读和写作的泥沼，无法自拔。他继续写（而非口述）后续的书，并试图寻找或设计出一种不同寻常的新"阅读"方法——他开始用舌头复制眼前的文字，并且使用牙齿的背面去追踪它们——他重新开始阅读了，事实上是通过用舌头书写的方式，调动了大脑皮层的运动和触觉区域。这似乎也是自然而然发生的。每个人的大脑利用自己独特的能力和经验，都找到了正确的解决方案，正确地应对损失。

自从布莱叶盲文点字法印刷被发明出来后，对于一个先天失明、完全没有视觉意象的人来说，阅读可能在本质上更像是一种触觉体验。布莱叶盲文书籍和大字体书籍一样，现在越来越少了，大家都更倾向于去使用更便宜，也更容易获得的有声读物或计算机语音程序。但是主动阅读和被动阅读是有根本区别的。当一个人主动去阅读时，无论是用眼睛还是手指，他都可以自由地向前或向后跳读，或进行重读，或是在句子中间停下来，去思考或是做白日梦。而被动阅读很不一样，当你去听有声读物时，是一种很被动的体验，受制于另一个人变化无常的声音，并且一切都只能跟随着朗读者的节奏而展开。

如果在以后的生活中，我们不得不去学习一种新的阅读方式——例如，去应对视力的丧失——我们必须找到自己的方式去适应。我们中的一部分人可能会由读书转向听书，而另一部分人则会尽量去继续阅读。有些人可能会使用电子书阅读器，通过放大字号来读书，而另一些人可能会在他们的电脑上将字号放大。我还从来没有用过电子阅读器或电脑来看书；至少目前是这样，我仍坚持使用老式的放大镜（我有一打形状和放大倍数各不相同的放大镜）。

每部作品都应该以尽可能多的方式被读到——萧伯纳把书称为一个种族的记忆。任何一本书都不应该消失，我们每一个人作为个体都有着高度个性化的需求和偏好——这种偏好也在我们大脑的每一个层级上进行编码，我们都拥有着自己独特的神经模式和神经网络，在读者和作者之间建立起一种深刻而又私人的联系。

大象的步态

最近一期的《自然》杂志刊登了一篇由约翰·哈钦森（John Hutchinson）等人撰写的文章，题目叫《快速移动的大象真的在奔跑吗？》（"Are Fast-Moving Elephants Really Running?"），非常引人入胜。实验测试了四十二头大象，用油漆在它们的肩关节、髋关节和四肢关节上做好标记，让它们沿着三十米长的路线移动，并用摄影机拍摄下来（跑道两端有十米的距离让大象进行加速和减速）。结果非常清晰明确：在高速运动时，大象的步态会突然改变，但这个结果并不容易解释。它们快速的四脚交替应该被视为在"奔跑"吗？

我看着一张被做了标记的大象照片，不禁想起艾蒂安-朱尔·马雷（Etienne-Jules Marey），不知道他是怎么在一百五十年前开创性地研究大象的步态的。当然，他并没有使用视频分析，而是用照片去记录被标记过相近部位的大象。我恰好刚读到一本很棒的关于马雷的书，是玛尔塔·布劳恩（Marta Braun）写的，书名叫《想象时间》

（*Picturing Time*）。还看了丽贝卡·索尔尼特（Rebecca Solnit）写的关于埃德沃德·迈布里奇（Eadweard Muybridge）的著名传记《阴影之河》（*River of Shadows*）。

马雷和迈布里奇是同时代的人，他们出生和死亡的时间都只相差几周，而且他们俩的名字还有一样的首字母缩写 EJM[1]，但两人在其他方面则完全不同。迈布里奇冲动、浮夸，是一位才华横溢的艺术家和摄影师，创作方向千变万化；而马雷则安静、谦虚、专注、有条理，整个创作生涯都在自己的生理实验室度过。然而，在一段短暂而关键的时间里，他们的生活轨迹合而为一，他们的思想相互影响，还引发了一场革命，这场革命不仅为电影艺术的发展铺平了道路，还为科学、时间的研究，以及时间与运动在艺术中的表现形式创造了新的工具。

迈布里奇的名字广为人知，他几乎已成为美国的标志性偶像，但马雷却几乎被人遗忘，尽管他在世时很有名。马雷在很多方面的遗产都比迈布里奇要丰富，但实际上这是他们两人相互结合所带来的巨大变革，光靠其中任何一个都无法企及。

马雷一生都沉迷于研究运动，这始于他对身体的内部运动机能的研究。他是这个领域的先驱者，发明了脉

---

[1] 迈布里奇的本名为 Edward James Muggeridge。

搏计、血压计和心跳测试仪，这些独创性的发明作为医疗仪器一直沿用至今。到了 1867 年，他开始分析动物和人类的运动模式。他用压力计、橡皮管和图像记录来测量马在疾驰或慢跑时四肢的运动状态和所处的位置，以及它们所施加的力。他凭借拍摄的图像，临摹了一些图画，然后把画放进一个旋转的西洋镜里，用慢动作重现了马的运动。

显然他从没想过使用摄影来进行记录，因为在他和他同时代的人看来，这在技术上是无法实现的。在那个时代，相机还没有快门，需要手动摘下镜头盖和替换胶片，因此曝光时间不可能少于一秒钟。而且感光剂也不太敏感，因此即使有机械能让曝光时间少于一秒，也可能由于接收不到足够的光线，无法在当时所使用的显影极慢的湿板上产生图像。所以如果有人想要获得一张"瞬时"的照片，在每张底片都需要花费几分钟来显影的情况下，又怎么能在一秒钟内获得十张或二十张照片呢？

另一方面，天才的摄影师迈布里奇在 19 世纪 70 年代之前都没有对动物的运动产生特别的兴趣，尽管如索尔尼特所说，他总是被一种转瞬即逝的感觉所困扰，想要从摄影上"修复"这种易变和短暂的感觉（这促使他在更早些时候研究了云层不断变化的模式）。直到他遇到了一位拥有大型赛马场、极其富有的铁路大亨利兰·斯坦福（Leland Stanford）之后，迈布里奇未来的职业生涯才被确定。

赛马人之间经常争论，一匹马在快速奔跑时是不是四个马蹄都会同时离开地面——斯坦福自己也下了一大笔赌注，并且委托迈布里奇尽其所能拍下一张马在飞驰时的照片。要做到这一点，迈布里奇必须对摄影技术进行巨大的改良，他需要研发出更敏感的感光剂，并设计出曝光率达到两百分之一秒的快门。实验成功后，他于1873年拍出了一张瞬时照片，照片上的马（虽然只是一个模糊的轮廓，并不像斯坦福所期待的那样令人信服），四只马蹄确实悬在了半空中。

如果当时斯坦福没有收到马雷刚刚发表的《动物的机制：关于在地上和腾空运动的论文》（Animal Mechanism: A Treatise on Terrestrial and Aerial Locomotion），并兴致盎然地读完，那么这个问题可能就到此结束了。在论文中，马雷详尽地描述了他用机械和充气的方法记录到动物的运动，并展示了他根据自己的测量结果绘制的一系列图画，以及他如何运用西洋镜使这些图画动起来。（他的其中一幅画展示了一匹飞驰在半空中的马，显然所有的马蹄都离地了。）斯坦福看到了一个完整呈现了马在快跑和慢跑时所有姿势和动作的动画，所以原则上可以用拍摄照片的方式，实现对运动的记录——他告诉迈布里奇，这才是他应该去做的。

作为一位极为出色并富有创造力的摄影师（他用一台巨大的湿板相机从最意想不到的角度和视角拍摄了一组约塞米蒂的精彩照片，至今仍无人能及），迈布里奇立刻意识到这次拍摄的挑战在于让马"自拍"。他构思的绝妙想法是：在一条测量过的赛道上安装十二个相机镜头（后来又增加到二十四个），快门用一根线连着，当马疾驰而过时，这根线会被马快速地踢到，然后拉动快门，这个想法最终完美实现了。经过四年的实验，终于在1878年，他得以出版了一系列的传奇照片。那是人们以前从未见过的东西。数百年来，艺术家们一直试图表现马奔跑时的姿态，但始终无法得以实现，因为马奔跑的动作实在太快，眼睛无法捕捉到细节。

马雷固守着自己的实验方法做了十一年实验。当他在杂志上看到迈布里奇拍的照片时，他震惊了，并马上给杂志编辑写了一封信，表达了自己的钦佩之情："我非常钦佩迈布里奇先生拍的瞬时照片，您能把他的联系方式给我吗？"他期待如果能与迈布里奇合作，就能看到"所有能想到的动物们的真实步态"……他预见到，正如迈布里奇所做的那样，这样的照片可能是"有艺术价值的"……这将会是一场革命，因为他们将得到所有运动的真实状态，包括那些任何模特都摆不出来的、身体处于失衡状态时的姿势。"您看，"他总结道，"我对此怀有无限的热情。"

迈布里奇以同样的慷慨和风度进行了回应，他告诉马雷，他的"这个想法最初就是受到了马雷关于动物运动的著名工作的启发……并借助摄影的方法来解决运动问题"。两人随后在巴黎亲切地会面了。

马雷曾使用一种"记波图"（kymograms）来显示图像，这种方法是把运动中关节和四肢的连续位置用图解的形式叠加起来，在这种方法的启发下，他新设计出了一种类似的摄影法。只需要使用一台镜头打开的相机，在镜头后放一个开槽的金属盘，这个金属盘可以通过旋转来作为快门，这样就可以让他在一块板上叠加十几次曝光。这种合成的方法，相当于把一段时间压缩在一帧相片里，马雷把它称为"连续照片"（chronophotographs）。这些照片不仅富有视觉冲击力（一个早期的著名例子就是：马雷拍到了一只小猫的一组连续照片，这些照片显示，当小猫在快要跌落到地面上时，可以通过翻转自己的身体，最终四脚落地站稳），还可以进行精确的可视化和生物力学分析，这是迈布里奇拍的单帧照片无法做到的。

到 19 世纪 80 年代末，随着柔性电影胶片的发展，迈布里奇和马雷两人开始研发电影摄影机，尽管他们都对"电影"不感兴趣。正如布劳恩所说，他们更关心"捕捉看不见的，而不是重建可见的"。

通过使用连续照片，马雷继续研究了体操及其他类型的运动员、装配线上的工人，以及空气和水中的运动和受力（他是第一个制造出风洞的人），并开创了水下延时摄影，这让我们能够去观测并研究几乎不可见的海胆的缓慢运动。而迈布里奇则更注重去表现社交互动和姿态。然而，他们两人都保留了对"动态动物学"（animated zoology）的热爱，并且都在19世纪80年代中期拍摄了大象的运动状态。

迈布里奇回归到他在斯坦福的农场所开发的技术，用二十四个一组的摄像头进行拍摄。而马雷使用的是他发明的带有快门槽的"摄影枪"（photographic gun），为了显示出大象肩关节和髋关节的垂直运动，他还用几张纸在大象的关节上做了标记，通过一系列影子似的照片的相互叠加，让他在单张感光底片上记录到了大象运动的所有阶段。这种叠加合成法能给人带来一种奇妙的运动感，并显示出一头大象的实际运动轨迹，以及其内在的复杂力学机制，而迈布里奇相对静态的图像就无法传达出这种感觉。所以，当我在2003年读到《自然》杂志上关于大象是否会奔跑的文章时，脑海中浮现的正是马雷在1887年发明的连续摄影技术。

2003年的这篇论文利用了1887年所没有的精密计时器、数字化技术和计算机分析技术来进行分析，文章证明快速移动的大象实际上既在奔跑又在行走。也就是说，肩部的垂直运动代表的是行走，而臀部的垂直运动表示的是奔跑。我们有理由猜测，大象正在进行相对快速的步行以及相对慢速的跑动，否则它的后腿将会绊到前腿。我想，马雷和迈布里奇都会为这个结论感到高兴。

猩　猩

　　几年前，我参观多伦多动物园时看到了一只猩猩。当时她正在给一只猩猩宝宝喂奶——但当我走近宽敞且绿草如茵的猩猩馆，把我那留着大胡子的脸贴到窗户上时，她温柔地放下怀中的婴儿，走到窗前，把她的脸贴在玻璃的另一边，她的鼻子和我的鼻子正好相对。我盯着她的脸看，我猜想我的眼睛在飞快地扫来扫去，但我对她的眼睛更加在意。她那明亮的小眼睛——也是橙色的吗？——转来转去，观察着我的鼻子、下巴，还有我脸上所有既像人类又像猩猩的特征，把我当作自己的同类或者至少是近亲那样，仔细辨认着我（我不由得这么感觉）。然后她注视着我的眼睛，我也注视着她的，就像情人们凝望着彼此，我们之间只隔着一块玻璃。

　　我把左手放在窗玻璃上，她立刻把她的右手放在我的上面。两只手的亲缘性显而易见——我们俩都能看出它们有多相似。我产生了一种震惊而又奇妙的感觉；它让我感到一种强烈的亲近感与亲密感，这是我以前与任何动物之间都从未产生过的。"看，"她的动作仿佛在说，"我的手，也和你的一样。"而这也是一种问候，就像在握手或者举手击掌一样。

然后我们把脸从玻璃上移开，她又回到她的宝宝身边。

我曾经养过狗，也爱过其他动物，但我从不知道还可以像我和这只灵长类动物这样，瞬间就彼此相认，并生出一种亲情。

为什么我们需要花园

作为一名作家，我发现花园对创作过程有着关键影响；作为一名医生，我会尽可能地把病人带去花园。我们都有过这样的经历：在郁郁葱葱的花园或无边无际的荒原中漫步、在河畔或海边散步，或是去登山，这些活动不仅可以帮助我们恢复平静，还能激发活力，让我们的精神变得更专注，从生理和心理上都焕然一新。对个人和公众的健康来说，这样的生理状态非常重要，并且可以产生广泛的影响。从我四十年的临床经验来看，我发现只有两种非药物"疗法"对慢性神经疾病患者至关重要：听音乐和逛花园。

我小就了解花园的神奇作用。在"二战"前，我母亲或伦阿姨会带我去邱园。我们家自己的花园里也有普通的蕨类植物，但没有金蕨类、银蕨类、水蕨类、薄蕨类，以及我在邱园第一次看到的树蕨类植物。同样是在邱园，我看到了亚马逊王莲的巨型叶片；和那个时代的很多孩子一样，我小时候也会坐在这些巨型睡莲的大叶片上玩耍。

在牛津大学上学时，我欣然找到一座完全不一样的花园——牛津大学植物园，那是欧洲最早建立的封闭式花园之一。当我想到17世纪时波义耳、胡克、威利斯，以及其他牛津大学名人都曾在这里散步和沉思，我就很快乐。

无论去哪里旅行，我都会参观当地的植物园，我认为它们反映了相应的时代和文化，从这个意义上说，并不亚于现存的博物馆或植物库。我在参观建于17世纪的美丽的阿姆斯特丹植物园时，就强烈地感受到了这一点，它与它的邻居葡萄牙犹太会堂是同时代的产物，我不由得想象：当斯宾诺莎被后者逐出教会后，可能在前者中得到了抚慰——或许他的"神即自然"（Deus sive Natura）的观点就是在一定程度上受到了植物园的启发？

位于意大利帕多瓦的植物园则更为古老，可以追溯到16世纪40年代，也沿袭了中世纪的设计。正是在这里，欧洲人第一次看到来自美洲和东方的植物，这些植物的形态比他们所见过或梦到过的任何植物都要奇特。也是在这里，歌德看着一棵棕榈树，构思了他的《植物变形记》（ *The Metamorphosis of Plants* ）。

当我和一队游泳者和潜水者一起去开曼群岛、库拉索岛和古巴时，我在那里到处找植物园，想对比一下与在浮潜和潜水时看到的精致水下花园有何不同。

我在纽约市已经住了五十年，让我能够忍受一直住在这里的原因是花园。对于患者来说，也是同样的。当我在贝丝·亚伯拉罕医院工作时（这所医院正好在纽约植物园对面），我发现没有什么比参观花园更能让这些被长期关在医院的病人开心了——他们认为医院和花园完全是两个不同的世界。

我无法确切地说出大自然是如何对我们的大脑起到镇静和协调作用的，但我从患者身上看到了来自大自然和花园的复原、治愈的力量，即便是那些患严重神经官能障碍的病人也能感受到这种力量。在许多情况下，花园和大自然的作用甚至比药物还要强。

我的朋友洛厄尔患有中度图雷特综合征：他在繁忙的都市环境中，每天都会有数百次抽动和突然发作——抑制不住地不断咕哝、跳动、乱摸东西。我们有一次去沙漠中徒步旅行，我惊奇地发现他的抽搐完全消失了。偏僻和远离人群的环境，再加上某些无法言表的源于自然的镇静效果，帮助他化解了抽动发作，让他的神经状态在至少一段时间内"正常化"了。

我在关岛还遇到一位患有帕金森病的老太太，她经常发现自己肌肉僵直，无法做出任何动作——这是帕金森病患者的常见症状。但一旦我们把她带进花园里，那里有各种各样植物和岩石组成的假山庭院，就能极大地激励她，让她迅速地在没有任何辅助的情况下，在假山上爬上爬下。

我还有很多痴呆或阿尔茨海默病患者，他们对周围环境的适应能力很差。他们往往已经忘记怎么系鞋带，或是不再记得如何操作厨房用具。但只要把一些工具和几株幼苗放在花坛前，他们就心神意会，知道该怎么操作——我还从来没见过有患者把树苗上下颠倒种进土里的。

我的病人通常都住在养老院或是慢性病护理机构里，所以这些地方的物理环境对他们的健康至关重要。有一些病院积极利用开放空间进行设计和管理，以促进患者的健康。比如，位于布朗克斯的贝丝·亚伯拉罕医院就是个很好的例子，我就是在那里遇到了我在《觉醒》一书中描写过的患有严重脑炎后帕金森病的患者。在20世纪60年代，这家医院还是一栋四周环绕着大花园的小楼。当它扩张到有五百张床位时，大部分花园都被吞并了，但还好保留了一个中心露台，那里种满了盆栽植物，这对病人来说至关重要。病院里还设置了可以升高的床，这样盲人患者也可以触摸到植物，并且闻到芬芳，坐在轮椅上的患者也可以直接接触到植物。

我还与济贫修女养老院合作过，他们在世界各地都设有疗养机构。作为一个天主教团体，它始建于19世纪30年代末的布列塔尼，并于19世纪60年代传入美国。当时，像疗养院或公立医院这样的机构通常都会设有一个大型的农场和菜园，有的还有奶牛场。唉，这样的传统也几乎快要绝迹了，但济贫修女养老院目前正试图把它重新引入。她们在纽约市的一处疗养院就坐落在皇后区一个绿树成荫的郊区，那里设有许多人行道和长凳。疗养院的居住者中有些可以自己走，有些需要用拐杖，有些需要用助行架，有些需要用轮椅——但天气足够暖和时，几乎所有人都会出来，到外面的花园里呼吸新鲜空气。

显然，大自然在召唤着我们内心深处的东西。对自然和生命的热爱（biophilia）是人性的重要组成部分。与自然进行互动、对自然进行管理和照料的渴望（hortophilia），也深深地影响着我们。对于那些在没有窗户的办公室里长时间工作的人、生活在没有绿化带的都市社区里的人、在城市里上学的孩子，以及在养老院等病院中的患者来说，大自然在保健和疗愈方面的作用就变得更加重要。大自然的品质对健康的影响不仅仅是精神与情感层面的，还是生理与神经层面的。我毫不怀疑它们能反映大脑的生理状态发生的深刻变化，甚至有可能反映大脑的结构。

银杏之夜

　　纽约的今天（11 月 13 日），树叶凋零、飘荡、四处纷飞。但有一个明显的例外：尽管许多叶片都变成了明亮的金黄色，扇形的银杏叶仍然牢牢地附着在树枝上。这就是为什么这种美丽的树木自古以来被推崇备至。银杏在中国寺庙的花园中被精心保存了几千年，而在野外几乎已经灭绝，但它们其实有着非凡的能力，能够在高温、雪灾、飓风、柴油废气，以及纽约城中其他魔力的摧残下生存下来。纽约城里有成千上万株银杏，一株成熟的银杏树长有几十万片叶子——这些来自中生代坚韧而厚重的叶片，和曾经恐龙所吃的一模一样。银杏科植物在恐龙出现之前就已经存在了，作为硕果仅存的成员，银杏就是活化石，在两亿年间几乎没有任何变化。

　　枫树、橡树、山毛榉之类的被子植物更为现代——它们的叶子会在几周内变黄变干，然后慢慢脱落；而银杏作为一种裸子植物，它的叶片会在同一时段全掉光。植物学家彼得·克兰（Peter Crane）在他的《银杏》（*Ginkgo*）

一书中写到过密歇根州一棵巨大的银杏树："很多年来，人们都会竞猜银杏叶落下的日期。"克兰认为，这种情况通常有着"怪异的同步性"，他引用了诗人霍华德·内梅罗夫（Howard Nemerov）的诗句：

> 十一月末，一个夜晚
>
> 气温尚未临近冰点
>
> 人行道旁伫立的银杏树掉光了所有叶片
>
> 整齐划一地，不为风亦不为雨
>
> 仿佛仅仅为了时间：金色和绿色的
>
> 树叶在今天落满草地
>
> 而昨天，这些闪着光的扇片还在高空中飘扬

　　是不是银杏对外界的温度或光线的变化会有所反应呢？或者它的反应是来自一些内部信号，比如基因编程信号？还没有人知道这种同步性背后的原因，但它肯定与银杏来自远古时代有关，银杏的进化途径与现代树木的进化途径截然不同。

　　会在哪一天落叶呢？是11月20日、25日，还是30日？无论是哪一天，每棵银杏树都会有属于自己的银杏之夜。很少有人会看到——我们大多数人都已进入梦乡——但到了早晨，成千上万片厚重的金色扇形叶片将铺满银杏树下。

滤 鱼

鱼饼冻不是一道家常菜，它主要出现在东正教家庭中的犹太安息日，这一天是不允许烹饪的。在我成长的过程中，我母亲会在周五下午很早就离开她的外科岗位，在安息日到来之前，把她的时间花在准备鱼饼冻和其他安息日的菜肴上。

我们家吃的大部分是鲤鱼，然后在其中加入梭鱼、白鲑，有时还会有鲈鱼或鲻鱼。（鱼贩把活鱼运过来，将它们养在一桶水里。）鱼必须剥皮、去骨，然后放进研磨机里磨碎；我家厨房的桌子上有一台巨型金属研磨机，我母亲有时会让我帮她转动把手。然后，她会把磨碎的鱼和生鸡蛋、面粉、胡椒粉、糖混合在一起。（据我所知，利特瓦克鱼饼冻会用更多的胡椒粉——我母亲就是这么做的——我父亲是利特瓦克人[1]，出生在立陶宛。）

我母亲会把这些混合食材做成直径约两英寸的丸子——

---

[1]　利特瓦克人（Litvak）指祖先来自历史上的立陶宛大公国的犹太人。

两到三磅重的鱼可以做一打或更多的实心鱼丸——然后把这些鱼丸和几片胡萝卜一起用热水氽一遍。鱼饼冻慢慢冷却时，会形成一种异常精美的胶状物，我小时候非常喜欢这些鱼丸以及它们富含的胶质，配上必不可少的 khreyn（意第绪语，辣根），大快朵颐。

我曾以为自己再也尝不到像我母亲做的鱼饼冻那样的味道了，但在我四十多岁时，我找到了一位管家海伦·琼斯，她是个真正的烹饪天才。海伦总能即兴做出各种食物，完全不按常规。她了解我的口味，然后决定尝试做鱼饼冻。

她每周四上午到我家后，我们会一起去布朗克斯购物，我们的第一站是莱迪格大道上的一家鱼店，由两个西西里兄弟经营，他们看起来很像一对双胞胎。尽管鱼贩很开心地为我们提供了鲤鱼、白鲑和梭鱼，但我不知道海伦作为一个非裔美国人、一个虔诚的基督徒，要怎么去做出这样一道犹太美食。然而她的即兴发挥能力实在是太强了，她制作了一道华丽的鱼饼冻（她把它称之为"滤鱼"），我不得不承认，和我母亲做的一样好。海伦每次制作滤鱼时都会对它进行改良，我的朋友和邻居们也都品尝过这道菜。海伦的教友们也吃过，我乐于去想象她那些浸礼会教友在教会聚餐中狼吞虎咽吃鱼饼冻的情景。

1983 年我五十岁生日时，海伦做了一大碗鱼饼冻——

足够分给来为我过生日的客人们吃。其中包括《纽约书评》的编辑鲍勃·西尔弗斯（Bob Silvers），他被海伦做的鱼饼冻给迷住了，后来还邀请她去做给全体员工吃。

为我工作了十七年之后，海伦去世了，我深深地怀念她——我对鱼饼冻也失去了兴趣。我发现超市里出售的商业化瓶装鱼饼冻和海伦做的美味相比，实在是索然无味。

但现在，在我生命中的最后几周（除非奇迹发生），我吐得几乎任何食物都吃不下，连吞咽都有困难，只能吃一些流质食物或胶状固体食物——我重新找回了吃鱼饼冻的快乐。我每次进食不能超过两到三盎司，但每天醒来的时候，我都会吃一小份鱼饼冻来补充我急需的蛋白质。（鱼饼冻果冻与蒸牛犊脚肉冻一样，一直被用作病人们的食物。）

我现在轮流从每家餐厅叫外卖：百老汇的默里餐厅、拉斯家族餐厅、塞布尔餐厅、扎巴尔餐厅、巴尼·格林格拉斯餐厅，以及第二大道上的熟食店——他们都有自己做的鱼饼冻，每一家我都很喜欢（虽然没一家能比得上我母亲或海伦做的）。

我能清楚地回忆起自己在四岁左右吃鱼饼冻的情景，但我怀疑更早时我就开始吃了，因为它是一种富含营养的胶状食物。在东正教家庭中，当婴儿们由辅食慢慢开始吃固体食物时，经常会吃到鱼饼冻。八十二年前，鱼饼冻带我初尝生活之滋味，正如现在它即将送我至生命之终了。

生活还在继续

　　我最爱的伦阿姨在她八十多岁的时候告诉我：对于生活中的那些新事物，比如喷气式飞机、太空旅行、塑料制品等，她并没有觉得适应起来很困难——但她没办法习惯旧事物的消失。"所有的马都去哪儿了？"她有时会问。她出生于1892年，成长于到处都是马匹和马车的伦敦。

　　我自己也有类似的感觉。几年前，我和我侄女利兹在米尔巷散步，这条小巷位于我小时候在伦敦住的房子旁。我在一座铁路桥前停了下来，我小时候就喜欢靠在桥栏杆上看来往的火车。我看着各种电动火车和柴油火车驶过，几分钟后，利兹不耐烦地问："你在等什么？"我说我在等蒸汽火车。利兹像看一个疯子似的看着我。

　　她说："奥利弗叔叔，已经有四十多年没有蒸汽火车了。"

　　对新事物的某些方面，我没法像伦阿姨那样适应得很好——也许是因为技术进步引起的社会变革速度太快，而且影响过于深远。我不习惯看到街上无数的人都直勾勾地盯着手中的小盒子，或者把它们举在面前，在移动的车流前兴高采烈地走着，完全不顾周围的环境。当我看到年轻的父母盯着自己的手机，并且在走路或开车时完全忽视自己的孩子，我对这种分心和疏忽最为担忧。这些无法引起父母注意的孩子们，一定会感到被忽视，他们在往后的生活中也肯定会表现出这些影响。

菲利普·罗斯在 2007 年出版的小说《退场的鬼魂》(*Exit Ghost*) 中写道，对于一位离开城市隐居了十年的作家，纽约市的变化太大了。他被迫听到周围的手机通话，他疑惑着："这十年间究竟发生了什么？大家突然有那么多话要说——而且要说的话都那么急切，需要迫不及待地去表达？……在醒着的一半时间中，一边走路一边对着手机说话，我认为这样的存在方式算不上是人类的生活。"

这些小玩意儿，在 2007 年的时候就开始笼罩着我们的生活，现在越发让我们陷入一个更加密集、更需要吸引注意力，甚至更没有人性的虚拟现实中。

我每天都要面对旧式礼仪的彻底消失。社交活动、社区生活，以及对周围人和事的关注基本上都消失了，至少在大城市里是这样。大多数人现在几乎一刻不停地使用手机或其他电子设备——喋喋不休地说话、发短信、玩电子游戏，越来越多地转向各种虚拟现实。

现在的一切很有可能都是公之于众的：比如一个人的想法、照片、活动、购物清单。在这个致力于让大家不间断地去使用社交媒体的世界里，隐私是不存在的，显然大家也没有保护隐私的欲望。每一分钟，每一秒，都得和手中的电子设备一起度过。那些被困在这个虚拟世界里的人永远不会孤独，永远无法默默地以他们独有的方式去专注和欣赏。在很大程度上，他们已经放弃了文明所带来的便利和成就——休闲地独处，为自己做主，真正地专注于一件艺术品、一个科学理论、一次日落，以及爱人的脸庞。

几年前，我应邀参加了一个题为"21世纪的信息与交流"的小组讨论会。其中一位互联网先驱自豪地说，他的小女儿每天上网十二小时，能接触到上一代人不能拥有的各种信息。我问他，他女儿是否读过简·奥斯汀或任何一部经典小说，他说："没有，她没时间读这些东西。"我高声质问，她是否会因此而缺乏对人性或社会的全面理解，并建议说，尽管她可能接触到了大量信息，但这与学识毫不相干，这样下去只会让她变得头脑肤浅且思维混乱。一半的听众为我欢呼喝彩，另一半则嘘声连连。

值得注意的是，我们所经历的大部分变革都被 E. M. 福斯特在他 1909 年的短篇小说《机器停转》（"The Machine Stops"）中预见到了，他在小说中想象了一个未来世界：人们生活在地下的隔离单间中，彼此不再相见，只通过视听设备进行交流。在那样一个世界中，富有原创性的想法和直接的观察是不被鼓励的——人们被告知："警惕独创的观点！"。人类已经被"机器"所取代，因为机器能提供各种各样使生活便捷舒适的东西，也能满足所有需求——除了让人类互相接触以外。一个名叫库诺的年轻人，通过一种类似 Skype 的通讯工具恳求他的母亲："我不想通过机器看到你。我不想使用这台讨厌的机器跟你说话。"

他母亲深陷于忙碌且毫无意义的生活，他对她说："我们已经失去了空间感……我们失去了一部分自我……你难道感觉不到吗？我们正在死去，在这里只有机器是唯一真正活着的东西。"

在我们这个被蛊惑、被愚弄的社会中，我也有越来越深切的相同感受。

当死亡迫近时，如果仍能感到生活还在继续，那么也许会从中得到慰藉——就算不是为了自己，也会为自己的孩子，或是为自己所创造的一切而感到宽慰。由此，尽管个人的肉体或许已经无望，（对于我们这些不信教的人来说）在肉体死亡后，"精神上的"存活也是无意义的，但至少有人可以播种下希望。

但是，如果有人像我现在这样，认为自己赖以生存并倾囊回报的文化本身受到了威胁，那么对他来说，去创造、去贡献、去影响他人可能还是不够的。尽管我得到了很多支持和鼓励，也感受到来自我的朋友们、世界各地的读者们，以及我生活的回忆和写作给我带来的快乐，但我和我们中的许多人一样，对在这样一个世界中幸福生活、甚至只是生存，深感恐惧。

这种恐惧已经在最高的智力和道德水平层面上得到了表达。皇家天文学家、皇家学会前主席马丁·里斯（Martin Rees）并不是一个容易受末日思想影响的人，但他在2003年出版了一本名为《我们的最后时刻》（*Our Final Hour*）的书，副标题叫"一位科学家的警告——恐怖主义、人为错误和环境灾难如何在这个世纪威胁人类的未来"。最近，教皇方济各也发表了引人关注的通谕《愿祢受赞颂》（*Laudatosi'*），其中不仅深入思考了人类引起的气候变化和普遍的生态灾难，还有穷苦大众的绝望状态，以及日益严重的消费主义和技术滥用带来的威胁。除了传统的战争威胁以外，现在也存在着种族灭绝思想、极端主义和恐怖主义，在某些情况下，甚至还有人蓄意破坏我们的人类遗产，毁灭我们的历史与文化。

这些威胁当然让我非常担忧，但离我尚有一些距离，我更担心的是那些难以捉摸的、慢慢渗入我们社会和文化中的东西，它们让生活的意义和亲密的接触都慢慢流失。

在我十八岁时，我第一次读到了休谟，他在1738年出版的《人性论》（*A Treatise of Human Nature*）中表达的观点让我感到震惊。他在书中写道：人类"不过是一堆不同感知的集合，各种感知以一种不可思议的速度相互接替，并处于不间断地变化和运动中"。作为一名神经科医生，我看到许多病人由于大脑中的记忆系统遭到破坏而变得健忘，我不禁感到，这些人失去了对过去或未来的感知，陷入了短暂的悸动和不断变化的感觉中，在某种意义上已经从人类退化成了休谟所描述的那种人。

我只需冒险走上我居住的社区旁边西村的街道，就可以看到千千万万个休谟主义者：他们大部分是年轻人，在社交媒体时代长大，对以前的事物没有任何个人记忆，对数字生活的诱惑也没有免疫力。我们所看到的——以及我们带给自己的——类似于一场规模巨大的神经性灾难。

尽管如此，我仍然怀着希望。无论如何，人类的生命及其丰富的文化都将会留存下来，哪怕是在一个饱经蹂躏的地球上。虽然有人认为艺术是我们文化的壁垒，也是集体记忆的保障，但我认为，科学同样重要，因为它不仅有着思想的深度，还有着显而易见的科研成就和发展潜力；而且科学，特别是有益的科学，正在以前所未有的态势蓬勃发展，尽管它的进展仍谨慎而缓慢，但它的深刻见解无时不刻都在接受着自我的验证和实验的检验。虽然我对优秀的著作、艺术和音乐充满敬畏，但在我看来，只有科学，再加上人类的道义、常识、远见，以及对不幸与贫穷的关怀，才能给予目前正在困境中的世界以希望。这在教皇方济各的通谕中已得到明确的表述，或许它将借由使用积小至巨的技术，并且通过世界各地的工人、匠人和农民的实践，来得以实现。以我们自己的力量，一定能使世界度过目前的危机，并引领世人走向更幸福的未来。面对即将到来的告别时刻，我必须相信——人类和我们的星球将存活下去，生活仍将继续，这不会是我们的最后时刻。

作者注释

化学诗人汉弗莱·戴维

1　其中包括对吸入一氧化二氮气体（笑气）所产生效果的一段精彩描述，戴维在心理学方面的洞察力让人想起一个世纪后威廉·詹姆斯（William James）对同样经历的描述。这也许是西方文学中首次出现对迷幻体验的描述：

> 一种从胸腔延伸到四肢的欣快感，几乎是瞬间就产生了……我感到目眩神迷，一切感受都被放大了，我能清楚地分辨出房间里的每一个声音……随着愉悦感的增强，我失去了与外部事物的所有联系，一系列生动的图像迅速在我的脑海中闪过，并以某种方式与文字联系在一起，从而产生了一种完全新奇的感受。我身处一个有着新连接和新改良思想的世界中。我建立了新的理论，并想象自己有了新的发现。

戴维还发现一氧化二氮是一种麻醉剂，并建议在外科手术中使用。他从来没有跟进过这件事，直到19世纪40年代他去世后，全身麻醉法才被提出。（19世纪80年代，弗洛伊德发现可卡因是一种局部麻醉药，但他同样对自己的发现不屑一顾——因此这一发现通常被归功于别人。）

2　用柯勒律治的话说：

> 水和火、钻石、木炭……都被化学家的理论所凝聚并情同手足……这是基于意识的关联法则所产生的感觉，并且必须遵循自然的一致性……正如在莎士比亚的作品中，我们发现诗歌是自然理想化的产物……通过戴维缜密的实验观察……可以看到正是诗歌在自然中被证实与实现：对，自然本身向我们透露着信息……就像诗人和诗一样！

3 柯勒律治并不是唯一一个用化学意象来更新自己隐喻库存的诗人。化学术语"选择性亲和力"（elective affinities）被歌德赋予了色情的内涵；对布莱克来说，"能量"变成了"永恒的快乐"；受过医学训练的济慈也热衷于使用化学隐喻。

艾略特在《传统与个人才能》（"Tradition and the Individual Talent"）一文中，自始至终都在使用化学隐喻，最终形成了一个宏大的、戴维式的隐喻来描述诗人的思想："类比就像催化剂一样……而诗人的思想是白金的碎片。"不知艾略特是否知道他的中心隐喻——催化作用（catalysis），正是由汉弗莱·戴维在 1816 年发现的。

4 戴维对钠和钾的易燃性以及它们在水面上的浮力感到震惊，他想知道地壳下面是否存在这些金属的沉积物，它们在水的冲击下发生爆炸是否就是火山爆发的原因。

5 1812 年时"科学家"（scientist）一词还不存在。这个词是伟大的科学史学家威廉·休厄尔（William Whewell）于 1834 年创造的。

6 直到此时，戴维仍然不愿相信钻石和木炭实际上是由同一种元素组成的。他认为这"与自然界中的同类物并不一致"。这也许既是他的弱点又是他的强项，他有时认为化学世界应该以具体性质来划分，而不是以表现出来的形态特征进行划分。（在大多数情况下，比如碱金属和卤素，具体性质与形态特征是一致的，但在极个别情况下，元素会有不同的物理形态。）

7 戴维继续对火焰进行研究，并在他发明安全灯一年后发表了《关于火焰的一些新研究》（"Some New Researches on Flame"）。四十多年以后，法拉第重新回到这个领域进行研究，并于 1861 年在皇家科学研究所的系列讲座上做了著名的报告《蜡烛的化学史》（The Chemical History of a Candle）。

8 我小时候第一次知道汉弗莱·戴维，是我母亲带我去伦敦的科学博物馆的时候，在博物馆顶楼设有一个非常逼真的 19 世纪煤矿的模拟展厅。母亲带我看了戴维灯，并解释了它如何能让采煤工作进行得更安全。然后，她带我看了另一盏安全灯——兰多灯。母亲说："我父亲，也就是你的外祖父，在 1869 年他还很年轻的时候就发明了这个灯，它的设计更安全，也最终取代了戴维灯。"我当时就有一种身份被确认的喜悦，随即又产生了一种孩子气但又非常强烈的感受——科学研究关乎全人类，它在人们之间相互影响、彼此对话、跨越时代。

9   关于自我理想的一般主题，以及对自我理想的普遍需求，在伦纳德·圣戈尔德（Leonard Shengold）的著作《那个男孩将一事无成！弗洛伊德的自我理想，以及将弗洛伊德作为自我理想》（*The Boy Will Come to Nothing! Freud's Ego Ideal and Freud as Ego Ideal*）的第一章《让伟人与我们为伍》（"Making Great Men Ours"）中专门进行过探讨。

神经疾病中的梦

10   我认识的另一个人患有图雷特综合征，他发现自己常常做"图雷特样"的梦——梦的情境非常狂野，并且内容丰富，充满了意想不到的、突发突止的状况。医生给他用镇静剂氟哌啶醇治疗后，情况有所改善，此后他说他的梦境就降级为了"直接满足所愿，不再有图雷特样的详尽细节和肆意妄为"。

与上帝在第三个千禧年相见

11   我曾在《幻觉》（*Hallucinations*）一书中详细描述过狂喜发作和濒死体验。

呃逆及其他奇怪行为

12   胎儿在妊娠八周后就会打嗝，但在妊娠后期就会减少。虽然打嗝在出生后没有明确的生理功能，但它可能是一种残留行为，也许是我们鱼类祖先鳃运动的残留。当我们看到某些脑干损伤的病人，颈部、上颚和中耳肌肉的同步运动受到轻微影响时，我们也会产生类似的联想。只有当人们意识到它们都是鱼类鳃肌或残余鳃肌，才会推测这些肌肉彼此之间似乎有所关联——因此，神经学家把这个称为鳃肌阵挛。〔尼尔·舒宾（Neil Shubin）在《你是怎么来的》（*Your Inner Fish*）中讨论了许多类似的例子，并对其进行了解剖学上和功能上的解释。]

13　这可能类似于多发性硬化症、肌萎缩性侧索硬化症、阿尔茨海默病、卒中后患者中出现的"强哭强笑"症状，有的癫痫患者也会出现哭泣或大笑样的癫痫发作。

14　在《音乐癖》一书中，我描述了一个患有迟发性运动障碍的人，他也会有类似的从呼气/发音性抽搐演变到毫无节制地胡言乱语的过程（《偶然的诵文祷告》一章）。

同洛厄尔一起旅行

15　还有一次，我们在一家摆了许多钟的商店里。当洛厄尔看到所有的钟摆都在来回摆动时，他有点紧张。"我们不能待在这儿，"他说，"我会被催眠的。"

强烈的欲望

16　这种被弗洛伊德称为"多相变态"（polymorphous perversion）的现象可能发生在大脑中多巴胺水平过高的一些情况下。这个理论是我在观察到一些脑炎后患者被左旋多巴"唤醒"后提出的。它也可能见于患有图雷特综合征或长期服用安非他命、可卡因等药物的人群中。

17　我在《苏醒》一书中描述过的许多病人身上也发生过这种情况，他们大脑中的各种驱动系统都受到了损害。因此，正如伦纳德·L后来所说，他在接受左旋多巴治疗之前，是一个完全没有性欲的"阉割者"，但服用左旋多巴后，他产生了难以满足的性欲。他曾建议医院为那些服用左旋多巴的病人提供性服务；他的计划受挫后，就经常在公共场所不断地手淫，甚至会持续几个小时。

茶与吐司

18　20世纪70年代，随着合成化学技术的突飞猛进，合成维生素B12才成为可能。

19　伟大的精神分析学家尚多尔·费伦齐（Sandor Ferenczi）在 20 世纪 30 年代早期就开始提出一些非常不寻常的想法——例如，精神分析学家应该躺在病人旁边的分析沙发上。这些想法有点邪门，最初被认为是他具有非凡的独创性思维的表现，但随着这些想法越来越疯狂，很显然费伦齐患有器质性精神病，后来被证明与恶性贫血有关。

老化的大脑

20　如果被照料者已经严重精神错乱，认知在不可逆转地衰退，疾病的照料者需要依赖繁重的体力消耗以及持久的、接近于心灵感应的灵敏度，去理解这些思考能力越来越差、思维也越来越糊涂的痴呆患者。这些患者可能会感到可怕的迷茫和迷失。这样的负担会让照料者承受很大的压力。作为一名医生，这样的情况我见得太多了——有时候，上了年纪的丈夫或妻子会牺牲自己的健康，在他们所照料的失去能力的亲人之前撒手而去；这就是为什么外部帮助至关重要。

21　杰克逊认为，在做梦、癫狂和精神错乱的过程中，这种瓦解是非常明显的。他在 1894 年发表的长篇论文《精神错乱的因素》（"The Factors of Insanity"）中，对这方面进行了充分的观察，并提出了独到的见解。

22　当亨利·詹姆斯（Henry James）因患肺炎和高烧濒死时，他变得神志不清——正如我在《幻觉》中所写的那样，据说这位大师虽然在胡言乱语，但他的风格还是"纯粹的詹姆斯式的"，而且还是"晚期的詹姆斯"风格。

库鲁病

23　朊病毒首先被视为"慢"病毒，随后被视为"非常规"病毒，但如果我们把它归类为"病毒"或"生命体"，就必需从根本上重新界定我们此前的定义，因为在许多方面，它似乎属于纯粹的晶状体范畴。（事实上，盖杜谢克将他早期的一篇论文命名为《一种来自无机世界中的"病毒"之幻想》。）

救济院所失去的美德

24　埃琳·萨克斯从小就患有精神分裂症。她是麦克阿瑟基金会的研究员，也是南加州大学古尔德法学院的教授，专门研究精神健康和精神健康法。

25　罗森斯和范德瓦勒自己就是这个社区的成员，是海尔生活结构的一部分。因此，他们能够详细描述出十九个家庭及其寄宿者的形象，罗森斯对其中的一些已经观察了几十年。这些家庭和他们的客人之间呈现出各种各样的情况：从主人与客人彼此深爱、互相关心的快乐家庭，到客人"有困难的"家庭（海尔人通常会称寄宿者为"好的"，或者比较罕见的"有困难的"，但从来不会说他们是"坏的"或者"疯狂的"寄宿者）——有些寄宿者特别困难，因此无法继续寄宿。罗森斯指出，即便会有非常严重的精神问题出现，当"一种相互温暖的关系[通常会如此]建立起来时，寄宿家庭的父母也会不遗余力地照顾他们的客人"。

这项囊括了十九个案例的研究在其丰富性和细节方面堪称典范，是具有重大价值的主要研究材料。它们与这本书的其他部分一起，对精神疾病会无情地发展、恶化这种观念提出了明确的反驳，并表明如果能够有效地融入家庭和社区生活（以及在这背后，如有必要的话，还得有医院护理、专业人员和药物组成一个安全网来支撑），即便是那些似乎已无法治愈的人，也有可能过上充实、有尊严、有爱以及安全的生活。

外太空有人吗？

26　如果说威尔斯在《最早登上月球的人》中设想了生命的开始，那么他在《世界之战》中则设想了生命的结束。在《世界之战》中，火星人的星球上水资源日益枯竭，大气层日渐稀薄，于是在绝望中试图接管地球（结果死于地球细菌感染）。威尔斯受过系统的生物学训练，非常清楚生命既坚韧又脆弱。

参考文献

Alexander, Eben. 2012. *Proof of Heaven: A Neurosurgeon's Journey into the After-life*. New York: Simon & Schuster.

Braun, Marta. 1992. *Picturing Time: The Work of Etienne-Jules Marey (1830–1904)*. Chicago: University of Chicago Press.

Cohen, Donna, and Carl Eisdorfer. 2001. *The Loss of Self: A Family Resource for the Care of Alzheimer's Disease and Related Disorders*. New York: Norton.

Coleridge, Samuel Taylor. *Encyclopaedia Metropolitana* (reprinted in *The Friend* as "Essays as Method").

Crane, Peter. 2013. *Ginkgo: The Tree That Time Forgot*. New Haven: Yale University Press.

Crick, Francis. 1981. *Life Itself: Its Origin and Nature*. New York: Simon & Schuster.

Crick, Francis, and Leslie Orgel. 1973. "Directed Panspermia." *Icarus* 19: 341–46.

Crick, Francis, and Graeme Mitchison. 1983. "The Function of Dream Sleep." *Nature* 304 (5922): 111–14.

Custance, John. 1952. *Wisdom, Madness and Folly: The Philosophy of a Lunatic*. New York: Pellegrini.

Davy, Humphry. 1813. *Elements of Agricultural Chemistry in a Course of Lectures*. London: Longman.

——. 1817. "Some Researches on Flame." *Philosophical Transactions of the Royal Society of London* 107: 145–76.

——. 1828. *Salmonia; or Days of Fly Fishing*. London: John Murray.

Dawkins, Richard. 1996. *Climbing Mount Improbable*. New York: Norton.

DeBaggio, Thomas. 2002. *Losing My Mind: An Intimate Look at Life with Alzheimer's*. New York: Free Press.

——. 2003. *When It Gets Dark: An Enlightened Reflection on Life with Alzheimer's*. New York: Free Press.

de Duve, Christian. 1995. *Vital Dust: Life as a Cosmic Imperative*. New York: Basic Books.

Dewhurst, Kenneth, and A. W. Beard. 1970. "Sudden Religious Conversions in Temporal Lobe Epilepsy." *British Journal of Psychiatry* 117: 497–507.

Dyson, Freeman J. 1999. *Origins of Life*. Second edition. Cambridge: Cambridge University Press.

Edelman, Gerald M. 1987. *Neural Darwinism: The Theory of Neuronal Group Selection*. New York: Basic Books.

Ehrsson, H. Henrik, Charles Spence, and Richard E. Passingham. 2004. "That's My Hand! Activity inthe Premotor Cortex Reflects Feeling of Ownership of a Limb." *Science* 305 (5685): 875–77.

Ehrsson, H. Henrik, Nicholas P. Holmes, and Richard E. Passingham. 2005. "Touching a Rubber Hand: Feeling of Body Ownership is Associated with Activity in Multisensory Brain Areas." *Journal of Neuroscience* 25 (45): 10564–73.

Ehrsson, H. Henrik. 2007. "The Experimental Induction of Out-of-Body Experiences." *Science* 317(5841): 1048.

Erikson, Erik, Joan Erikson, and Helen Kivnick. 1987. *Vital Involvement in Old Age*. New York: Norton.

Forster, E. M. 1909/1928. "The Machine Stops." *In the Eternal Moment*. London: Sidgwick and Jackson.

Freud, Sigmund. 1900. *Interpretation of Dreams*. Standard edition, 5.

Gajdusek, Carleton. 1989. "Fantasy of a 'Virus' from the Inorganic World." *Haematology and Blood Transfusion* 32 (February): 481–99.

Goffman, Erving. 1961. *Asylums: Essays on the Social Situation of Mental Patients and Other Inmates*. New York: Anchor.

Goldstein, Kurt. 1934/2000. *The Organism*. With a foreword by Oliver Sacks. New York: Zone Books.

Gould, Stephen Jay. 1985. *The Flamingo's Smile: Reflections in Natural History*. New York: Norton.

Gray, Spalding. 2012. *The Journals of Spalding Gray*. Edited by Nell Casey. New York: Vintage.

Greenberg, Michael. 2008. *Hurry Down Sunshine*. New York: Other Press.

Groopman, Jerome. 2007. *How Doctors Think*. New York: Houghton Mifflin.

Hobbes, Thomas. 1651/1904. *Leviathan*. Cambridge: Cambridge University Press.

Holmes, Richard. 1989. *Coleridge: Early Visions, 1772–1804*. New York: Pantheon.

Hoyle, Fred, and Chandra Wickramasinghe. 1982. *Evolution from Space: A Theory of Cosmic Creationism*. New York: Simon & Schuster.

Humboldt, Alexander von. 1845/1997. *Cosmos*. Baltimore, Md.: Johns Hopkins University Press.

Hume, David. 1738/1874. *Treatise of Human Nature*. London: Longmans, Green.

Hutchinson, John, Dan Famini, Richard Lair, and Rodger Kram. 2003. "Biomechanics: Are Fast Moving Elephants Really Running?" *Nature* 422: 493–94.

Ibsen, Henrik. 1888/2001. *The Lady from the Sea*. In *Four Major Plays*, vol. 2. Translated and with a foreword by Rolf Fjelde. New York: Signet Classics.

Jackson, J. Hughlings. 1894/2001. "The Factors of Insanities." Classic Text No. 47. *History of Psychiatry* 12 (47): 353–73.

Jamison, Kay Redfield. 1993. *Touched with Fire: Manic-Depressive Illness and the Artistic Temperament*. New York: Free Press.

———. 1995. *An Unquiet Mind: A Memoir of Moods and Madness*. New York: Knopf.

Jelliffe, Smith Ely. 1927. *Post-Encephalitic Respiratory Disorders*. Washington, DC: Nervous and Mental Disease Publishing Co.

Joyce, James. 1922. *Finnegans Wake*. London: Faber and Faber.

Karinthy, Frigyes. 1939/2008. *A Journey Round My Skull*. With an introduction by Oliver Sacks. New York: New York Review Books.

King, Lucy. 2002. *From Under the Cloud at Seven Steeples, 1878–1885: The Peculiarly Saddened Life of Anna Agnew at the Indiana Hospital for the Insane*. Zionsville: Guild Press of Indiana.

Knight, David. 1992. *Humphry Davy: Science and Power*. Cambridge: Cambridge University Press.

Kurlan, R., J. Behr, L. Medved, I. Shoulson, D. Pauls, J. Kidd, K. K. Kidd. 1986. "Familial Tourette Syndrome: Report of a Large Pedigree and Potential for Linkage Analysis." *Neurology* 36: 772–76.

Liveing, Edward. 1873. *On Megrim, Sick-Headache, and Some Allied Disorders: A Contribution to the Pathology of Nerve-Storms*. London: Churchill.

Lowell, Robert. 1959. Draft manuscript for *Life Studies*. Houghton Library, Harvard College Library.

Luhrmann, T. M. 2012. *When God Talks Back: Understanding the American Evangelical Relationship with God*. New York: Knopf.

Marey, E. J. 1879. *Animal Mechanism: A Treatise on Terrestrial and Aerial Locomotion*. New York: Appleton.

Margulis, Lynn, and Dorion Sagan. 1986. *Microcosmos: Four Billion Years of Microbial Evolution*. New York: Summit Books.

Mayr, Ernst. 1997. *This Is Biology: The Science of the Living World*. Cambridge, Mass.: Belknap Press of Harvard University Press.

Merzenich, Michael. 1998. "Long-term Change of Mind." *Science* 282 (5391): 1062–63.

Monod, Jacques. 1971. *Chance and Necessity: An Essay on the Natural Philosophy of Modern Biology*. New York: Knopf.

Nelson, Kevin. 2011. *The Spiritual Doorway in the Brain: A Neurologist's Search for the God Experience*. New York: Dutton.

Neugeboren, Jay. 1997. *Imagining Robert: My Brother, Madness, and Survival*. New York: Morrow.

——. 2008. "Infiltrating the Enemy of the Mind." Review of *The Center Cannot Hold*, by Elyn Saks. *New York Review of Books*, April 17.

Parks, Tim. 2000. "In the Locked Ward." Review of *Imagining Robert*, by Jay Neugeboren. *New York Review of Books*, February 24.

Payne, Christopher. 2009. *Asylum: Inside the Closed World of State Mental Hospitals*. With a foreword by Oliver Sacks. Cambridge, Mass.: MIT Press.

Penney, Darby, and Peter Stastny. 2008. *The Lives They Left Behind: Suitcases from a State Hospital Attic*. New York: Bellevue Literary Press.

Podvoll, Edward M. 1990. *The Seduction of Madness: Revolutionary Insights into the World of Psychosis and a Compassionate Approach to Recovery at Home*. New York: HarperCollins.

Provine, Robert. 2012. *Curious Behavior: Yawning, Laughing, Hiccupping, and Beyond*. Cambridge, Mass.: Belknap Press of Harvard University Press.

Rees, Martin. 2003. *Our Final Hour: A Scientist's Warning—How Terror, Error, and Environmental Disaster Threaten Humankind's Future in This Century*. New York: Basic Books.

Rhodes, Richard. 1997. *Deadly Feasts: Tracking the Secrets of a Terrifying New Plague*. New York: Simon & Schuster.

Roosens, Eugeen. 1979. *Mental Patients in Town Life: Geel—Europe's First Therapeutic Community*. Beverly Hills: Sage Publications.

Roosens, Eugeen, and Lieve Van de Walle. 2007. *Geel Revisited: After Centuries of Mental Rehabilitation*. Antwerp: Garant.

Roth, Philip. 2007. *Exit Ghost*. New York: Houghton Mifflin Harcourt.

Sacks, Oliver. 1973. *Awakenings*. New York: Doubleday.

——. 1984. *A Leg to Stand On*. New York: Summit.

——. 1985. *The Man Who Mistook His Wife for a Hat*. New York: Summit.

——. 1992. *Migraine*. Rev. ed. New York: Vintage.

——. 1995. *An Anthropologist on Mars*. New York: Knopf.

——. 2001. *Uncle Tungsten*. New York: Knopf.

——. 2007. *Musicophilia: Tales of Music and the Brain*. New York: Knopf.

——. 2010. *The Mind's Eye*. New York: Knopf.

——. 2012. *Hallucinations*. New York: Knopf.

——. 2015. *On the Move*. New York: Knopf.

Saks, Elyn. 2007. *The Center Cannot Hold: My Journey Through Madness*. New York: Hyperion.

Sebald, W. G. 1998. *The Rings of Saturn*. New York: New Directions.

Sheehan, Susan. 1982. *Is There No Place on Earth for Me?* New York: Houghton Mifflin Harcourt.

Shelley, Mary. 1818. *Frankenstein; or, The Modern Prometheus*. London: Lackington, Hughes, Harding, Mavor & Jones.

Shengold, Leonard. 1993. *The Boy Will Come to Nothing! Freud's Ego Ideal and Freud as Ego Ideal*. New Haven: Yale University Press.

Shubin, Neil. 2008. *Your Inner Fish: A Journey into the 3.5-Billion-Year History of the Human Body*. New York: Pantheon.

Smylie, Mike. 2004. *Herring: A History of the Silver Darlings*. Stroud, UK: Tempus.

Solnit, Rebecca. 2003. *River of Shadows: Eadweard Muybridge and the Technological Wild West*. New York: Viking.

Wells, H. G. 1898. *The War of the Worlds*. London: Heinemann.

——. 1901/2003. *The First Men in the Moon*. New York: Modern Library.

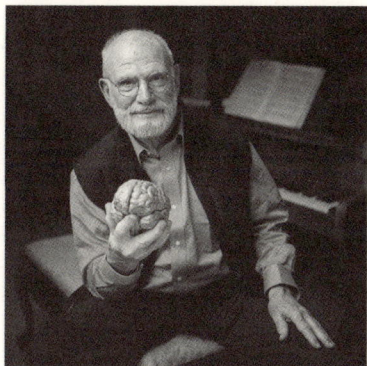

© Adam Sourfield

"面对即将到来的告别时刻，我必须相信——
人类和我们的星球将存活下去，生活仍将继续，
这不会是我们的最后时刻。"

—— 奥利弗·萨克斯

一頁 folio

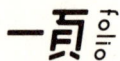

始于一页，抵达世界
Humanities · History · Literature · Arts

出品人　范　新

监制策划　恰　恰

责任编辑　苏　骏

助理编辑　尹　薇

营销编辑　张　延

版权总监　吴攀君

印制总监　刘玲玲

装帧设计　山　川

内文制作　常　亭

Folio (Beijing) Culture & Media Co., Ltd.
Bldg. 16-B, Jingyuan Art Center,
Chaoyang, Beijing, China 100124

一頁 folio
微信公众号

官方微博：@一頁 folio ｜ 官方豆瓣：一頁 ｜ 媒体联络：zy@foliobook.com.cn